U0508292

主编：郑润良
符浩勇

倾听咖啡屋

韩苪夷◎著

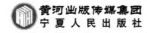

黄河出版传媒集团
宁夏人民出版社

图书在版编目（CIP）数据

倾听咖啡屋 / 韩芍夷著 . —银川 : 宁夏人民出版
社 , 2017.11
（中短篇小说选 / 郑润良，符浩勇主编 . 第一辑）
ISBN 978-7-227-06781-8

Ⅰ . ①倾… Ⅱ . ①韩… Ⅲ . ①中篇小说—小说集—
中国—当代②短篇小说—小说集—中国—当代
Ⅳ . ① I247.7

中国版本图书馆 CIP 数据核字（2017）第 290279 号

中短篇小说选（第一辑）　　　　　　　郑润良　符浩勇　主编
倾听咖啡屋　　　　　　　　　　　　　　　　　　韩芍夷　著

责任编辑　陈　浪
责任校对　李彦斌
封面设计　格　林
责任印制　肖　艳

 黄河出版传媒集团
宁夏人民出版社 出版发行

出 版 人　王杨宝
地　　址　宁夏银川市北京东路 139 号出版大厦（750001）
网　　址　http://www.nxpph.com　　　　http://www.yrpubm.com
网上书店　http://shop126547358.taobao.com　http://www.hh-book.com
电子信箱　nxrmcbs@126.com　　　　　renminshe@yrpubm.com
邮购电话　0951-5019391　5052104
经　　销　全国新华书店
印刷装订　泰安市恒彩印务有限公司
印刷委托书号　（宁）0007202

开　　本　690 mm × 960 mm　　　1/16
印　　张　19
字　　数　216 千字
版　　次　2018 年 1 月第 1 版
印　　次　2018 年 1 月第 1 次印刷
书　　号　ISBN 978-7-227-06781-8
定　　价　42.00 元

目录

临　终

那一年冬天的很冷，连这座位于亚热带的城市的气温都降到十度以下。1月22日是那一年的春节，零点的钟声敲响，禁放鞭炮几年后又重新开禁的城市响起了此起彼伏更热烈的鞭炮声。迪克孤零零地躺在医院的重症病房。他患的是绝症，生命于他已是时日不多。此刻，昏迷多时的他清醒异常。医院已向他的兄弟、妻子、单位发出病危通知，没人来看他。他绝望，拒绝治疗、进食、说话，执意加快离世的步伐。他知道，妻子已带女儿回北方，与娘家人团聚去了。他想象，1月22日，如果他离世的消息传到妻子的耳朵里，或许她不会掉泪，倘若掉泪，那应是百感交集如释重负的泪，她可以长长地舒一口气了。他们已分居三年，他始终不愿离婚，他不知道自己怎么就把她伤得那么厉害。爱情这东西太脆弱了，就像瓷器，掉在地下"咣当"一声，就再也回不到从前了。他觉得眼睛有点湿，视线模糊。病房里深夜般寂静。他虚弱得连自己的心跳都感觉不到。思绪断断续续在脑里跳跃……

大眼睛，小酒窝，瓷器般的脸，纯情的模样。他的心像被一根线拽了一下，那张脸如初春嫩芽样的清新，让他的身体如电击般，强烈的余波震荡，麻痛新鲜。

他和妻子是在北方那座著名的学府里一见钟情的。夜晚校园里的树荫下、长廊里、操场上，都留着他们火热的爱情印记。在此之前，他从不知道原来爱人间的接吻是那么能激活人体内的细胞，激情的拥抱会让两颗心脏跳出体内，纠缠在一起，不知今夕是何年。妻子比他整整小一轮，他像呵护婴儿般地呵护娇妻并以此自豪。那时，妻子像是掉进蜜缸一样，幸福得晕头转向，以为自己找到了一个有才气又最安全可靠最爱自己的男人，以为这辈子的生活就这么过下去了。他是中部地区的人，但他喜欢北方，以为自己是属于北方的；妻子是北方人，却偏偏喜欢南方。毕业前夕，他们南下到海南省的海口市，妻子就决定留在这几个城市。爱情是盲从的，为妻子，他决定南下。那时的住房条件极差，下雨时屋里的水到处滴滴答答，大热天时又停水停电，闷热黏腻得人想把皮剥掉。他们经常搬家。他粗暴地阻止妻子干任何家务，自己集搬运工、厨师、保姆于一身，大有一种我不入地狱谁入地狱的豪迈，让妻子觉得他真是伟丈夫一个。

　　大雪、蓝天、银白、碧海、银杏、椰子树。年轮回放，在脑里，一个一个画面，交叠出现……

　　女儿的到来，改变了他们的生活。相恋以来，他们的爱情一直是以精神生活为基础的，加上经常搬家，淘汰旧家具，增添新家具，没有多少积蓄。刚好这时，他的单位分房改房，这对于饱受搬家之苦的他们是天大的喜事，但五万元的购房款又愁煞了他们。他四处借钱，家人是指望不上了；他的朋友本来不多，算得上谈得来的又都是穷光蛋。碰了几次钉子，他就坚决不再找人。他烦躁起来，整天不说一句话，只皱着眉头抽烟。孩子饿了，哭，他烦；孩子尿了，哭，他烦；孩子不想吃，他烦！烦！烦！妻子的每句话，在他听来，都是双关语，都含有讽刺的意味。妻子从他脸上发现，他是一个人缘极差的人，他那种吃苦耐力只能在自身得到体现，在人与人的关系中，他的心敏感而易碎，经不起挫折。妻子心里不舒服，没好脸色。伟丈夫的形象被猥琐无能代替，相互埋怨的话出了口，摩擦频繁。这种缺乏坚韧品性的男人是办不成事的。妻子失望，向娘家人求助，借了两万五千元，先交百分之五十的房款，其余的房贷。搬进没有任何装修的房子，自尊与自卑于他，前所未有地强烈。同事房子的装修一个比一个高档。不就是有几个臭钱吗？他以蔑视与鄙夷的口吻来回应，仿佛别人的钱都来路不明，活得都不光明磊落，让妻子觉得他有堂·吉诃德似的可笑。房子可以不装修，防盗网却是要装的。安装防盗网那天，他不断挑剔师傅的工作质量，师傅也按照他的意见改进，完工后，他迟迟不付款，俩师傅不耐烦地在客厅里候着，妻子见场面尴尬，把他拉到厨房，他才说他只剩五十元。你干吗不早说？妻子一顿脚，跑到客厅，堆着笑脸对俩师傅说钱在银行里还来不及取，工钱下午才给他们送去。

存折里只有两块四毛钱。

那就去借。

借钱的事，你别叫我。他说。

你……妻子气噎，摔门而去。妻子借钱付清工钱，几天不跟他说话。

他的精神生活是纯粹的，不含任何杂质的，可现实生活却含有精神以外太多的东西，处理一些生活琐事，他很弱智。他那份过分的自尊体现的正是他的自卑。男子汉大丈夫能屈能伸。而他却像根冰冷坚硬的钢筋杆在坚固的水泥地里，不能曲也不能伸，伤害着妻子的心。和妻子的形同陌路，让他苦闷异常。他从妻子的冰冷中知道自己在她心目中的形象正在矮小，这是他最不能接受的，他一直是呵护她，把她当成心肝宝贝的，她这样对他，宣告了他们之间一些情感的终结。他要挽回这些情感。你不能这样看我。我要证明我对你的感情。他说着，头朝着客厅的墙撞去。妻子气极，拉他。他的额头肿起一个青紫的大包。妻子在给他的伤口上药时，顿生厌恶，心生西伯利亚地寒冷。

你觉得这游戏好玩吗？妻愤愤不平。

游戏，你觉得这是游戏？他大喊大叫起来。我是用我的躯体表达我的感情。

可我不喜欢。妻子的头皮发痛。

他蔫了下去。片刻，又跳起来，头又朝墙壁撞去，撞出血来，墙上留下一个血印子。这就是我的感情见证。妻子没再给他上药。这种自虐的方式，表达着残酷、血腥和暴力。妻子恨得牙根发白。

他是以离家出走来挑明他与妻子的关系的。那一年，他跟妻子结婚整五年。

离家之前，他跟妻子的关系已是一根绷到极限的弦，两人间的碰碰磕磕如家常便饭，比如孩子哭、天气热、手头紧等一些鸡毛蒜皮的小事，常成吵闹的理由。他对妻子那絮絮叨叨的平庸从抗拒到厌恶。妻子对他那神经质的敏感、不切实际的处世原则从嘲讽到愤怒。两人睡在一张床上，却相互仇恨着。他的自虐更是变本加厉，常把自己揍得鼻青脸肿，上不了班。妻子觉得他虐待的是他的身体，自己却被他虐待了精神，跟他一起生活，身心俱疲。那个晚上，战争又爆发了。单位竞岗，要每个专业技术人员写竞岗申请。我是被引进的人才，是单位聘请我，不是我申请被聘。他固执地说，并坚决不写。第二天是申请期限的最后一天。妻子很清楚他的谋生能力，心如架在烤炉上。你还是先写吧，这么好的工作，失去了，就再也找不回了。妻子怎么劝，他都打坐般不予理睬，妻子终于发火了。够了，我腻了！妻子大声吼他。他不认识似的盯着妻子，火气从心里直往脑门上蹿，就在他动手擂自己的时候，妻子冲上去，这一拳就打在了妻子的右眼眶上，马上青肿起来。他找药，给妻子擦揉，妻子甩掉他的手。你打我吧！你就打死我好了！这不是人过的日子。妻子的哀号震撼他的肺腑。生活怎么就变成这样？爱情呢？诗情画意呢？那一夜，他不曾闭眼。第二天，他把自己关在房间里整整一天，然后就做出了出走的决定。

这世界真静啊！色彩也很单一，纯粹的黑色，是条深邃无尽的隧道，时间的隧道。一只硕大的黑手罩下来，他恐惧着。冷从骨里散发，与妻子切肤的温暖是他最渴望的。来看我吧，在这最后的时刻。来听我的忏悔吧，我知道我错了。今生我已把你的心雕刻得七零八落，来世我一定用宽大的心胸来包容你、抚慰你，关注你的感受，让你的心光滑美丽，每次的跳动都充满幸福。来吧，快来吧，我听到你的脚步声了，近了，近了……

他焦灼地等待着，眼睛看着门口，空无一人。他的喉结动了一下。

1月22日，如果他离世的消息传到他兄弟的耳朵里，他们会很冷漠的。与妻子交往时，他已在老家成家，为与妻子结婚，他不惜与家人反目、与前妻为仇。那天，他拟好离婚协议，回家。

离婚吧，我与你过不下去了。刚踏进家门，他就跟前妻挑明。

前妻的脸仰在空中，犹如雕像。

你说什么？离婚，为什么？兄问。

因感情。我跟她没共同语言。他很直接。

屁话。弟往地上呸一口。

我是大学生，她小学没毕业，能处到一块吗？他讲理的样子逼人。

没见过这么无耻的人。前妻吼，用尽全力，在他左脸上留下五个指痕。

他把右脸递过去。再打这。他一手指着脸，一手拿离婚协议。

打你已脏了我的手。前妻搓着手，睨视他。

你不打，我自己打，反正脏人一个，还在乎手脏吗？他打右脸一巴掌，把协议书和笔放到前妻面前，前妻不看。

好，你不签，我接着打。他又往自己左脸打一巴掌，打一巴掌问一下前妻签不签。

见他的脸肿起来，前妻受不了了：我签。签完名，前妻咬着唇，从牙缝里挤出一句：我很庆幸没跟你生孩子。

父母离世早，前妻是家里的顶梁柱，兄弟的成长，与前妻的拉扯有关联，他们间有很深的感情。伤了前妻，就等于伤了兄弟。

他做事是不留后路的。他离家时，就不曾想过要回去。他背着喜新厌旧的恶名来与第二任妻子成婚。他毫不忌讳别人的指责，向所有的人宣称自己就是喜欢知识女性，他跟妻子之间的爱情，才是真正的爱情。兄弟对爱情没有很深的理解，对前妻在家里的劳作，看得见，感受得到。他上学的费用都是前妻给的，为供他上学，前妻暂不要孩子。他当陈世美，负了前妻，被他们所不齿，不屑与他为手足。就当没他吧。在他离家的那一刻，兄弟想。

这些年，他确实很少想过兄弟，更不知他们的近况。他自以为是家族的骄傲，但离家时，他们鄙视他的目光永远是他心里最隐秘的痛。

手足，什么是手足？他动一下自己的手脚，是自己身体的一部分，缺了就不健全。缺了手足情，自己的感情生活也不健全。从住院起，看病友的亲戚朋友连连，自己无人探视，无视亲情，遭报应了。他厌恶自己，这一刻，感觉更强烈了。兄弟，对不住了！今世都不交往了，还有来世吗？他眼湿，不敢奢望他们来，眼却巴巴地望着门口。

1月22日，如果他离世的消息传到单位领导的耳朵里，领导会放更多的鞭炮的。领导那颗高悬在半空的心会安放回原处。他这颗领导的眼中钉终于被氧化，自行锈掉了。

在单位，他自认是业务最棒的，说话底气足，声音大，领导的话在单位可以不是最高指示。他是领导的克星。领导说东，他就走西。领导发言，老念错字，把"和谐社会"，念成"和楷社会"。单位的人都知道领导念错了，都没人去纠正；唯他不识时务，大声打断领导的发言：您读错了，那个字念"谐（xié）"，而不是"楷（kǎi）"。领导的脸，马上变成煮熟的螃蟹，红透了。

他与领导的关系，用一个中心词，就是质疑。质疑一：他质疑领导的研究生文凭是花钱买来的。他英语极差，因此读本科时没拿到学士学位。到了报中级职称的年限，职称英语考试没通过，没资格评中级职称。他心中愤恨，突然就想到自己英语基础差，但二十六个字母还能认全，领导二十六个字母都认不全，怎能得到硕士研究生的学位？领导没招他惹他，他就把火烧到领导的身上，一纸关于质疑领导研究生文凭的意见书就到了主管单位领导的手里，主管单位派人调查，结果发现领导读的某高校在职研究生班集体作弊，查出真相后，从此领导填表，在学历学位一栏就不能再填硕士研究生了。领导恨不得变成孙悟空，钻入他的身体，把他的骨头咬碎。

质疑二：在他那个以专业技术人员为主的单位，他认为司机和财务人员走红，是不正常的。司机鞍前马后，为领导效劳，把公车变成私家车，博得领导的欢心。领导也把司机视为心腹，委以重任。得到领导的重任，司机的言语不知不觉中就有点得意忘形，让自视为知识分子的他心里极不平衡。司机不吃他这一套，他也没办法，秀才遇到兵，有理说不清。他只是伺机在领导坐车外出时，有意装着出去办事，钻入车子，让司机对他翻白眼，却奈何不了他，让他有几分钟的时间心里偷着乐。

他的质疑真正让领导畏惧的是领导与财务人员的关系。单位的会计是女性，长相、身材、气质都很一般，除正常的工作交往外，没有哪位男士多看她一眼。男人与女人的关系无非就是工作关系、朋友关系、亲属关系与情爱关系。对这么一位对男人毫无吸引力的女人，他果断地排除掉她与领导的后三种关系，是他极相信领导作为一个男人评判一个女人的眼力是不低的。那么领导与财务人员工作关系密切，说明什么问题？由此，他推断出领导在财务上有猫腻。他像侦探一样密切注意领导与会计的一举一动。领导与会计交头接耳，他就推断他们肯定是在密谋如何做账，好让上级的财务检查看不出破绽。他的高度警惕，使他的身体似注入了激素，肌肉都绷得紧紧的，脑子是兴奋的，对自己的窥视、想象、推理觉得津津有味。他每次开会都提出：我要求单位财务透明，财务公开！不厌其烦，一次比一次坚定。他当着领导的面说出这话时，他的表情是大无畏的，领导的脸黑黑的，同事们的脸怪怪的，他全然不见。

女会计每次看他，眼睛都要狠狠地剜他，恨不得把他剜出血来。他直截了当地承接她的目光：你得意吧，你红得发紫吧，接着你就发黑了，就像刮痧一样。他为自己的恰当比喻得意得笑出声来，让会计用眼光威慑他的企图没得逞。

领导迟迟不搞财务公开，他表情愈坚定，领导就愈觉得他肯定掌握了什么，就愈心虚就愈不敢把他怎么样。不敢把他怎么样，愈让他确信领导在财务上有问题，愈穷追不舍，追得领导火气冲天但又不敢在他身上发。领导见到他，远远就咧开嘴，主动与他打招呼，点头的时候，面容慈祥，一副宽容大量、大人不计小人过的样子。毕竟领导是很重视头顶上的乌纱帽的，更何况有文凭事件在先，领导对他心有余悸，相信他是说做就做的，领导的权威是压不住他的。他是悬在领导心口上的一把利剑。

他的离家出走，单位里众说纷纭。对于他出走的原因，各种版本飞快地流传，但都事不关己。唯有领导窃喜，嘴里却说，可惜了，一个敢于说话的人才。领导怕马上开除他，遭人议论，也怕他回来纠缠得没完没了，把他当作待岗处理。

似乎是来到了冰窖，晶莹的白茫茫的，身体也轻飘飘的，哪跟哪都没有关系了，黑或者白都没有意义了。领导有错，他不怕得罪，方式却错了，现在他悟到，迟了，不能面谏了。他终于知道"关系"这个词的重要，这是一门学问啊！来生再研究吧。他的内心深处，是希冀领导来看他，让他最后一次敞开心扉的，怎么说他也是单位里的同志啊。

他细听门口的动静，悄无声息。

1月22日这一天，如果他离世的消息传到同事的耳朵里，同事该是怎样的一种表情？眼泪肯定是没有的，欢喜也谈不上，心底有事硌着，不舒服，有关他的点点滴滴会浮在脑海，一时半会抹不去，因为他的偏执，因为他的狂妄和不与别人同流。

因出自名校，便自认是精英，为人做事便有些以自我为尊。他对领导的质疑，让单位里的人觉得他过分，都对他敬而远之，打照面，也是皮笑肉不笑，目光幽幽暗暗。那些目光是软刀子，杀人不见血，好像被质疑的不是领导，而是他。财务事件不同于文凭事件。文凭事件纯粹是领导个人的事，财务事件多多少少牵涉到大家的奖金、福利，不知道他这一闹，对大家来说是祸是福。在单位被孤立的处境，让他觉得自己已到了过街老鼠人人喊打的地步。我错了吗？他郁闷，问坐在对面的同事张。

你没错。张说。

那领导呢？

张沉吟，领导嘛……领导的错在于他是领导。

狡辩。他不满。

他的工作是跟文字打交道，工作很较真。有天晚上深夜，他突然想起一篇稿子上有个别字他没改就交给张了，他赶紧爬起来，抓起电话就往张家里打。

喂。张睡眼蒙眬。

是我，那篇稿子的第五页，有个别字，"满腹经纶"的"纶"，是"涤纶"的"纶"，不是"伦理"的"伦"。

就这事吗？搅了张的睡眠，张一肚子的火。

哦，就这事。

这事不能明天上班时说吗？打电话也不看看时间。张气愤地扔下电话。

他看表，两点。

他拒绝庸俗，又做不到超脱。他总以批判的眼光来看待人与事，而现实对他的批判他却本能地抗拒。他在矛盾中痛苦、挣扎，常出乎意料地干一些让人不解的事。

单位年终考核，同事个个都像和尚念经，流水账一样把自己一年来的工作唠叨一遍。轮到他时，他表情凝重，发言前还清一清嗓子，然后学着中央台新闻联播主持人的腔调，字正腔圆地深情地说：邓小平说，我是中国人民的儿子。他停顿一下，又说，我也是中国人民的儿子……他一下子把自己拔高到伟人的位置，大家都惊得面面相觑。什么人物？尔后，大家发出一阵笑声……别人都笑，唯他不笑。接下来的发言，跟年终考核风马牛不相及。不知他是不是以这种方式来反讽年终考核这种形式主义，他的发言，成了单位里的笑谈。当时，张的胳膊痛风，左手几乎抬不起来，膏药贴满了胳膊。他的黑色幽默让张笑弯了腰，肩膀一阵剧痛，张直身，发现左手可以抬起来了。张这一笑，竟打通了脉络。张对他略有感激。他毫无表情地看着张。你的胳膊还疼着，你的心、你的脑已经麻木。他想。谁也看不到他内心的狂躁。他觉得自己与整个世界都格格不入，这些人，这些事，在他眼里都变了形。

女儿生病住院，他一下凑不够二千元。张知道，借给他一千元，解他的燃眉之急。第二天，单位开例会，他第一个发言，指出张纪律散漫，工作拖拉，还举出张上班时出去办私事的实例，领导当即决定扣张当月的考勤奖。张惊愕，嘴半张，像不认识似的直瞪他。张没想到他这样毫无情面。会后，张拉住他说，亏我还借钱给你呢。

借钱跟这事有关系吗？他说。

怎么没关系？如果不是同事的情面，我会借钱给你吗？张很气愤。

借钱是要还的，我只欠你的钱，不欠你别的东西。他理直气壮。

张语噎，半晌，吐出一句：你还是人吗？

我怎么不是人？他进而辩解，你污辱了我，你要解释清楚。

张不理，扬长而去。

不行，你要跟我解释清楚，你要向我道歉。他追上去，拉住张。

你放开我！张挣脱。

不行，你要向我道歉，不然我会到法庭告你。他不依不饶

哼，你这种人，我下辈子都不想跟你打交道。张发誓。

他知道自己把同事得罪了，这不是他的本意。他现在知道情谊的重要了，已经来不及了。来看我一眼，让我说声对不起吧，把这辈子的事了结了，下辈再打交道就不是这样子了。他等得心累，闭上眼睛，没有再看门口，不会有脚步声了。

爸爸，你去哪？女儿仰脸。

出去。他回答含糊，不敢停留，怕多说一句会改变主意。女儿的眼睛，如玉盘里的两颗黑珍珠，已镶在他脑里。黑珍珠瞳仁的闪亮，是照亮他心里黑洞的亮光，他最想抓住的就是这一缕的亮，它照到哪，哪就柔软，他的心就由于它而质感起来，体内某些坚硬的器官仿佛是流质。那刻，他是水做的人。爸爸，你去哪？他一年又一年回放，如今，这话已成他心里的彩铃。

可现在，该跟女儿诀别了。女儿今年该上小学一年级了。以妻子的家庭背景及妻子的能力，会让女儿很好地成长的，这一点他毫不怀疑。

他与妻子的爱是必然的，恨是必然的，离家出走是必然的，流浪也是必然的。这么多年，他的心从没停止过漂泊，灵魂从没片刻的安宁，躁动似乎是与生俱来的。现在，他最后悔的是让女儿来到这个世上，让她的爱有了残缺。他每个月都给女儿写一封信，但从没发出去，他用思念来折磨自己、惩罚自己。咀嚼着这些信，日子便有了滋味，心便得到些许的慰藉。

我的孩子，春天了，什么都苏醒了，唯有你居住的地方，什么都不曾沉睡过。好好地睁开你的双眼，打开你的心灵，接受新事物吧，这些童年的印象会一点一点地刻在你心里，伴你长大成人。

我的孩子，你一定很恨父亲吧？你应该恨，父亲是狗屎，是垃圾。但应仅仅恨父亲一个人，父亲不希望你把仇恨的种子种在心里，让它根深叶茂，茁壮成长。

我的孩子，有一种爱叫父爱，你体会不到。它埋在父亲的心底，很深很深；它压在父亲的心头，很重很重。因为它没有机会释放，没有机会表现。

我的孩子，你不懂，爱有时是一把双刃剑，它能使人幸福，也能置人于死地，万劫不复。但父亲对你的爱，是用鲜血浸泡的爱，在心脏，在与生命最直接的地方。

亲爱的，我的宝贝，冬天了，这里已经下雪了，一瓣、两瓣、三瓣、无数瓣，覆盖着整个大地，它是银白的具象，在父亲的视线所及，没有什么实景更能体现这么大片的白了。应该叫妈妈带你来北方看雪。

对，你妈已经带你去北方看雪了，你离我越来越远了，永别了！一滴泪从眼角流出，他已经没有气力去擦了。他把脸面向门口。

天气真冷啊！他素来是惧热不惧寒的，他现在的手脚正逐渐冰凉。

他与这世界的关联已气若游丝，只稍一挣脱，就永远地与这世界彻底地了断了。这个与他总是相拧着的世界啊！他的灵魂飞出躯体，到处飘飞，他仿佛看到妻女、兄弟、同事正向他走来

倾听咖啡屋

　　茜倾其所有，在市区的中心区开了一间"倾诉咖啡屋"。咖啡屋有四个隔音、玲珑、可敞开可封闭的两用小包间，简洁，淡雅，温馨。咖啡屋意在为需要倾诉的人提供一个场所，二十元一杯咖啡，就可在包间里倾诉，是否需要有人倾听、倾听的人是否面对面，随顾客意愿。

　　第一个走进咖啡屋来倾诉的顾客，是被茜唤进来的。这天来的顾客多成群结队，他们边喝咖啡边闲聊，享受休闲时光。忙了一天，茜有些疲惫。送走最后一对顾客，茜打算关门，见门口站着一位从头到脚都显得凌乱的男人，神态萎靡，随时都要垮下去的样子。他站在咖啡屋门口看广告，欲进不进。

　　"想喝咖啡，请进。"

　　男人踏入咖啡屋："我只有十块钱。"

　　"没关系，坐吧。"茜莫名地想为他做点什么。

　　男人坐在中间的小包间。

　　茜冲一杯速溶咖啡放在男人面前，欲走。

　　"别走。"男人口气急促。

　　茜坐在男人对面。

　　男人喝一口咖啡，把杯放回桌上，拧绞双手。"医生说我得了焦虑症。"

茜睁大眼睛，鼓励男人说下去。

"配合医生治疗要花好多钱。我刚失业，家里有老婆、孩子，我不想让老婆知道我得了这个病。现在工作不好找，我应聘几个单位，不是嫌我学历不够，就是嫌我没工作经验。……"他低着头说。

茜专注地听，不时给他的杯里添水。

"我每月要交房租、水电费、生活费……"

男人把他的烦恼诉完，夜已深，起身时，神态已不那么沉重，他把十元放在桌上，头不回地走出咖啡屋，甚至没看茜一眼。茜关上门坐回刚才坐的位置，盯着桌上的十元，觉得男人说的是她自己，她也焦虑过，也曾想倾诉。

茜是离开报社的那个晚上渴望倾诉的。从报社收拾东西回家的那种落败心情，无处诉说，心里的诉说已噎到喉咙，憋屈的难受似拉肚子前的症状。她把头埋在双腿间哭泣时，就着眼泪的"呵呵"声响就是她的话语，城市的夜空和建筑成了她倾诉的对象，夜黑和阔大吞噬她的声响，心依然无所依托，倾诉欲望依然强烈，寻找倾诉场所压倒倾诉的欲望。

茜所在的报社人事制度改革，实行聘用制，竞争上岗。她所在的副刊部超编，岗位竞争激烈，六个编辑只留四个。这期间，六个人都比平时更努力工作，结果是她和另一位差半年就退休的老编辑落了聘。编余期间，单位发基本工资，三年后，自谋出路。

从知道自己落聘的那一刻，茜先是脑"嗡"一下，接着脸皮火辣。她不知道自己是如何离开办公室的。来到大街上，她眼里已噙满泪。她不知道什么地方容得下她的逃遁。她听说了，别人评议她年轻，资历浅，个性傲慢，不爱坐班，人缘不好……她那时才知道自己有这么多的缺点。她很佩服她的那些同事能够容忍她那么多的缺点不吭一声。她厌恶自己有那么多的缺点，厌恶自己的孤僻乖戾，整个大学期间没跟男生谈情说爱就是明证。

茜不想回家，她最不想见的是母亲。

大学毕业时，茜不想回海口，她想在广州或深圳找工作。母亲知道她的想法后，到学校找她。

茜知道母亲为什么来，给母亲倒水时，她告诫自己一定要坚定。

母亲喝一口水，斜靠在墙上，唇上的泡泡是火气的鼓胀。"妈联系到一个单位，海口市戏剧创作室……"

"我又不喜欢戏剧，去那干吗！"

"你想进什么单位，妈和你爸去活动，只要你回海南。"母亲几乎是乞求，唇间的张合，疼痛已超出肉体，女儿企图的逃离，让她觉得做母亲的很失败、很委屈。

茜无话。母亲令她陌生。母亲为阻止她，每天都有电话，有时一天几次电话，让传达室的人烦不胜烦。后来，她干脆就不接。

母亲从茜的表情看不到希望，不顾茜的难堪，不顾自己的颜面，在寝室同学面前，一把鼻涕一把泪，犹如一个弃妇，遗弃她的是女儿茜。

茜第一次感觉母亲这样柔弱，这样需要救助。茜被她的泪弹砸得不敢直视，内心的坚定被泡得软乎乎的。"再说吧。"茜的话几乎在喉咙里，母亲竟听得清楚。

母亲回海口后，通过表哥的关系，茜被分配到报社。母亲的表情是卸下一大包袱的轻松，女儿终于捧了个铁饭碗，从此可以衣食无忧了。谁知如今却落了个落聘的下场。

潜意识引茜往人群稠密、商铺密集的街区走。回想在办公室收拾东西，同事以胜者的姿态怜悯地看着她，她假装若无其事，用僵硬的嘴角上翘撑着脸部表情的平静。此刻，想起她踏入社会的第一份职业，想起经她编辑发稿的那些作者，她的不舍如蜂拥，蜇得她心痛发抖。她不停地走，逛完左边，再到右边，直逛到街上行人稀少，店铺关门。她又累又饿，脚底起了泡。她坐在马路边，双手抱着双腿，脸埋在腿间，哭出声来。

母亲来的时候，茜已躺下。最近一直紧绷的神经彻底松弛。管它天塌地陷，躲哪都不如躲入梦中。

母亲从店里直接来，眼周围的黑晕和皱纹浸在油腻里更露疲相。茜不满母亲这时驾到，她坐在沙发上，打开电视，把声音开得很大。母亲充耳不闻。"走，跟妈去找表哥。"母亲的语调充满复杂的情绪。表哥在宣传部当处长，跟报社领导关系好。

茜盯着母亲手拎着的礼品袋，两条"芙蓉王"和一盒野人参。茜进报社是表哥帮的忙，没给他增光，下岗了，又麻烦他。"不去。"羞耻使心颤抖，颤抖使声音破碎。

母亲见叫不动茜，摔给茜一个恨铁不成钢的表情，脚跺着地面离去。

母亲的到来扰了茜做梦的心情。茜躺在床上计算着母亲的足迹，想象着母亲求表哥时的谦卑与下气，恨就从她的牙根泛起——干吗要去自取其辱啊！她用枕巾蒙住头。

知道自己落聘后，她去找社长。入报社后，她工作上没有什么事需要直接去找社长，社长在她眼里只是一个符号。他个子不高，但身板宽得可以当床板，往哪一站威严就立在哪里。她不喜欢化妆，走出家门前，却在眼睫毛上方画了眼线。走到报社门口时，又觉得吃完早餐没漱口，就在小卖部买牙膏牙刷，到卫生间里把牙刷一遍。站在社长宽大的办公桌前，报出自己的姓名，感觉社长以验次品的眼光上下打量她。社长的眼睛像女人，眼眶大，双眼皮，眼光却犀利，她还没说出找他的缘由，就已被戳得百几十孔。自己找他做什么？求他开恩，让他收回通告，安排自己上岗？瞧他仰视自己的那两个黑洞洞的鼻孔，一股酸楚突然上涌，顶在喉间，发不出音。她眼窝温热，视线把社长的脸涂上水渍，不成其脸。她赶紧闭上眼，朝社长摆摆手，快步离去……

母亲从表哥那回来，脸比去时难看。"表哥说，现在去说，迟了。他答应再想想办法。"

"求你不要再去了。"茜从母亲的疲惫里感觉到了求人的难，它让茜的无地自容连喘息的机会都没有。

茜绵软的语气让母亲陌生。母亲看到茜圆睁的眼珠汪着一触即破的脆弱，这不是她的风格。母亲坐到茜身边。"搬到妈那儿住，这样省一点。"见茜不出声，又说，"要不，你先到店里干，过几年，妈就把店交给你打理。"

"我不去。我就要干自己喜欢干的活。"

母亲从知道茜下岗那一刻就在为茜的前途担忧，她自己从单位下岗后所吃的苦，想起都后怕。她宁愿苦都自己兜着，也不愿茜尝一点点。没给茜一个完整的家，内疚长久盘踞心头。为茜找个旱涝保收的吃皇粮的单位，这样许能减轻一些内疚，没想到结果是这样。自己都奔波劳累一天了，茜还这样不开窍，她的火就往上冒。"你说你能干什么？靠你在报屁股上发表那些豆腐块，能养活自己？"

母亲的轻视把茜伤彻底了。"养不活也决不向你伸手要。"

见茜怒目圆睁，母亲拎包走人。

"还有，每月还你的房款，一分都不会欠。"茜朝母亲的背影喊，每个字都浇着汽油，空气里弥漫着被燃烧的危险。

为这晚母女仇人似的谈话，茜发誓要干出一点名堂来。

茜找来报纸的广告版，凡是与文字有关的工作，她都应聘，发出去的求职信，是黄鹤一去，杳无音讯，她才知道她这代曾经受宠的大学生，已被更新的一代大学生所替代，应聘时，在年龄上，她已处劣势。每次的应聘都是对她信心的打击，最后，连看广告版的勇气都没有了。慵懒和沮丧像饥饿压迫胃一样压迫她，使她丧失一切兴趣，整天闷在屋里，睡不是，站也不是。想到母亲的话句句灵验，佩服姜是老的辣的同时，她决定放弃做姜，这样就没有可比性。胡思乱想时，电话响了，是一家旅游公司让她去面试。

旅游公司在望海大厦的五楼。直到踏入大堂，茜才想起自己曾以书面形式应聘这家名为椰花旅游公司的文秘一职。建国际旅游岛，旅游是朝阳产业，肯定急需人才。她边走边给自己打气。进公司，自报姓名，一年轻女孩带她到经理室，请她坐，出去后，一男人进来。"果然是你。"

茜看，竟是陈兵，惊诧。

"看到应聘信上的名字，我猜可能是你。"陈兵还是那么帅，一副成功人士的派头。

"你是经理？"

"不像？"坐在经理座上的陈兵旋转着皮椅，俯视的姿势让茜不舒服。

"让我来……"茜有点犹疑。

"哦，想证实一下是不是同学。"陈兵口气随意。

见陈兵没有聘用自己的意思，想起自己出门前的精心打扮，想起一路上为应聘在心里的演练，茜被戏弄的愤怒顿由心生，"是想让同学来仰视你的成功吧。"

"同学见面是坏事吗，这么不高兴？"陈兵看出茜的火气。

"那要看跟谁见。我忙着呢，失陪了。"茜沉着脸，起身就走，让跟在她身后的陈兵尴尬至极。

离开陈兵的视线后，茜觉得自己过分。陈兵，这个中学时代她迷恋的从头到脚都充满优越的男人，此刻全没多看他一眼的意愿。她知道自己情绪中暑，看什么都不顺眼，一点小事就无限放大，这样下去，自己会疯掉的。她回望陈兵五楼的办公室，他的成功比照得她愈挫愈勇，被挑起的亢奋让她很有倾诉欲。失败的不甘打败了沮丧。看林立起的建筑，划分着空间；看来自五湖四海拥挤的人流，行色匆匆，唯有自己才这样空虚、迷茫。心里就想有朝一日要办一间倾诉咖啡屋，让想倾诉的人有个去处。

第二个进来的是一个年轻的女孩，她在门口徘徊了好久，似乎在为进与不进来而进行剧烈的思想斗争。茜笑眯眯地看她。她见茜是个女的，就选择了面对面的倾诉。

茜看不出女孩的实际年龄，二十多到三十多岁都有可能。女孩面容清瘦，身材骨感，长而骨节突出的双手，拧绞在一起。坐在茜对面，她显得紧张。"我得了爱情幻想症。"她第一句话，就这样说。

茜提起了十二分的精神。

"我跟他是在微信上认识的，因为都喜欢旅游而成了驴友。开始时，跟一帮驴友在一起玩，对他倒没什么特别的感觉。后来一起去新疆，旅行时，他跟随我左右，充当暖男，我对他有了好感。回来后，我们交往频繁，他言语间，不无暗示我们的关系要超越朋友的界限。相处久了，我发现了他不少的缺点：随性、邋遢、不够帅，女友多，有花心的嫌疑……越来越不喜欢跟他在一起。可是一离开他，就想念他，想他许多的优点，想他对我的好：温和、体贴、幽默、宽容……"女孩停下，喝了一口咖啡，她已不太紧张，以不太急促的口气，继续讲，"我喜欢又厌恶他，使我和他的关系若即若离。我关注他的一切，尤其关注他与别的女人的关系。看到他跟别的女人一起喝茶、吃饭、合影，暗自生气，觉得他背叛了我。我妒火中烧地去找他。面对他整个人时，我的嫉妒感全无，奇怪自己这样一个男人怎么会让自己生气，感到受伤害呢？我恍惚如梦，难道我的生气，我的念念不忘，我所有的心理活动，全是我的执念，跟现实生活中的他毫无关系？为了验证这一点，我决定主动紧贴他。"

女孩停下来，继续喝咖啡，茜想说什么，她用目光阻止了茜。看样子她只想说，不想交流，也不是向茜求解。

"我在手机上偶尔发现了一'时间出售与技能交易'的社交软件，一方有闲，出租时间；一方有钱，付费。用户通过出租自己的时间，陪有需要的人吃饭、聚会、伴游、逛街、唱歌、运动、看电影等获得报酬。我当时很郁闷，见有人发了陪吃饭的约请，每小时付费五十，我就一键下单。我第一次去当陪吃，心里兴奋，又有点忐忑。约我陪吃的人是一位中年男性，身材圆滚，浑身赘肉，满脸冒油，尤其是草莓样的鼻头，很让我感觉不爽。我当时想扭头就走，但一想，既然已有约定，就要有契约精神。我硬着头皮坐在他对面陪他吃饭，有一茬没一茬地闲聊，多数时候是我低着头，他问一句，我答一句。他还表露了经常让我陪吃饭的意愿，价格升到每小时一百元。我怕这个胖男人缠住我，忙给男友发短信，让他马上到餐厅来接我。他没回我的短信。好不容易熬到一个小时，我推说有事要走，胖男人不让，我不等他付费就快步跑出去，拦了一辆的士去找他。这是我第一次去敲他家的门，他对我的亲自登门显然意想不到，显得有些慌乱。我进了他的家，发现他家里有好多台电脑及没有拆封的网购的货物。电脑都开着，页面是淘宝、天猫等购物网站。

"你怎么不去接我？"

"我正忙着，走不开。"

那晚我才知道，他是一个差评师，专靠在网上购物，以差评来敲诈商家，获取收益。我很失望，断绝跟他的来往，却比之前更疯狂地想念他。

……

女孩喝完咖啡，放下二十元，就走了，她甚至看都没看茜一眼。

茜知道，她的消费是一次性的，她不会再来了。她勾起了茜的回忆。

茜从中学开始，就是个问题学生。

茜迷恋陈兵的健壮、帅气。陈兵语文成绩一般，她力求用学习成绩好来吸引他。她作文全年级第一。她的范文贴在学习栏上时，她只关注陈兵是否看过。她一连观察几天，陈兵根本就没瞄一眼。浅薄的家伙！她心里暗骂，到林勇那儿找平衡。

林勇是她家的邻居，因小时放鞭炮炸伤了脸毁了容。

林勇把自己埋在书里。他房间里的光线越来越暗，他书桌上的书摆得像两堵墙。茜试图把书挪到另一个地方，被他制止。"在黑暗中，我才能思想。"

茜不真正理解思想的含义，被他深沉的神态吸引。

"写作处于幽暗中，那些词语才能涌出来。"

茜不知道写作的真正状态，被他话的深奥吸引。她的内心被他牵引着，只是一看他的脸，就想念陈兵。

林勇似乎一直在等待茜的到来，从木门的缝里看到茜的脸，笑就挂在脸上。茜隔着门，都能感受到笑的气息。

"有喜事？"茜问。

"你有特异功能？"在茜面前，林勇才如此放松。

"你现在才知道？"茜一脸的灿烂，林勇看得忘情。

"快把你的喜事让我分享。"茜说。

林勇回过神，把一本杂志伸到茜面前。"我的一篇小说发表了。"

茜带着崇拜读林勇的小说《寻梦》。

"怎么庆祝？"茜问。

"看我的小说，就是最好的庆祝。"林勇答。

茜眼睛转一圈，"不行，应该隆重些。出去吃饭。"

林勇低下头。

茜知道他没钱。"我请你，等收到稿费，你再请我。"

林勇坐到书桌前，把头趴在书桌上。茜知道他不回应的原因，不想再强迫他。为不显尴尬，乱翻杂志。难道他永远都不出门，不与别人接触，把自己藏到书里？

"我走了。"茜道别。

林勇抬头，看一眼茜，又低下头。茜失望，走出门时，林勇奶奶跟出来。"请你帮帮他，让他走出家门。"奶奶的声音像在簸箕上被筛一样跳跃，眼圈湿亮。茜第一次见奶奶流泪。"我会的。"说出口时，茜心里茫然。她太想帮林勇了。

茜愁肠百结，行走在回家的路上。她想林勇小说《寻梦》里的人物符浩：孤独，阴郁，向往阳光、健康的生活，完全是林勇自己的写照。

这说明林勇内心多么渴望回到人群，过正常人的生活。

太阳收起它的光芒，蛰伏在屋里的人们到户外。街市活络起来，摆地摊的小贩把道路挤成羊肠，汽笛声、摩托声和单车声此起彼伏，交响上空。茜感受这些时，觉得似曾相识，细想，这些情景竟跟林勇在《寻梦》里的描写一模一样，他是到过街市，仔细观察过街市的。

茜去找林勇奶奶。奶奶告诉她，林勇出门，是在深夜。那时，夜沉了，人稀了，他才大胆地昂首在街上，时而快步行走，时而停下，做扩胸运动，贪婪地呼吸新鲜自由的空气。时而坐在路边的台阶上，对着街灯冥想。偶尔有行人扫他一眼，就快速转移目光，这很让他心里受挫，他把脸埋在双臂下。他太在意自己的外表了，即使是在晚上。奶奶跟在他后面，孙子的自卑让她忧心，他不应该只属于黑暗。

"帮帮他，让他走出黑暗。"奶奶又请求。

茜走进林勇的房间，把书桌上的书挪到书柜上。

林勇愠怒。

"阳光比月光更让人心亮堂。"茜迎着林勇怒气的眼睛。

林勇与茜对接几秒，眼里的怒意散去："你就是我的阳光。"

"那你就跟着我。"茜拉起林勇的手，"走。"林勇抓起书桌上的墨镜，顺从地迈开步。

阳光刺眼，林勇戴上墨镜，任茜带着他往人多的地方穿梭。他东张西望，别人都行色匆匆，少有人肯把目光投向他。不经意的一瞥，多是擦肩而过的人，倒是他墨镜里的那双眼，把人家观察得仔细。

"累了，饿了。"茜在一热闹的大排档店前不肯走。林勇坐下，这场面对他是陌生的。"你——吃什么？"林勇的笨拙让茜哑笑，把他引到小食摊前："我要吃腌海菜。"

林勇摘下墨镜，望着褐色的像粉丝般细长的腌海菜。"那就要吧。"凉滑爽口带着甜酸辣及海腥味的腌海菜在嘴里咬嚼，凉气沁入喉咙，让他惭愧自己不知道海口有如此好吃的小吃。他看茜，茜在大口地嚼，吃相粗鲁、满足，让看的人都觉得香。他花的是自己挣的第一笔稿费。他终于有能力请茜吃小吃了，今后该多带她来吃。他边吃边想。

起身时，茜猛然发现林勇没戴墨镜，他已经能够坦然地在大白天面对众人了。她窃喜。

茜每天下午放学出校门，总觉得有一种东西在身边围绕，看不见摸不着嗅不到，这种感觉只是瞬间，这瞬间的异样足以让茜心里发毛。看周围的同学，说说笑笑，没有发生事情的迹象；环顾四周，没看见什么；她下车，眼睛慢慢搜，结果一样。这种感觉持续一段时间，以至一出校门，心里就打鼓。

"嗨，眼光很准的嘛，有位白马王子，天天在注视你。"一天，陈兵冲上来，怪声怪气，一脸坏笑。

见陈兵主动与自己搭腔，茜受宠若惊，"谁是白马王子，你吗？"

"我没那么荣幸。"陈兵神态的诡秘让茜觉得被捉弄，心里却不恼，反而感激他还愿意捉弄自己，情绪有些亢奋，"我让你荣幸。"茜挑逗的语气连自己都觉得轻浮。

"还是看你的白马王子吧，每天的守候真让人感动。"陈兵回头，茜跟着回望，见林勇远远跟着。

林勇经常徘徊在学校附近。茜是他心里的阳光，是茜把他的身心都带出黑暗。他心怀感激。每天放学时去见茜是他这一天最想干的事，他躲在椰子树下，远远地看着茜骑单车一闪而过。他知道茜这样的女孩，于他是一种奢望。他遏制不住见她的冲动，就放纵这种冲动。他只看她一眼，心里就踏实，这一天的看书、写作就很宁静。

茜明白了那种异样的感觉来自何方。

陈兵一脸不屑，昂首而去。

茜特别不愿林勇暴露在陈兵面前，她怨恨地瞪林勇一眼，身子飞快地跃上单车，把背影甩给林勇，让林勇从逐渐缩小的背影品读她的心情。

"我不想在这儿所学校读了，帮我转学吧。"茜求母亲。

母亲用政审的眼光翻检茜。"差一年多就高考了，好端端的，转什么学。"

"反正我就是不想待在这儿所学校。"

"为何？"

茜的理由说不出口。

茜的沉默让母亲觉得问题不简单，于是到学校找老师。老师说茜课余常读小说外，未觉她异样，学习成绩照常。茜读小说引起母亲警觉，趁茜上学，把茜的房间搜一遍。

"你翻了我的日记。"茜见日记本放在书桌的正中，被盗贼洗劫的感觉强烈。

"你的感情蛮丰富的嘛。"母亲不理会茜的火着，"日记里那个'他'是谁？"

"为什么要告诉你。"茜的火有了出处。

"转学，是因为他？"联想的丰富让母亲高度紧张。

"你说呢？"茜继续扔火。

茜的火终于引着了母亲，母亲怨："你干吗总让我这么操心？"

"你干吗偷看我的日记？"茜嘴唇发抖。

"偷？"这个字不仅刺耳，还刺到母亲的心，"对，我偷看你的日记。"

"强盗。"两个字发出声时，茜恨不得它们是炸弹。

"你以为我愿意做强盗。"母亲气得发抖，抖得声调都曲曲折折。

茜不再说话，不再看母亲激昂的情绪发作。

夜里，茜摸黑坐在书桌前，母亲的话还在耳里震响，她内心很虚，脑子很乱。

母亲跑上跑下，积极为茜办理转学，因为茜日记里的那个"他"。

茜很麻木，她想转学，是想摆脱渴望陈兵对自己的青睐及自己对林勇内心的侵占，所以任母亲把她转入市里最好的寄宿中学。

茜很高兴待在寄宿学校，连周末都不想回家。在宿舍，她少跟同学交往，时常摊开课本做掩饰。她其实很想念林勇，想跟林勇说自己的心事。她自己在心里独自对话，话憋不住，就写在日记上，写完，在日记上加把锁。

茜发狠学习，发誓要考上外地大学，远离家，远离父母。

茜果然考上广州的一所大学。

整个大学期间，她没有谈恋爱。她读林勇的小说，但不再与他见面。

茜觉得自己越来越像林勇小说里的人物，或小说里的人物像她。那个叫秀子的女人，是林勇新近发表的小说《等待秀子》里的女主人，男主人叫长浩。

秀子是长浩暗自爱慕的女人，他的书友。长浩是个长相畸形的病人，患内心失明症。秀子是他的药。秀子一出现，长浩的内心就有光。秀子的一句话、一个眼神，是充足了电的电池，能让他光明四射。每天见一次秀子，长浩的心就光亮一天。他天天去秀子学校附近，偷看放学路过的秀子。有一天，长浩在学校附近看秀子，被秀子发现。秀子不满丑陋的长浩出现在帅气的男同学面前，愤然而去，从此不理睬长浩，长浩的自尊心受到极大伤害。渴望光明的内心遏制不住，长浩仍偷偷去见秀子，只是更隐蔽，直到秀子考上大学，到外地求学。从此，长浩的心陷入黑暗，一片死寂，成了明眼瞎子。

茜读到这段，知道林勇是在扬起鞭子抽打她的心。那些远去的情景，在她脑里早已淡去。现在，这些文字，翻起了记忆，翻起了她的悔意：那天在学校门口自己对林勇的伤害。

林勇的小说把茜推入深渊。林勇的身影无处不在地在她脑海里晃，那个一直在她精神里行走的林勇，那个以保尔为榜样的林勇堕落成内心黑暗、哀怨的林勇，让茜自责。她曾确信他能够拯救自己。

茜去林勇奶奶家，奶奶家家门紧闭。她已多年没去。她惆怅。在街口拐弯处，她意外发现不远处戴着墨镜在小摊前坐着的林勇，他正在摊前卖香烟、水果等。她忙躲到街对面观察。林勇相貌比以前更丑。他给顾客递烟、称水果、找钱，表情是一副妥协、认命的平静。旁边那位跛足女人，该是他老婆了。茜一连几天都偷偷观察他们，就像以前林勇在校门口偷偷看她一样。林勇最终能养活自己，在生活中安顿自己。他能怎么样？他不能怎么样！物质的林勇就这样生活着。每个人的心里都有另一个自己。茜颓废，他现在的景况是对她的另一种伤害。

茜决定不再读林勇的小说，把多年来收藏的林勇发表小说的杂志当废纸卖时，心里委屈得如六月雪，眼睛一下就汪满泪，那些文字垒起的墙曾是她精神的支撑，它顷刻间的坍塌，让她心裂出豁口，不知何时愈合。她到义兴街的附近转，就是没勇气再走近林勇。

长浩的内心失明症愈来愈厉害，失明似癌细胞一样向全身扩散，影响到他的视力，文字在他眼里模糊了，那些一本又一本的书籍进入不了他的视线，他的精神瘫痪了，思想瘫痪了，身体如行尸走肉。秀子这个女人，他灵魂的罂粟花……

林勇小说的片段如漂在她脑里的浮萍，随流水快速覆盖，打捞一片，又漂来一片，占满脑间。

长浩躺在幽暗的房里，合拍幽暗的内心。就这样躺着吧，永远这样躺，暗到极致，也许就是光亮了。

……

长浩就这么躺着，他以为就这么躺下去了。黑暗如海，掩埋着他，他觉得身体不断地往下降。不知过了多长时间，他感觉到身体着陆后，词语涌现了，一个，一个，又一个，排列，组合，叠加，有质感的、带着光泽的词语如从海底沉船打捞出的瓷器，去污后的亮泽辉映着他，复活了他的肢体、思想、神气，内心的光亮从弱到强，形象出现了，场景出现了，情节出现了……他身体像弹簧一样弹起……

茜突然间特别渴望见到林勇。她直奔林勇的小摊。她出现在林勇面前时，正吃饭的林勇，戴着墨镜的脸仰在空中，筷子停在空中。

"你好！"茜招呼。

"你好！"林勇站起，把饭盒放下。从他转身和放饭盒时手的抖动，茜看出了他的慌乱。再转过身时，已看不出他心有波澜。他搬一张塑料凳给茜坐。茜坐在他对面。见茜看他，他把墨镜摘下。他的脸更丑了，皱纹已横陈额头、眼尾，只是肤色和年轮积淀出的沉稳，透出一股成熟男人的气度。"你过得好吗？"

茜不知如何回答，他的平和、坦然令她吃惊。"那些小说……"她答非所问。

"那些小说已是过去时。"

有妇人来买香蕉，林勇称后，说，"三斤，两块四。"收钱，找钱。

茜陡然觉得在这儿个场所谈小说有些荒唐。"生意好吗？"

"能解决温饱。"林勇回答。

又有一男人来买一包香烟。

茜想起多年前林勇奶奶的忧虑，现在她该放心了。

这时，一跛足女人进来。

"我老婆。"林勇说，却不向女人介绍茜。女人向茜面露笑容，忙补货去了。茜仔细打量她，身体健壮，大脸庞上的五官都往大号长。如果不是左脚畸形，该是个运动健将。"你回去吧。"女人对林勇说，又面向茜，"晚上是他写作的时间。"女人两颗大门牙，给茜爽朗的感觉。

"我们走走？"茜请求。

林勇点头。

"你好吗？"林勇问茜。

茜摇头。

林勇瞪大眼睛，关切注视。

"你喜欢现在的工作？"

林勇点头："逐渐喜欢。"

"不觉得婆婆妈妈？"

"这才是生活，有踏实感，有自给自足的快乐。"林勇新理了发，精神比她所见过他的任何时候都爽朗。

他们沿着多年前曾经走过的线路走，一时无话。时间已悄无声息地消解了一些东西，该铭记的也只能永远留在记忆里。

林勇见茜，心内有过瞬间的慌乱。他有过无数次与茜重逢的想象，即使是思念变成绝望，也没停止过想象。遇到后来成为老婆的女人后，是女人把他从书堆、文字和虚渺中拉出。当奶奶把女人带到书房时，两人都盯着对方残疾、丑陋的部位，彼此的心痛、怜惜一下就拉近了他们之间的距离。女人的热情、开朗感染着他，让他内心重现光亮。他们一起经营这个小摊，他才真正贴切、触摸到世俗生活，找到生活的立足点，与女人结婚。他想跟茜重逢，是想让她知道自己已跟她从前所认识的那个"他"彻底告别了。

茜似乎已从林勇的步子稳健、神态从容中感受到他整个人的脱胎换骨。

茜本来有很多的疑问，现在觉得没必要问了。与林勇告别的时候，她知道自己该如何去面对生活。

"我憎恨我的领导，面对他时，我又不得不对他面露笑容……"

"我觉得老公对我越来越冷淡，我怀疑他在外面有相好的……"

"我儿子网瘾严重，难以自拔。我觉得没教育好儿子是我人生最大的失败……"

往后的每天，都有倾诉者向她倾诉，男人女人，失恋、失业、失和，五花八门。茜用心倾听，观察他们，窥见他们的内心，把他们记录下来。

一天．一个眼戴墨镜穿着时尚用抹腮红和口红来显示气色的高个女人直接进入一个包间，她选择茜倾听但不面对面。茜隔着帘子倾听，昏黄的灯光下女人始终戴着墨镜。"前不久，我爸爸去世了。他病危时，三亚的一个楼盘正开盘，走不开，等我赶回家时，爸爸已成一把灰……没在爸爸去世之前见上一面，成了我永远的愧疚……"女人几度哽咽，声音断断续续，"这么多年，我一直在外做生意，拼命挣钱，本想再挣一笔钱后买一个套间让爸妈来安度晚年……"茜听到抽泣声和纸巾擦鼻涕的窸窣声。抽泣声平息后，女人不再说什么。几分钟后，茜听到女人离去的脚步声。茜走出包间，目送女人的背影，见女人到停车场，钻入一辆黑色宝马。茜回到包间，见桌上放着二十元和几张揉成团的有各种渍迹的纸巾，这些被湿洇透的纸能救赎女人那些迟到的悔恨之心吗？

茜步行回家，遥看天空，月光轻柔、洁净，绸质的天空，星光华丽、诡秘，风也细致，姗姗拂过皮肤，感觉滑嫩。倾听的兴奋还活跃于她的大脑，那女人的形态和语调还那样真切。这不是份轻松的工作。想到女人走时比来时轻松，自己做不了心理医生，做个精神垃圾中转站，把它们处理掉，也值了。茜想。

一个人的空城

　　苏琴上了开往火葬场的公交车。公交车很挤，她在后面找到一个座位。城市在车窗外快速掠过，城市的景物，在她眼里空无一物，跟她的心一样空荡。公交车进站出站，人上人下，都与她无关。她要去参加林宏的葬礼。她满脑子显现的都是林宏的脸。他们一个星期前还见过面，那是他们分别三十几年后的再次见面。

　　那天，苏琴在办公室。"苏琴。"苏琴循着声音望去，一个男人已站在跟前，仔细辨认，"林宏。"她呢喃。

　　没穿军装的林宏头发白的比黑的多，面相苍老。

　　这个要了自己初夜的男人，这个抛弃了自己的男人，怎么还有脸站在自己面前？空白过后，一些情景从她的记忆深处翻涌，那些话，那些触摸，那些思念，那些等待，还有从宝贝到抹布的跌落，都是星星之火，云集在胸腔，燎原之势只需一个火引。

　　"找个地方坐坐？"见苏琴反应冷淡，林宏试探。

　　"没空。"苏琴努力摁灭火引。

　　"我有话跟你说，就一会。"

　　林宏老站在那儿会影响别人。苏琴走出办公室，林宏紧跟。

　　坐在茶店，两人一时无话。林宏盯着苏琴，毫无顾忌。苏琴的眼光，越过他的头，很不屑。

"真没想到，还能见到你。"林宏说。

都一把年纪了，还那么假惺惺。苏琴反感。"来开会？"

"不，我和老伴打算在这儿过冬。今天专程来看你。"林宏加重语气。苏琴看他，疑惑。

"我的时间不多了。"林宏的声音很细微。

时间不多？什么意思，莫非……一股冷气从后背冒出，苏琴认真打量林宏，他果真满脸病容，包骨的皮呈腌菜的颜色，此刻看他比刚才第一眼看到的还虚弱、衰老。

她想起第一次见到他时的情景。

学校与部队联欢，她不会跳舞，坐在长凳上看别人跳。陆续有几个男人来请她跳舞，她都说不会跳，男人们都退去了。舞池里，一个军人的身姿吸引了她：高大、魁梧，腰身直挺，很男子汉的样子，一下子就让她迷上了。他请她跳舞，她不由自主地站起来，随他进入舞池。她的交际舞是在那儿晚学的，现学现跳；他是懂跳舞的，舞步比她的娴熟，该大步时，他迈得坚定洒脱，小步时，轻盈有弹性。随着慢三的舞曲，他很快就调动起她的情绪。他们踏着节拍，配合默契。一支舞下来，他才自我介绍："我叫林宏，沈阳人。"此后的舞会，他们成了一对配合默契的舞伴。渐渐，她对林宏有所了解。林宏原是一名大学生，抗日战争时弃笔从戎，到渡海作战时，已是某营教导员。她崇拜军人。他们很快陷入了热恋。

往事历历在目，让苏琴遏制不住。

林宏年龄已不小，急于成家，可苏琴的母亲极力反对，因为他是北方人，随时都有回北方的可能。从母亲那儿回到海口，苏琴直奔林宏处。"母亲说，我嫁给你肯定会后悔的。"一路上，她都被这句话折腾着。她反复问自己选择林宏是否正确。她找不到不正确的感觉。她想让林宏帮自己找。

林宏随手关门，抱着她就啃，好像他们有千万年没见过面。两个人的体温交融，温度上来，血就沸腾了，后悔俩字都不值得说了。因母亲的反对，两人更怕失去对方，黏得更紧了。"我要定你了。"林宏用力。"我跟定你了。"苏琴紧张、害怕、兴奋又期待，复杂的心境弱化了她抗拒林宏的能力，随着一阵剧痛，被撞破的一层膜使她完成了从女孩到女人的过程，被女人视为生命的贞洁，这么轻易就献出了。

你会后悔的。母亲对苏琴说的这句话很快就应验了，林宏被调回沈阳某军区当团政委。听到这消息，苏琴懵了，她毫无思想准备。她从没想到要去北方生活。林宏满脸愁容，去说服首长，要求留在海南。首长说北方更需要他，军人以服从命令为天职。他转而动员苏琴随他去沈阳。苏琴开始一口拒绝，他真的动身了，舍不得就这样分开，跳上船跟随他去，在船上、火车上，他们俨然是一对夫妻，林宏用胸膛和手煨暖她越往北越觉得冷的身体。

"那时，我要你是真心的，结婚申请递上去了，政审没通过。"

"为什么？"

"因你的家庭关系。你有海外关系，二哥还是在台湾的国民党。调我回沈阳，是组织不希望我们继续交往。"

"你当时没告诉我。"苏琴的嘴哆嗦着。

"我是你离开的前一天才知道的。怕你受不了。再说，告诉你又能改变什么？"

她想起了她离开沈阳前的那个晚上，林宏拎来不少东北特产，表情凝重、克制，苏琴感觉有点怕，她跟他在一起从没有这样的感觉。他说明天有事，不能亲自送她，叮嘱她路上要小心，要注意安全、注意身体之类，就是没有提到他们今后的事。也许他们今后再也不能见面了。想到这，苏琴不禁冲上去，抱住林宏。林宏用力搂住她，拍拍她的后背，说："我对不起你。我太自信了，自信我能给你幸福，能对你负责到底。"林宏的声音哽咽，苏琴惊讶，看见眼泪从林宏的眼里掉下。她把林宏抱得更紧了："你能，你一定能。"林宏的身子像被刀劈一样，迅速把苏琴从身上剥离。"这样不好，太伤感了。"林宏恢复了平静，口气故作轻松，"我该走了，祝你一路顺风！"林宏快步离去。

改变什么？那些思念，那些等待，那些怨恨。苏琴心里激烈反驳的话终没出口。林宏从她的沉默里感受到谴责。"要了你没娶你，是我这辈子最大的过错，我来是告诉你真相，不奢望你原谅。"

太轻易了。过错？仅仅两个字从嘴里吐出。想起在丈夫哲夫身边的被轻视和精神所受的侮辱，这些话显得那么轻描淡写。

新婚之夜，她穿着睡衣，僵着身子躺着。哲夫平躺着，拉她的手，潮潮的，摸她的身子，"不要。"她发抖，浑身冒汗，他感觉到她的紧张，"那就不要吧。"他退下来。"今天，好累。"她呻吟。"婚礼，确实累人。"他含糊应着，竟睡了去。第二天睁眼，苏琴早起，一反往常的慵懒。"昨晚没故事，今晚该有故事了吧。"他走到书桌前，拿过苏琴手中的梳子，为苏琴梳发。

"哦。"两片云跃上苏琴的脸颊，那纯女的羞涩让哲夫不能自已，他强按住自己身体的异动，那神圣的时刻还是留给夜晚吧。

她知道，那个时刻总是要到来的，逃是逃不过的。她厌倦了躲避的折磨，要肏就快点肏吧！她恶狠狠地在喉咙里说。

　　那个时刻，对哲夫来说，是千盼万盼的，他那被人嘲笑的处男身份，是为这一刻而保留的。他做过无数次的想象，每个场景都烂熟于心。意念中的演练，迫切需要现实去证实。初吃螃蟹的兴奋，是添加剂，把身体燃得旺旺的，只是他没想到那神圣时刻还没来得及仔细体验就已结束，他的脑里一片混乱，各种感觉一哄而上，他需要回味。没有想象中的撞击和弹跳，没有被撕裂的疼痛的传感，想象跟现实落差太大，他有些失望。他趁她翻身时偷偷看床单，没有红色，他的心咯噔一下，顿时凉透。第二天一早，她洗漱时他又仔细把床单看一遍，映入眼帘的是一块浅黄色的印迹。

　　哲夫查看床单，被她看到，她佯装不知。哲夫也没说什么。当晚，她明显感觉到了他的不热烈。两人各怀心思，草草了事，原因嘛，彼此心会。

　　她是有准备的，这情景印证了她先前的冷笑，只是真正到了这一步，心里的酸涩腐蚀到了情绪，飘零在脑里的，全是有味道的刺激神经的碎片，所谓的爱情脆如一朵干花，不鲜不艳，还经不起一点的波折。是自己有错在先，还能要求他怎么样？她拉着被单裹在自己身上。

　　哲夫看裹着被单的她，想对她温存些，但肢体僵硬，心里的怨阻止了他的行动。他唯美的爱情观容不得丁点的瑕疵。他对她的爱里有幻想的成分，幻想破灭，被欺骗的感觉异常强烈。他有些委屈，胸腔里的脏器拉拉扯扯，他翻身，趴着睡好受些。

　　关在房里两张脸冷，在外，两人配合得体，外人看不出任何破绽。她隆起的肚子更证明了婚姻的顺利。有了新生命，两人都放下了各自的小九九，全力迎接被命名为雄的孩子的到来。

苏琴依然沉默，心里所想在脸上表露无余。

苏琴的冷若冰霜让林宏失望。"我说完了，该走了。"他起身，步履蹒跚。

真相？过错？谁的过错？历史的过错？苏琴的大脑被搅乱成一锅糊，反应迟钝。林宏走出屋，她才起身。"去哪？"她问

"回家。"他答。

"打的吧。"她说。

"不，想走走。"林宏停下脚步，"你能陪我走走吗？"

看林宏身体状况不佳，苏琴犹豫片刻，终点点头。

林宏和苏琴绕着中山路、博爱路、解放路、新华路转，这是他们从前最常逛的地方。他还记得当年那只工艺粗糙的大红的塑料制作的五角形发夹夹在苏琴头发上的样子，记得苏琴吃芝麻糊把碗都舔干净的样子。这一带是海口的南洋老街，多年过去，仍保持原貌，而他们之间，早已物是人非。林宏看苏琴，感慨夹着伤感。"你是我这辈子心理的负担，除了亲口对你说出真相，没有什么能救赎我的心灵。"林宏一口气说，血管的膨胀使脸有了些血气。

苏琴的心被他的话烫得有些酥软，见他头重脚轻，赶紧扶住他。他的手干枯而冰凉，凉彻她的感觉。想当初他的手，是何等的轻柔与温暖。她心里不是滋味，轻揉他的手，把自己的热量传给他。他反过手抓住她的手紧握，但无论怎样用力，都已力不从心。

"我送你回去。"苏琴招手叫一辆的士。

"你过得好吗？"林宏问。

"好。"苏琴说。

"丈夫和孩子……"

"他们都好,丈夫在事业单位搞设计,儿子也参加工作了。"

"这样我就放心了。这么多年,最让我牵挂的是你过得好不好。"

自己真的好吗?

"你看到那块蓝花布吗?"哲夫踏进家门,苏琴就问,口气焦急。

"哪……哪块蓝花布?"哲夫的心狂跳,目光躲躲闪闪。

"在衣柜上面的那块。"苏琴目光如剑,寒光闪闪。

哲夫打开衣柜,见衣柜里的衣物整整齐齐。

"别找了,我已把衣柜翻了一遍。"苏琴声音阴冷。

"你不会错放地方?"

"家里的每个角落我都找了。"

哲夫才注意到家里井然。"那块布对你很重要?"哲夫的口气很小心。

没有回音。

睡在床上,两人都盯着屋顶,各想心事。

那块蓝花布,于苏琴,当然很重要,它含有另一个男人的气味。她的初夜,赤身裸体,男人就是用这块布把她包裹。后来,她用这块布把男人包裹。她是用布比画该做什么款式的裙子时被男人撂倒的。她把这块布当被单,与男人在一起的时候。这块布还跟她北上,经历寒冷,往南的火车上,她怀里就贴着布,怀念他的时候,她闻这块布。这是她的秘密,隐藏在心的最深处。婚后,她不常嗅它,却把它放在衣柜最显眼的地方。它一错位,心里就空荡,她不知道是为什么。一个曾经进入她身体的男人,她是怀念他的,这种怀念在婚后犹强烈。哲夫对她越冷淡，她就越想那男人对她的好。那男人就是林宏。

布料没了，让苏琴觉得蹊跷，哲夫目光的闪烁，让她觉得可疑。他一直没否定布料是他拿的，就更可疑，难道他知道蓝色花布对她的意义？

苏琴为布料焦急的程度，令哲夫吃惊。他一直以为苏琴对那块布料的偏好是女人对布料花色的偏好，其实不然，苏琴的神态已超越了纯粹对花色布料的偏好。这与她身体有关，与那个男人有关？这样想，盗走布料的快意现上嘴角，仿佛是布料毁了他对心爱女人的美好向往。她的感情是个黑黝黝的深洞，心的被蹂躏不都是刀光剑影。他看苏琴，苏琴死尸般挺着，他转身。他痛恨和苏琴之间的这种生活状态。

苏琴留意哲夫的行踪，哲夫每天下午四点到六点都出去。她没有问哲夫去哪的习惯。她尾随他。她没想到自己竟干这种不光明正大的事，她太想布归原主了。布的气味是她的精神鸦片，她惊讶人迷恋某种物件可以达到这样的程度。

哲夫到百货公司，站在门口，似在等人。苏琴停在隐蔽处。平时跟他逛街，他极不耐烦，认为逛街是女人对男人施加的酷刑；他现在自动受刑，为哪桩？苏琴的好奇心被撩起。

几分钟后，一个清亮的身影飘向哲夫。苏琴一阵晕眩，那女人穿的，不是那块蓝底白花布料做的连衣裙吗？她知道自己和老公之间有问题，没想到他竟敢这样。她的脚像踏在火堆上，跳将着往前冲，身体似乎是没有重量的，能跑多快就有多快。"把我的布料还给我。"她携着火的声音向女人喷去。

女人被突来的声音惊吓，整个人瞬间冰冻。

"你跟踪我。"哲夫第一个反应。

苏琴怒目剜他，手摸女人下身的裙摆："布料，我的布料！"

"你先走。"哲夫拉着苏琴，对女人说。女人慌忙迈步。

"你这个贼，你偷了我的布料。"苏琴歇斯底里。

"咱们回家说。"哲夫见行人的目光注视他们，拉苏琴走。

"别碰我。"苏琴甩掉哲夫的手，"你这个贼。"

行人听贼字，驻足。

哲夫有裸体的感觉，他粗暴地挽起苏琴的胳膊，拖着走。

"不管那女的是你的什么人，把我的东西还给我。"苏琴一字一顿地说。

"已做成裙子了，你的布料那么多……"

"我就要它。"

强硬的字句砸起哲夫的愤慨，藏在心底的隐痛释放出来："它是那个睡了你的男人的定情物？"

彻底被剥光的羞辱裹挟着仇恨，苏琴张开嘴，在哲夫的左胳膊上死命地咬。"哎哟。"哲夫龇牙咧嘴，松开了挽住苏琴的手。苏琴昂着头，大步离去。

这晚，哲夫没回家。

苏琴一星期不跟哲夫说话。吃饭，苏琴前，哲夫后。房子太小，拉不开两人的仇视，目光一相撞，恨就纠结在一起。哲夫尽量不在家待，晚上估摸苏琴睡了才回屋上床，不敢乱动。"叫那女人亲自把裙子送来，不然我到她单位讨。"苏琴的话撞到哲夫耳膜时，他的身体冰凉。他不能不把她的话当真。他找玉兰。玉兰是他的初恋情人，在百货商场当售货员，皮肤细嫩，相对于皮肤普遍偏黑的海口姑娘，很有些优越感。

玉兰爱逛街，爱买布料。哲夫陪她，并为她设计了一套连衣裙。玉兰拿他设计的样式让裁缝制作，穿去上班，让百货商店的姑娘好羡慕。玉兰的虚荣心得到满足，对哲夫的感情日日加温，在她决定嫁给哲夫时，她父母突然想起没问过哲夫的家庭成分。"资本家。"哲夫的回答让玉兰的父母出一身冷汗。"不做得，你不能跟他结婚。"玉兰的父亲以不容商量的口气对玉兰说。玉兰烂着脸，没了主意。

　　哲夫没想到与玉兰的交往在快有结果的关键时刻被终止，他真切尝到家庭成分这个紧箍圈套在脖子上的滋味。玉兰把父母的话传达给他时，泪眼迷惘。他的心瓣被扯的剧痛很短暂，他不能把玉兰害了。哲夫的转身利落帅气。

　　"对不起，我老婆……"哲夫不知怎么评价苏琴。

　　"你没跟我说布料是你老婆的。"玉兰委屈。

　　"是我不对。"哲夫态度谦卑，讨好的笑一直挂在脸上，"她要那条裙子。"

　　"我去拿。"玉兰鼻孔朝上，眼角的余光把不屑抖落干净。

　　哲夫跟玉兰回家。

　　"给。"玉兰把连衣裙扔给站在门口的哲夫。

　　"她说让你亲自送去。"

　　"她是皇后吗？早知是她的布料，我才不稀罕呢。"玉兰噘起的嘴巴肉嘟嘟的，性感之极。

　　"她说不然就到你单位。"哲夫以太监对皇帝的口吻说。

　　玉兰挥手想发作，细一想，竖起的手无力垂下。

　　"在气头上，她什么事都做得出。"哲夫的无奈触动了玉兰，原来男人无奈的时候，也动人。玉兰用眼雕刻，把哲夫这副模样刻在心里。"走吧。"她说。

玉兰进屋时，苏琴正给儿子收拾屎尿。苏琴远远就看见哲夫和玉兰一前一后地走来。"哼，这对狗男女！"苏琴心里的火炉正呼啦啦地升火。随着脚步声的越来越近，苏琴大口大口吐气，拼命排火，把火苗按住。

苏琴把屋里唯一的椅子给玉兰坐，示意哲夫带儿子出去。哲夫不放心地瞥一眼玉兰，牵儿子出去。

"你跟哲夫什么关系？"苏琴冷眼打量玉兰。

"一般朋友关系。"玉兰被苏琴的眼光压迫得抬不起头，"裙子，我洗了。"玉兰毕恭毕敬，把裙子递给苏琴。

"洗了，谁让你洗了？"苏琴阴沉的脸骤然膨胀，声调高昂。

"穿过了，有气味。"玉兰难堪。

"你把一个男人的气味洗掉了，男人的。"苏琴把裙子抖开，"这款式，简洁、大方、有腰身，该是哲夫的手笔。"苏琴漫不经心的口气对玉兰有威慑力。"这裙子确实很适合你。"苏琴起身，去拿剪刀。"可惜呀！"她在裙的领口剪了一下，双手用力撕，"刺"的一声，裙被撕开两半。"我恨哲夫，他偷了我珍贵的东西。"她剪一下，撕一下。"我也恨你，你洗掉了一个男人的气味。"她又剪一下，撕一下，反反复复。布的撕裂声充塞着玉兰的耳朵，那些破碎的布条拧绞着她紧绷的神经。她起身，冲出屋。望着玉兰的背影，苏琴笑，她抓起那堆碎布条，贴在胸口，感觉心在一点一点地变得坚硬，面目正渐渐变为陌生。

哲夫抱儿子进来，见苏琴正把衣物放进行李包。"你干什么？"

"这个家，我待不下了。"

哲夫以低头表示赞同。"孩子呢?"

"我带。"

哲夫去收拾东西。"我可以去看孩子吗?"

"可以。"

苏琴在义兴街的民房租了一个单间,大小跟单位的差不多。

哲夫从苏琴处回来,心里沮丧。单身的自由没有给他带来持久的轻松,家庭破裂的失败感日渐浓厚。当初爱苏琴那么狂热,现在却分居,这过程的短暂,想来让他猛然一惊。在床上进入她身体的厌恶感清晰起来,结症在哪?身体就这么听从意志的使唤,让两人都索然寡味?爱就这样毁于冷漠,他心不甘。躺在床上,夜的黑裹挟着空洞,从他内心涌出,弥漫开来,是一片空茫。他从来没有像现在这儿样感觉孤单和无望,他渴望身体的触摸,渴望女人的气味。他以给儿子生活费为由到苏琴处。两人面对面坐着无言,却能感觉到彼此的呼吸。他听从身体的需要,手伸出去,身体向苏琴靠近。苏琴起身,他的手扑空,悬在半腰。这个动作意味着他想入苏琴身体的希望落空。

钥匙插入锁孔的刹那,他改变主意,他害怕一个人凄凉地待在屋里。他拔出钥匙,在街头逛荡,凄凉的感觉还没消退又混杂着对未来的迷茫。

哲夫到百货公司看玉兰。玉兰当班,眼光与哲夫的眼光碰一下,迅速避开,当作不认识。

玉兰下班,在百货公司门口,哲夫迎上来。

玉兰没搭理。哲夫跟着走。无话,直至玉兰踏入家门。他在门口边抽烟边注视着里面的灯光,直至灯光灭了他才走。

此后,没事时,哲夫会到百货公司等候玉兰,陪她回家。有感于哲夫的坚持，玉兰面肌松弛，脸上的笑意如春水般柔。脸一生动，整个人活泼起来。哲夫不动声色，静静感受玉兰的变化。玉兰愈可爱，他心里愈忧伤，忧伤自己对玉兰产生感情，忧伤自己的感情会对玉兰造成伤害。

哲夫的沉默和忧伤，使他变得深沉。玉兰迷上他的深沉。男人的成熟对玉兰这个年龄段的女人是最有魅力的，玉兰重新抛开矜持，对哲夫眼露深情。一个晚上，在哲夫送她回家的路上，拐弯处，天黑无人，她扑上去，抱住哲夫。哲夫瞬间身子像根木头，反应过来，紧拥她的身子搓揉……

"我不是处女了。"玉兰的声音不无哀怨。

"可你的处女是属于我的。"哲夫把被单上几滴红的那块剪下，以红为花瓣，用水彩画上绿叶，装裱起来，放在钱包的夹层里，时常拿来欣赏。他叫苏琴去取儿子的生活费，故意让苏琴看到那花。"它是我的宝贝。"他竟这样对苏琴说。

苏琴把儿子的生活费扔向他，扭头就走。他恼怒，从钱包里抽出那朵花："她有落红，你有吗？"

苏琴小跑。那些阉割的钝刀终于变成白晃晃的快刀直接杀戮，羞辱就像烙在脸上，让她想把脸皮都剥下来。在一天一夜的时间里，她的心情被耻辱和悲伤湮没。

的士在海秀路行驶，林宏见苏琴眼里含着泪，表情痛苦，问："在想什么？"

苏琴回过神，挤出笑脸，接着刚才林宏的话题问："你的家人怎么样？"

"我的家人也还好，老伴在兵工厂当出纳，今年退休。儿子在部队。"

"那就好。"

"能再见到你真好。我可以安心地离去了。"林宏唠叨。这不是他的风格。他才六十出头呀，怎么就这么悲观，他真的是患了什么不治之症吗？苏琴伤感顿生，与生命相比，那些怨呀，恨呀，算得了什么！"我活得那么好，你更要活好每一天。"

林宏点头，喉结上下滚动。

苏琴陪林宏回他们的住处，开门的是一高大肥胖的女人。

"这是我的老伴雪梅。这是苏琴。"林宏介绍。

苏琴微笑，打量雪梅。雪梅的大脸庞上盘踞着两道文上的黑青蛾眉，醒目得与底下的白脸极不谐调。

雪梅的目光盯着苏琴从上到下严格检验：苏琴身材适中，服饰得体，颇有气质。怪不得林宏总拿她来跟我比，都病成这样了，还来见她，还要单独见。"林宏可是一直对你念念不忘。"雪梅发出的每个字都在醋里蘸过。

苏琴一直以微笑来抵挡雪梅那犀利如锥的目光。凭女人的直觉，她感觉到雪梅的警惕与敌意。"怀旧是常情。放下心事，有利健康。"

"健康"二字把雪梅拉回眼前，斗志瓦解。

车到火葬场站。"终点站到了。"司机见她迟迟不下车，提醒。她回过神，发现车上只剩她一个乘客。

"我不下了，我往回坐。"她改变主意。他们已经道过别了。那天她与他握手道别时，他冰凉的手握着她的手时，她感觉到他用尽了全力。她离开时，转身的一刹那，她看到了他眼里闪着泪。

"他患的是胃癌，知道自己时日不多，一定要来海南，一定要在这儿火化，还要把一半的骨灰洒在琼州海峡。"雪梅给她打电话时，泣不成声。

背　离

　　瑞珍从居委会那里谋得一份洗废旧塑料鞋的活。她出去找工作，路过居委会门口，见有板车停在那儿，车上是麻袋装的破旧塑料凉鞋，几个人在那儿称、分配，各自运回家。

　　"拉回去干吗？"瑞珍问。

　　"洗。"邻居答。

　　"干什么用？"

　　"那是塑料厂的事。"

　　"我想干。"

　　"找居委会主任。"

　　她就找居委会主任。这属计件工，按斤计费。居委会主任答应时，死盯她那双细嫩的手。"这批已分完。你先登记，下批回来时通知你。"

　　等待因有希望而不显漫长。她一天煮一次饭，吃一整天，饭粥配萝卜干。她已很知道节俭，知道到嘴的饭粒不是随意就可吃到。

　　旧塑料鞋回来那天，居委会主任叫她去取。她分得一麻袋。她把它分成两份，放在水桶挑。时值正午，阳光垂直，一地白银样刺眼。草帽截下光线的锋芒，地面的热气蒸得她额上的汗如水泡破裂，成条往下滚，漫入眼里、嘴里。起身时，肩上的重担压得她身子矮三分，她双腿发颤，身如醉汉，一步三摇，晃晃荡荡。几步一停，放下好放，再起担脖粗脸红，腰要直直挺起。她简直害怕迈步，路面变成黑色。她咬着牙，闭上眼，跌跌撞撞挑到门口，眼一黑，跌坐在地上，久久不愿动，被汗打湿的衣服贴在身上，身体发凉，鸡皮疙瘩凸起，头顶盘旋着热，太阳穴剧痛。她感觉是中暑了，爬起来，一桶一桶地把脏鞋提进屋。

我不能病，不能倒下。躺在床上，她脑海里反复想。有活干多好，有活干就有饭吃。她撑起身子，倒一杯水，放一点盐，喝下去。

她把鞋浸泡在大盆里。鞋底很脏，泥土、粪便黏在图案的缝里。泡软后，她用刷子刷，手从水里捞起鞋底，霉味直涌鼻孔，她的肠胃倒滚起来。她眯着眼，屏住呼吸，使劲刷，快速把它扔到装着水的桶里，再拿锥子顶着布条一点一点抠，把拐角刷不净的地方擦干净，一盆鞋洗完，手皮被泡得发白，手软腰酸肩痛眼潮湿。她把锥子、布条扔到桶里，趴到床上。这是自己谋生的活吗？五味在心胸汹涌，湮没食欲。她就这么趴着。起来时，夜已幽深。她平躺，肠胃很空，她懒得充实。早起，从麻袋里掏出脏鞋，扔到盆里。日子得过下去，她能饿一顿，不能饿无数顿。她把嫌脏怕累的念头从根里掐死。

泡鞋的盆放在房门口，占地方又有霉味，隔壁夫妇每次走过都皱眉头，捂鼻子，一脸嫌恶。她每见他们都赔笑脸，干活小心翼翼，尽量不影响他们。

洗完一麻袋鞋，晾干，收入麻袋，思量着一个人如何把它运到居委会。居委会在街头，她住街尾。她试图搬动麻袋，麻袋摇晃，待着不动。她出门寻求帮助。她跟邻居没有往来，径直走向居委会。"你去借一辆板车把鞋拉来。"居委会主任说。

"去哪借？"

"瘦二屋。"

见居委会主任面露烦相，她不敢再问瘦二家怎么走。

窄小的街道，破败的路面，低矮的平房，哪一家可能是瘦二家？她在每家门前停顿，没勇气敲门问。她在街上徘徊，见路人都想问，终没开口。不知怎么办时，一男人走来。男人从她身边经过时瞥她一眼，这一瞥，焊接了她的目光，脑筋活络起来，话冲出口："知瘦二屋在哪不？"

男人回头，指着前面一间矮旧的房说："就那间。"

她和男人同行。

"我想向瘦二借板车。"

"板车不在，干活还没回。"到瘦二家门前，男人指着门口的空地说。

她失望。男人注意到她的表情，欲言又止。走到一有庭院的门前，她发现这离自己的住处只隔间屋。"哎——"她挥手喊正在进屋的男人。"能帮我搬一下东西吗？"她指自己的住处，声音越说越小。男人盯着她，返身跟她走。他们抬着麻袋，走走停停，才把麻袋搬到居委会的公称上，趁她称鞋，男人走开。

拿到第一笔洗鞋赚的钱，她有了重生的感觉。

旧鞋不是每天都有洗，闲时心又空洞起来。想念儿子又遏制住见儿子的冲动。形单影只，却不想见明光。明光曾来看瑞珍，瑞珍知道他来的目的。搬出来后，她就不想再碰他，他进入她身体时的冰冷和厌恶让她觉得屈辱。她不能单靠洗鞋，得继续找工作。

长堤路，散工的集散地，都是一些苦力活。男人是这里的主体，以瑞珍的纤细、苍白，在人堆里，人们以为她是来找劳力的，时不时有人问她要不要劳力。有采石场的人招一名敲石头的工人，立刻有五六人围上去。听说是到石山那边，太远，退下来。她咬着牙说："我去。"采石场的人看她，表情犹豫。"我去。"一个男声响起，采石厂的人目光转移，马上要了那男人。她看，是在街道上帮她搬鞋的那男人。男人见是她，点点头就跟采石厂的人走了。

男人那不经意的一看，碰撞了她的目光。那是怎样的一双眼啊！冷漠，孤独，眼皮那么的一揭一落，混杂了对尘世的屈服、无奈和不屑，颤到了她的心尖，尤其是那股孤独与她的孤独汇合、交融，变成了她身体的一部分。从此，她心中多了一件事：渴望与那男人不期而遇。

男人叫郭辉，这是瑞珍后来才知道的。

郭辉跟奶奶住在祖传的老宅里。郭辉话少，心的沧桑在脸上裸露无余，唯有嘴角的纹路倔强地向上翘着，以坚硬对抗生活的艰难，为着年迈的奶奶，为着家人。

郭辉早出晚归，左手指上缠着绷带，神形疲惫，可见敲石头的工作一点都不轻松。瑞珍待在门口。她掌握郭辉归来的时间。见他是她每天生活的一项内容，他看没看见她，没关系。远远地，一个模糊的面容、一个身影，心里就已经慰藉。她已抵达他的内心，距离已不重要。他的孤独令她心痛又迷恋，触摸他就等于触摸自己，抚慰他就等于抚慰自己。

瑞珍多领一份活，糊火柴盒。郭辉奶奶也糊火柴盒。交火柴盒时，她邀郭辉奶奶一起去，有机会进郭辉奶奶家。四十几平方米的平房，很玲珑的二房一厅，外有一个院子，有一棵葡萄树，树下有一防空洞。有时晚饭后，她找郭辉奶奶闲聊，借机与回来的郭辉照面。郭辉冷冷的目光把她活蹦乱跳的心挡回原处，她不理会，心因见面而满足。

瑞珍回娘家接儿子上幼稚园。母亲带外孙已带出感情。她对他的溺爱超出了对其他的孙子。瑞珍看出其中的端倪，母亲怜悯外孙的处境就是在怜悯她这个女儿，她已能很坦然地接受怜悯了，她已经是个母亲了，她已经知道生活的艰辛了，艰难中怜惜是慰藉。从母亲那渐多的白头和皱纹里，她知道汗水是怎么把母亲的头发从黑浸泡成白的，生活之手是怎样在皮肤上刻深皱纹的。

儿子进了居委会办的幼稚园。平时瑞珍接送，明光上班。只需要周六接，星期日晚上送回。儿子从别的小朋友那里知道他们的父母都住在一起，隐约感觉到自己的父母跟别人不一样。他在幼稚园，经常独自待在角落里想，想又想不明白，闷闷不乐。"妈妈，爸爸为什么不和我们住一起？"

瑞珍惊讶，抱起儿子，亲一下，"房间太小，住不下。"

儿子的脸乌云散尽。

"爸爸，为什么不接我和妈妈来住？"

明光一愣，小心道："爸爸晚上干活，回来晚，怕吵醒你们。"

儿子的脸阳光起来。

这样的谎言，终被识破，儿子亲眼看见了父母间的一幕。

那晚儿子入睡没多久，被屋里的响声惊醒，儿子眯着眼看，房间里多了一个人，儿子睁开眼，见是明光，正高兴。见明光把瑞珍拉到怀里，瑞珍挣扎，从明光怀里溜出去；明光又向瑞珍靠近，瑞珍从书桌上拿起剪刀，对着明光。儿子看到这，"哇"地哭起来。他们听到儿子哭，面向儿子，定格瞬间，瑞珍把剪刀放下，满嘴酒气的明光扑向儿子。"不哭，没事。"瑞珍上床，手拍儿子的身子："爸爸妈妈在开玩笑。"

"对对，我们在开玩笑。"明光拍一下儿子的脸，转身离去。

这个场景让儿子颤抖，瑞珍搂着儿子入睡，仍能感觉到儿子的哆嗦。儿子开始用质疑的眼光看父母，开始封闭自己，不愿交谈。儿子用仇视的眼注视那个经常来帮瑞珍扛麻袋的不说话的男人，对跟瑞珍交往的人怀有警惕，转溜的眼睛四射光芒，让人觉得这小男孩目光的凌厉，机灵古怪中有一种与年龄不相称的老成。那男人瞅他时，总有些不自在；而瑞珍一见那男人出现，就只关注他而忽略儿子。

明光周末接儿子时，儿子不再兴致高涨。儿子在明光整洁的房间里嗅出了与以往不同的异味：香皂的味道，床单上、枕巾上、明光的衣服上。这味道让儿子警觉，儿子盯着明光察言观色，心里揣满心事。明光明显感受到儿子的变化，知道自己对儿子的伤害，满怀忧伤。

为多挣钱，瑞珍领了些季节性的零活。中秋节前，有厂家做五仁月饼，需要瓜子仁，她领了剥瓜子仁的活，剥一斤瓜子仁赚一毛五。她抓住黑瓜子的圆处，用小锤敲开尖处，再剥出仁。除吃饭睡觉，她不让自己闲着。

儿子不去幼稚园，坐着看瑞珍敲，要帮着剥。瑞珍怕儿子把瓜子剥断，不让儿子摸。见儿子拿一粒瓜子用嘴巴啃，瑞珍抢下："这是厂家的瓜子，不能吃。知道吗？"

"知道了。"儿子眨巴着眼。

瑞珍怕儿子吃瓜子仁，又叮嘱："这些也不能吃，吃了，称不够，要赔钱的。"

儿子点头。

几天后，交了瓜子仁，瑞珍三步并做两步，脸沉沉地把儿子从幼稚园接回家。"不是让你别吃瓜子仁吗？把妈的话当耳边风。"

儿子被瑞珍又大又急的声音吓着，惊恐地盯着她："我没吃。"

"吃了，还撒谎。跪下。"瑞珍更生气，坐在床上。

儿子跪在床前，放声哭，边哭边说："我真的没吃。"

"错了，还不承认。难道瓜子仁会长翅膀飞了吗？"瑞珍的气无处发泄，抓起桌上的木尺，"说，你是不是吃瓜子仁了。"

"我没吃。"

"还嘴硬。"木尺落在儿子的小腿上。"我拿去称，少了二两，赔二两的瓜子钱，等于这几天的活都白干了。我日赶夜赶，容易吗？"瑞珍越说越上火，手里的木尺不停地朝儿子身上打去，儿子疼得尖叫，扭动身子躲到桌角。

火气发出去，停顿下来，瑞珍看儿子的双眼恐惧又仇恨地盯着她，手脚上是一条条红紫的伤痕。她闭上眼，手中的木尺掉在地上，心里的疼一阵一阵袭来，睁眼时，泪已浸得视线模糊。她扶起儿子，把儿子搂在怀里。"对不起，对不起。"她心里一遍又一遍地说。

明光周末来接儿子，看到了伤痕。"谁打的？"明光眼球凸出。

"妈妈。"儿子偎在明光身上。

"瑞珍！"明光的声波把瓦都震了，"有你这样做妈妈的吗，把孩子打成这样？"明光的手指戳到瑞珍跟前。

瑞珍自知自己过分，没出声。

"儿子是前母仔么，这么虐待他？"明光的怒气源源不断。

"明光，把你的嘴巴洗干净再说话。"瑞珍没见过明光在自己面前这样气焰嚣张过，指着他的鼻子说。

"我嘴巴不干净也好过你这个心肠歹毒的女人。"

"我打他是有点过，你干吗不问他为什么被打。"

"哇……"儿子见父母相互指鼻子瞪眼睛调高嗓子吵，吓哭了。明光收拾了几件儿子的衣服，拉儿子就走。

夜深，瑞珍难眠。屋里的任何声响都无限放大，干扰严重，床底窸窸窣窣的声响，是老鼠啃噬的声音，令她愤怒到极点，跳起拿扫帚扫床底。老鼠早就逃窜，扫帚扫出一些白色颗粒，细看是瓜子仁。她赶紧掀开床板，通往隔壁的墙角有一老鼠洞，洞里还散落着几粒瓜子仁。是老鼠偷吃瓜子仁，儿子被冤枉了！愧疚感整晚都折磨她，睁眼闭眼都是儿子受委屈的脸，耳里响的是儿子被打时的尖叫。

瑞珍回明光单位的宿舍，没看到儿子。等一个上午，也没见明光。瑞珍到爷爷奶奶家，明光和儿子都在。一家人对瑞珍的到来，表现冷淡。爷爷奶奶行为一致，同对瑞珍挤出一点笑的模样，双双回避，把客厅留给儿子一家。

"以后，儿子就住这了。"明光正色的表情使空气加重了重量。

"他妈死了吗，住在爷爷奶奶家？"明光的话推翻了瑞珍说好话的打算。

明光把儿子拉到身边，"孩子都这样了，能跟你住吗？"

"儿子，你过来。"瑞珍叫。

儿子迟疑，到瑞珍跟前。

"妈错怪你了，对不起，跟妈回去好吗？"瑞珍双手抚摸儿子的脸蛋。

儿子看明光。明光不止一次看到儿子哀怨又祈求的目光，他为儿子小小的年纪就有这样的目光而心疼。"你愿意住这，还是跟妈妈走？"明光轻声问。

"跟妈妈走。"儿子小声回答。

儿子感受到瑞珍射向他的目光充满感激。

明光出差，周末没能接儿子，儿子少了一个可去的地方。瑞珍每天操劳，脸上少有笑容。有事脱不开身或星期天，她让儿子到郭辉奶奶家。

郭辉的奶奶头发花白，六十几岁的样子，衣着整洁，一副金边眼镜，镜片后的眼睛闪闪烁烁，慈祥、锐利、多变，上翘的嘴唇和下拉的嘴角，显示一种威严，只是咧开嘴笑时，立刻就有一种亲和力。奶奶对瑞珍儿子的到来，是欢迎的。瑞珍儿子第一次见到她时，躲在瑞珍身后。奶奶就绽开她的嘴，眯着眼，把眼尾的皱纹聚集起来，把一颗椰子糖塞到儿子手里。儿子感受到奶奶的友好，从瑞珍身后闪出。

儿子喜欢在葡萄树下的防空洞里玩。用木头架起，然后用砖砌起的几平方米大的防空洞，是儿子玩过家家的好地方。奶奶边糊火柴盒边看儿子玩，时不时地充当儿子的同伴。儿子给这院子带来生气，这种生气常常以郭辉的回来而戛然而止。

儿子一听到郭辉的脚步声，心里就开始怦怦跳，儿子本能地不喜欢他。

儿子想回家时，是瑞珍最不愿回之时，她觉得自己一天的劳碌就在这儿个时间点上精神得到了慰劳，一天的思念在见到郭辉那一刻得到释放。她很渴望向他倾诉，告诉他他帮自己搬东西时自己内心的幸福；渴望他向她回敬一下柔情的一瞥或一句温暖的问候。郭辉冷冷地点下头就径直回房，让瑞珍追随他身影的目光随着心的落空沮丧地收回。他把自己包裹成一团墨，她看不透猜不着，更激起她的窥视欲。她更频繁地在此出入。

郭辉回家，只要瑞珍在场，奶奶就收敛起慈爱的目光，换上锥子似尖锐的目光，在郭辉和瑞珍间扫射。她对瑞珍注视郭辉的目光高度敏感，凭女人的直觉，她感觉到这女人的目光有股危险的火焰，她知道这女人有丈夫。她不能把他们拒之门外，她喜欢聊天，尤其喜欢瑞珍的儿子带来的热闹。她还发现郭辉对瑞珍的过分冷淡有问题，他在极力掩饰什么。瑞珍和儿子走后，她走进郭辉的房间。

郭辉躺在床上，闭着眼睛，胳膊搁在额头。每天回来，他总是躺一会再吃饭。奶奶进来，他没动弹。

"敲石头很累。"奶奶坐在床边。

"嗯。"

"你的手伤着了。"奶奶抓起他左手上裹着绷带的拇指和食指，心被一瓣一瓣扯着似的疼。

"没事。"郭辉缩回手，起身。"吃饭吧。"饭桌上，郭辉一直逃避奶奶的目光，那被时日淬过的如剑的目光直刺心底，他知道是躲不过的。他快速地把饭菜倒进嘴里送到胃里，仓皇退回房间，但伤痕撕裂的疼痛，已经存在，重舔伤口已成必然。

灾难是突然间降临的，那天的天气跟平时比没有什么反常，阳光依旧透亮。突然间大街小巷贴满了大字报，人们脚步匆忙脸色慌张，空气中传递着一种紧张的情绪。他刚在单位随造反派揪出单位里的两名臭老九，回到家，父母却成了反动权威，被揪出，每天轮番戴高帽、游街、批斗、坐喷气式机、剃阴阳头……那些场面想起来，仍让他寒气彻骨。沦落为狗崽子的他天天跟在批斗的队伍里，父母在台上，他在台下。父母从小衣食无忧，受过良好教育，哪受过这种侮辱。日甚一日的批斗，让他们尝尽了非人的屈辱，苦难没有尽头，生命陷入绝望，死是唯一的选择。他跟的最后一场批斗，他就从父母的神情里看到这种情绪。父母一站在台上，目光就开始在人群中寻找，直到在人群中找到他。他听从父母目光的召唤，挤到最前面。他明显感受到他们目光里的缠绵、不舍、屈服、绝望……以往的批斗，父母都羞于面对他，他发觉后就悄悄待到他们目光达不到的地方。那天，父母目光的反常让他心里忐忑，父母被押走时，最后一眼瞥向他时，泪花闪闪。晚上睡前，他心里很乱，抓起衣服，边穿边去关押父母的地方，他赶到时，他们已双双选择了自杀。当他独自一人面对着父母的尸体，觉得天已塌下来，生与死的界限模糊了，就这样随着父母去吧。眼前的景物暗下去。醒来时，奶奶已在他身边。父母的尸体已被布盖上，奶奶表情平静，眼泪悄悄滑落，苍老的孤影直挺，坚强力撑。他握住奶奶的手，手冰凉，凉到他心里。遗世的念头那一刻被遏住。

　　瑞珍从大哥手中接过那块梅花表，那是留给心仪的人的。她一想起他的眼神，心就战栗，就只想跟他在一起，哪怕去死。她想这就是所谓的被电了。她迷恋这种被人电的感觉，这种被击倒的麻痛和死的恐惧交织的感觉。她现在才发现，她对张工的感情不是爱，是依赖，她只被动地去接受爱。她对他的依恋，不过是对失去依赖的一种怀想，是对明光对自己轻视的一种抵抗。她和张工之间的痛是被遗弃的痛。她对明光的感情也不是爱。明光是她对失去张工的一种填补，是对现实生活的一种妥协。她和明光之间的痛，是肉体的痛。唯有对他，让她认定是爱。他只扫她一眼，就击中她的心脏，搅得她六神无主，不能自已。他就是郭辉。

　　那天，当瑞珍知道大哥大嫂要从新加坡回来，心被提起了。她不想让大哥看到她的窘况，不想让他担心。她去见刚出差回来的明光。"大哥要回来探亲。"

　　"哦。"明光对她的神采吃惊。

"能不能跟儿子回娘家？"她的眼神与语气一致。

"什么时候？"

"明天。"

"好。"

"还有……"她动手收拾房间。明光明白过来，一起收拾。

她闻到了一种气味，不是这个男人的陌生的气味。她不动声色，强把内脏的动荡压下去。

瑞珍一家从大哥那儿得到丰厚的礼物。大哥打量明光，觉得他和瑞珍般配，欣慰加喜爱，掏出一块梅花表，递给明光，明光正要接，瑞珍从大哥手中接走。"我看看。"

"是块好表。"大哥眼里的瑞珍，还像小时那样任性。

趁大哥转身，瑞珍把表收起。明光瞪她一眼，冷冷地收起目光，投放别处。

这情景收在母亲眼里。她对明光这位女婿不反感，总希望他们重归于好。瑞珍不在时，她把一块准备给别人的手表送给明光。明光推辞。瑞珍把表接走，他很尴尬，心被什么东西阻隔着，拒绝再接受瑞珍娘家的任何东西。母亲知道他心里不痛快，把表塞到他手中，口气强硬："这是妈给你的！"

不论瑞珍找什么理由推辞，大哥坚持要去看瑞珍在海口的家。踏入明光的宿舍，其逼仄与简陋出乎大哥意料，这么差的居家条件让他的心情轻松不起来，就连对瑞珍没好感的大嫂对她的住处也脸露怜惜。

离开之前，大哥把瑞珍和明光叫到跟前："你们在海口看看有没有合适的房子，哥给你们买一套。"

送走大哥，母亲带着儿子住瑞珍租的房，把瑞珍赶回明光的住处。

瑞珍感谢明光的配合，不好太坚持，就跟明光回家。入剧团大门时，那些曾经躲避她的人，对她笑脸相迎，有番客的家庭令人羡慕起来，瑞珍一下子不能适应这样的变化，面无表情，对明光把脸绽放得花朵似的表情，很不舒服。她加快步伐，把那些脸抛在脑后。

和明光单独处在一起，瑞珍总觉得身体哪个部位出了问题，坐立躺都别扭。明光倒是殷勤，煮水倒茶，整床单，铺枕巾。两人躺在床上，感觉陌生。她身体僵硬，任明光搬弄。明光兴致盎然。完事后还趴在她背上喘气，与当初对她的冷漠判若两人。也许是男人的动物性在作祟吧。她的思绪回到从前。

张工的单间宿舍也似这间房，仅有十几平方米。瑞珍和张工就是在那儿间房里进行交融的。那个晚上，温度上来，血就沸腾了，后悔俩字都不值得说了。因母亲的反对，他们俩更怕失去对方，黏得更紧了。"我要定你了。"张工用力。"我跟定你了。"瑞珍紧张、害怕、兴奋又期待，复杂的心境弱化了她抗拒张工的能力，随着一阵剧痛，被撞破的一层膜使她完成了从女孩到女人的过程，被女人视为生命的贞洁，这么轻易就献出了。

"我把女人最宝贵的给你了，你就是我的男人了。"瑞珍的脸趴在张工的胸脯上。

"是你唯一的男人。"张工抚摸瑞珍的后背，幸福地说。

……

如果没有那个当初，她现在的生活会是怎样？无端地，伤感冒出，眼泪就涌了出来，淌在枕巾上，她把脸埋在枕巾里，那股不属于她和明光的陌生气味又钻入鼻孔，在她心底漫开，她把明光甩下，翻身。明光一番满足后，对她的愤怒没反应，转身睡去。

瑞珍送走母亲，不再回明光的住处。

自从大哥回来后，瑞珍的着装鲜亮独特，原有的气质得到彰显。她到郭辉奶奶家，奶奶照样热情，她明显感觉盯她的眼神有了别样的东西。

"你现在，不用洗鞋、糊火柴盒了？"

"嗯。"瑞珍看表，过了郭辉平时回来的时间。

"那快搬走了吧。"

"可能吧，没那么快。"瑞珍的眼睛瞟向门口。

"你老公呢，他好像极少来看你。"

瑞珍的微笑僵在脸上。这是奶奶第一次问这个问题。奶奶的目光锐利如刀，把瑞珍的僵脸切割得凌乱不堪。不是亲眼所见，她想象不出有着慈眉善目的奶奶，会有这样炙人的目光，她即刻知道，要想见郭辉，承受这样的目光是必须的。"我们分居。"她的目光同样炙人。

"为什么？"

瑞珍一下子被激怒了，自己为什么要告诉她原因？这时郭辉出现在门口。瑞珍的眼睛圆睁，奶奶被她的光芒引向门口，快步迎上去。"我有话跟你说。"她直接把郭辉推进房里。

瑞珍对郭辉连眼角都没扫向自己感到深深失落。她从裤袋里掏出那只梅花表，看了看，放回裤袋，转身离去。

瑞珍明了了奶奶的态度，不再去她家。她在路口等郭辉。

天色向晚，天气预报夜里有台风登陆。台风前的闷热，让她皮肤黏腻，汗味熏鼻。

她把手中的活撂下，特意在这儿个时间在此等候。半个小时过去，起风了。看来，台风的到来比预报提前了。瑞珍眼看四方，寥落的行人行色匆忙，手提大包小包，储存吃的、用的，以防台风来后断水断电。伴着风的粗大的雨点斜着急促砸下，瑞珍躲到一户人家的屋檐下。雨越下越大，风力也加大，她觉得有了凉意，双手抱着胳膊。街上无人，她必须见到郭辉。她坚定自己的决心。

风雨裹着夜色，使昏暗灯光下的景色很斑驳，狂卷的风雨没能按下瑞珍的波澜，她不等郭辉，心就像无边的夜一样无望。

谁知等待郭辉变成了和台风的搏斗，躲雨的屋檐成了风口。她把手伸进裤袋抓住那块梅花表，身体贴着墙角，呼啸的风雨抽打她的身体，风扫过的各种物体的声响伴着呼呼的风汇成各种怪叫，仿佛是一只怪兽，正要把她吞噬。她又恐惧又冷，自己是渴望见郭辉渴望得昏了头，在这儿种天气里等他。她嘲笑自己。衣服全贴在身上，水从头到脚往下滴。一连三个喷嚏都被风雨声吞没。夜往深里去，整个街区就她一人。不行，不能这样被动地被台风施虐。她趁风力小些，冒着雨跑回住处。

"妈，我怕。"儿子缩在床上，听风像要把瓦掀起的声音。

"妈回来了，怕什么。"她边换衣服边说。衣服上的水把地板湿了一大片。躺在床上，盖上被单，她的身体还抖。

"妈，你去哪了？"

她不回答。她加上一床棉被，还是冷。冷和风雨敲打屋顶的响声让她一夜无眠，脑袋里想的仍然是郭辉。那个星期六晚上，儿子被明光接走后，她实在闷得慌，无目的地在街上转，心里的怅然在夜里更绵长。街上迎面而来的是密集的人群与匆匆的脚步，她惊讶自己在人群中的孤单，惊讶自己与街景无关，心里的冰凉向四肢发散。她把身体靠在路边一棵椰子树干上，仰头看天边那一轮孤月，寻觅寂寞嫦娥的孤影，以遥感点点慰藉。

往回走时，在寂静的小巷，她看到一个孤影，太熟悉了。她加快步伐，站到他的对面。四目相对，无言。他们神交仿佛已久，都已读懂对方。他们的身体在相互靠拢，相隔一厘米的时候，他骤然转身，让她扑过去的身体扑了空。"郭辉！"她喊出声来。

台风漂洋过海，街道一地狼藉，残叶和断枝横亘路旁。瑞珍勉强送儿子上学，回来就倒在床上，她病了。家里没有一片药，捂在棉被里全身发冷，想喝一口热水，水瓶是空的，想煮水，水缸是空的。她绝望，对这样的日子绝望。她两眼一黑，倒在床上。不知什么时候，她睁开眼，见儿子在床边，还有明光。明光见她醒了，转身就走。

"是你叫他来的？"她口气严厉地对儿子说。

儿子说了缘由。原来儿子放学回来，见瑞珍昏迷不醒，吓得哭了，就去找明光。明光一看像是感冒发烧，去药店买药给她服，又挑水做饭。

"以后我的事不要他管。"瑞珍气咻咻地说。

"他是我爸，我不叫他叫谁。"儿子觉得委屈。

瑞珍把身子转向内。

病还没好利索，瑞珍就在路口等郭辉，一连三天，都没见郭辉。郭辉从这条街上消失了。

瑞珍决定在市区买一套房。

大哥先前寄给她买房的钱，她没马上去买。她从母亲的衣柜里掏出当年父亲送给母亲的一件连衣裙，让人仿制一批，批发给别人卖，赚了一笔钱，就在得胜沙租个铺面专做服装生意，衣服的款式是她从大哥寄回的全家照上她的侄女们穿的衣服仿造或改良的，由于款式新，很受年轻姑娘青睐，生意红火，投入的钱很快回收。

搬出租住的地方，瑞珍很惆怅，尽管这里于她已没有什么牵挂。她带儿子去跟郭辉奶奶告别。奶奶最不舍她的儿子，说了许多道别的话，只字不提郭辉。她的刻意，更让瑞珍怀疑。走时，瑞珍故意落后。"我和老公分居了。"她在奶奶耳边一字一顿地说。

奶奶只眨一下眼，没有声色。

瑞珍在路上，一直在琢磨郭辉奶奶的表情。她很不甘心自己最深情的一个梦留在那儿小巷里，买房子时她怀着激情和想象去构筑未来，未来的主人有一半是郭辉，这个渗透到她魂里梦里的男人。她猜测，郭辉在她视线里的消失，肯定与奶奶有关。

新家是二房二厅一厨一卫的套间，这对一直住平房的瑞珍和儿子来说是很高级了。进屋那天，瑞珍没叫明光。母亲没看到明光，派人去叫。明光以看儿子为名勉强来了。瑞珍没打算让明光进屋。母亲见明光在门口，过去把他拉进屋。

母亲指着房间对明光说："你们俩住这间，那间儿子住，够了。"

明光面肌跳动，眼露羡慕。

"你什么时候搬过来住？"

母亲的目光比不经意的口气更让明光不舒服。"公家的房，不住白不住，哪能轻易让出。"

母亲听出明光的推辞，脸沉下来，见一直脸黑黑的瑞珍嘴挂着讥笑，顿觉这两口子之间的不和明显。她剜瑞珍一眼，瑞珍那咄咄逼人的架势，她看就来气。

饭桌上的气氛沉闷，主要声响是吃喝声。母亲拼命说话，只有儿子应和，觉得无趣，终低头吃喝。明光碗筷一放，说单位有事，抬腿走人。

"同在市里还分居，不怕别人笑话。"母亲收拾碗筷。

"那是别人的事，我不会让他来住的。"瑞珍扫地。

"他还不愿意来呢。"

"算他知耻。"

母亲把瑞珍拉到房间："你这话什么意思？"

一直盘踞在瑞珍心头的怒气一下上升到头顶，喷了出来："意思是我要跟他离婚。"

离婚？这个词在母亲的生活中是不存在的，现在从瑞珍嘴里吐出，使她的大脑陷入稀泥中。离婚？她打个寒战。家里人祖祖辈辈都没人离婚过，她女儿却要离婚，她怎么丢得起这个人呀！她哀号起来："离婚，只要妈还活着，你就别想！"

见母亲脸色灰青，瑞珍把准备说的话噎回喉咙，把垃圾重重地倒进垃圾筐，算是对母亲的回答。

母亲对瑞珍的态度愤然，把碗筷放下，走了。

母亲的脚步声远去，瑞珍"砰"地把门关得震响。看儿子站在小房门间，泪在眼里转，她回自己的房间。

迁入新居是喜事，却以相互伤害收场，瑞珍懊悔，突然想起儿子，赶快到他房间。

儿子听到瑞珍说"要跟他离婚"时，脑子就乱糟糟。自他懂事以来，父母就分开住，跟别人很不一样。自卑就像刻在额头上的字，长一岁，就深一点。他厌恶人们看他那种怜悯、怪异、猜测、鬼鬼祟祟的目光，尤其是逢年过节的时候，别人家团圆时的吵杂和欢快，更衬出了他们的清冷。寒意是细胞里的，覆盖身体的每一层，即使父亲对他百依百顺，要什么就买什么，即使母亲把最好吃的、最好穿的留给他，即使站在阳光下，他仍没有温暖的感觉。他宁愿没有这些，只要父母住在一起，一家三口和睦地住在一起，幸福快乐地生活。

父亲明光进屋的那一刻，他看到了希望。他殷勤地搬凳、摆碗筷，希望从今往后，父母真的像外婆说的那样，他们住大房，自己住小房。愿望随着"要跟他离婚"永远落空了，他重新掉进冰窟里。

瑞珍进来，见儿子蜷缩在床上。瑞珍坐在儿子面前，儿子不搭理。"你都看到听到了，妈跟你爸不能在一起生活了。"

"为什么？"儿子语气愤怒。

瑞珍突然哽咽，不知如何解释。

"为什么？"儿子声音高尖，瑞珍从他眼里看到火焰，"因他有了别的女人。"瑞珍吐出每个字时都恶狠狠的。

儿子的上齿咬着下唇，表情坚硬。

明光正要出门，儿子把他堵在门口。

"你不上学？"明光问儿子。

"我逃学。"儿子流里流气的样子。

"为何？"明光又问。

"因你有别的女人。"儿子仇恨地说。

明光的脸一下子血气充足。"胡说，是你妈这样跟你说的？"

儿子不语，明光视为默认。"大人之间的事，你长大了，会懂的。"

"你真的有别的女人？"儿子希望明光的回答是否定的。

明光沉默。

儿子转身就走，天、地、街景一下子在他的视线里变得灰暗，明光的形象变得丑陋，憎恨在那儿一刻产生了。

"你去哪？"明光见儿子的脸色不对，跟着他。

"不用你管。"儿子加快步伐。

"我是你父亲。"明光强调。

"是父亲就别干这种事。"儿子放声大嚷。

他百感交集，眼眶潮湿。儿子是他的心肝。他和瑞珍不和，让他最觉得对不起的是儿子，他格外疼爱他，儿子身上的一根汗毛都会牵动他的神经。他在儿子面前全没脾气的完全隐退，养成儿子在他面前的放肆。现在，儿子的话把他刺痛、刺醒了。他爱儿子，却忽略了儿子的感受，他和瑞珍的战争、和美玲的欢愉必然以他的痛苦为代价。想想世人那些如锥的眼光，那些如刀的话语，小小的儿子不被戳得千疮百孔、鲜血淋淋才怪呢。他被自己的想象吓着了，一把抓住儿子从头到脚仔细看他。儿子走累了，索性停下。

"你要去哪？我送你。"

"不关你的事。"

"我是你父亲，尽管不要脸。"后一句，明光声音下压，语气加重。

"很快就不是了。"儿子吐出的每个字又慢又重又狠，恨意深重。

"什么意思？"

"我妈要跟你离婚。"儿子带哭腔的声音和哀怨的眼神揪得他的心发紧。

明光到得胜沙找瑞珍。瑞珍正往衣架上挂衣服。明光的出现令她意外。她把店面交给小工阿梅，随明光走。

他们之间极少这样郑重其事。"儿子逃学了。"

瑞珍仰起的脸在空中定格。

"他来找我。"

"他对你说什么？"瑞珍口气迫切。

"他说你要跟我离婚。"明光看瑞珍。随着生活的改善，丰盈的物质丰腴了她的身体，原来的气质和成熟的完美结合，给他脱胎换骨的感觉。对这个自己曾经迷恋过的女人，为何就不能过那个关呢？那层处女膜，真的这么重要么？"他说的是真的？"

"真的。"瑞珍眼看远方，眼光茫然。母亲的坚决反对，使她的决心大打折扣，儿子的愤怒把她推入两难，矛盾、焦虑、烦恼以黑灰的色彩圈在她眼的周围。

"是我对不起你。"明光语气诚恳。离婚是他一直想提的，经瑞珍说出，伤感突如其来，儿子带哭腔的声音和哀怨的眼神也突如其来。"儿子怎么办？"

"不能让他受伤害。"瑞珍反应迅速。

他们对视，目光里的东西惊人一致，这让彼此的伤感继续弥漫。

"要么再考虑考虑。"明光建议。

"过段时间再说吧。"瑞珍回应。

瑞珍和明光在大哥面前演的戏，在大哥回新加坡后就结束。明光从瑞珍只在家里过一夜就不再回头，就已看到他们的前景。他不再约束自己，频频带美玲回家。与美玲的初夜给他带来的惊喜和幸福让他时常回味，进入身体的阻塞和强行撞破的感觉，记忆深刻。

因为儿子，明光房间充满着紧张的气息。儿子扬言他随时都会光临这间房，只要一发现别的女人，他就无休止地逃学。明光不敢让美玲来。半个月过去，儿子没来，美玲受不了，趁月黑人静，摸上门来，天不亮就走人。美玲对这种鬼鬼祟祟的生活空前地厌恶，尤其厌恶明光神经质的提心吊胆，厌恶他被儿子如此地俘虏，全没有床上的雄风。"这样的日子何时是尽头？"她质问明光。

"再等等，等儿子的情绪稳定再说。"

她摔摔打打没给明光好脸色，走了没几天，又半夜潜到明光身边，跟明光在一起的快感真的让她迷醉，就冲着这点，她惋惜自己跟明光之前身体的浪费。外表是给人看的，衣服包裹着的身体才真正属于彼此，彼此都销魂的感觉让彼此都觉得他们才是天生的一对。如果他是树，自己就是缠在树上的藤。她谴责自己第三者插足，刚一离开他又期待下一次。天一抹黑，脚不自觉就朝他那走去。她是夜间的动物，她觉得这很罪恶，又迷恋罪恶。她常常在黑暗中想起瑞珍，在来回的路上。平心而论，从外表看，瑞珍很不错，自己除了年轻外，没占优势。明光从不跟她谈他们床上的事，她揣摩他们之间的关系，想象他们之间的性生活。她现在知道床上的事不是简单的事，那也是一条幸福的河流，那条通往子宫的河道滋生的快感足以颠覆人们的鄙视和谩骂。她现在是离不开明光了，她为得到他是不择手段了。她见过瑞珍，从瑞珍的目光里看到她的傲气，瑞珍是不可能容忍老公对自己感情的背叛的。她的威胁来自他儿子，她从他儿子的照片里看到他儿子目光里的那股叛逆和无所畏惧。儿子是明光的软肋，这是她最担心的。

"不是让这段时间避一避吗？"明光对美玲的频繁不悦。

美玲把他的话当耳边风。她知道愉悦取代不悦的是什么。

果然，明光身体积极，停止运动后，喉咙里还滚出满足的声响。黑暗中，声响就是他的表情。

"该起来了。"明光把美玲从睡梦中叫醒。

"早着呢，再睡一会。"美玲嘟哝着，翻身。

明光把美玲从床上拉起，催促她穿衣。她睡眼蒙眬地让明光摆布。

屋外黑咕隆咚，道路模糊，寂静把细微的响动无限放大。美玲让明光牵着，蹑手蹑脚地走，屏气走出小区大门，明光松懈下来，深呼吸。在睡意正浓时被强行拉起的美玲，饱胀的恼怒终于爆裂："我这小偷还要当多久？"

明光没像往常那样哄她，看时间确实比以往早，美玲上班还早，回家又太晚，就坐在路边的椰子树下。

风，潮又凉，从皮肤上扫过，黏又痒。美玲把头钻到明光怀里，明光推开。

"这样紧张干吗？"

明光起来："咱们还是走吧。"

美玲看出明光的心神不定。

明光的心神不定来自那双眼睛，儿子照片上的那双眼睛。从美玲上床的那一刻，他把相框扣下，那双眼睛仍然在他脑里闪亮。这是他从来未有过的，他满足的声响一发出，就被那双眼睛鞭打回去，声响倒流还带着味道，臭鸡蛋的味道或是臭屁的味道。他再也睡不着，躺着听手表上的时针从他身体踏过。他等不到天微亮了，他起身叫美玲。

瑞珍关了店门，没有急着回家，而是坐在人民广场的水泥椅上。儿子对明光的扬言，让她心烦。一个身影从她眼里掠过。再看，像是郭辉。她追过去，跑到那人前面，果然是他！"郭辉。"两个字从她嘴里吐出，她才意识到，自己是第一次在他面前叫他的名字，这叫声仿佛是等了几十年，她感觉自己的表情是哭相，心里其实已浸泡在液体里。

郭辉同样是意想不到，嘴唇的表情是回应"哎"的样子，声音没冲出嘴巴。

"你去哪了？"瑞珍的语调里有一种哀怨的谴责。

"我——我——"郭辉目光躲闪，手指前面，迈开脚步。瑞珍跟着走。"我搬家了，找不到你。"她说。

"奶奶说了。"郭辉回应。他的脚步快得瑞珍跟不上，她小跑起来。她怕郭辉一走掉就再也找不着。"你现在去哪？"

"我去接一个人。"郭辉停下来，眼定定地盯着瑞珍，他的目光如磁，她的如铁，咬在一起。"我去接儿子。"郭辉把目光拔走，瑞珍依然追随，再也不能相遇。"他在哪？"

"他妈妈那儿。"

"哦。"

"我落实政策，回原单位了。"

"一家人也在一起？"

郭辉没回答，继续往前。

瑞珍站着，看郭辉的背影消失。

瑞珍去郭辉奶奶家。奶奶见她，愕然，请她进屋的意愿勉强。"怎么想起来这儿？"

"我遇见郭辉了。"

奶奶眉头一跳，说是要给瑞珍倒水，却在屋里走来走去。瑞珍看出她的心神不宁，心里纳闷。

"你来有事？"

"见到郭辉，想起您，来看看。"

"郭辉说什么了？"

"他说他回原单位工作了，还说去接人。"

"你说他去接人。我想起了，我要去看一个人。"奶奶拍拍额头，做猛醒状。

瑞珍看出她动作和表情的牵强，听出了她的潜台词，知趣地起身。"我也该回去了。"

她们到门庭上时，外面的木门开了，郭辉和一男孩进来。四人表情都惊讶。男孩没想到有外人在，跑进屋里。郭辉没想到瑞珍会在这儿，奶奶没想到郭辉和男孩这时回。瑞珍震惊的是那男孩的脸。一张右脸颊被火烧过后皮肤打结变形的脸。时空瞬间凝固在这儿个点上。

"他是我的儿子。"郭辉的声音把瑞珍的目光从屋的方向拉回，瑞珍感觉到话语的无用，下沉的心使表达变得多余。"送我到路口，好吗？"

郭辉没回应瑞珍的请求。奶奶倒很放松，"去吧。"

郭辉迈步。

"想听我说什么？"郭辉的主动令瑞珍意外。

"你和儿子。"瑞珍话刚出口，就后悔。看郭辉，反应并不强烈，知道他注定是要向他人诉说的，他心里盛着的事压得他太沉，不减负就要垮。

我办完丧事，神情恍惚，赶到学校开会学习。我这个狗崽子低头弓身，坐在最不显眼的后排听普通话最标准的青年女教师读报纸。女教师尖亮的声音，令我想起当音乐老师的母亲声音的细柔、滑润，眼窝一下子发热。我闭上眼睛，把眼泪堵在眼眶里。母亲的音容笑貌活跃了我的心脑。

"郭辉，你这狗崽子，学习社论时睡觉。"一个男声在我耳边炸响，我睁开眼睛，工宣队队长站在我面前，所有人的目光都射向我。"我……没睡。"

"还狡辩。"黑壮的工宣队长吼，室内的气氛骤然紧张，空气闷热，汗从身体的各部位沁出。"我……我检讨。我学习时不该闭眼睛。"见过太多的批斗场面，我知道躲不过，只好低头说。

学习会变成批判我的会。每人都必须发言，昔日的同事瞬间就成了异己，越往上纲上线说，越表明立场坚定。把我批倒批臭后，不尽兴，就批我父母。后来学校把大伙儿的发言汇总起来，觉得问题严重，决定把我开除。

妻子脆弱的神经再也经不起我父母"牛鬼蛇神"的身份又自绝于人民的双重罪责，以及我的被开除，留下一张离婚协议，带着儿子逃离。

有个傍晚，前妻从外面赶回时，她租住的那栋两层楼已经浓烟滚滚，她住楼下的那间房已被火封住。火是由焚烧书籍引起的，房东有两个儿子，一个读高中，一个读初中，两人都参加造反派，大儿子参加"东方红"，二儿子参加"海联司"。在派别争斗中，有人揭发他们是资本家的后代，来搜家，把书柜里的书扔在厅里焚烧，不慎引起火灾。她五岁的儿子还在里面，她拼命往里冲，她把吓呆了的儿子抱出来时，被一张矮凳绊倒，儿子的右脸跌在一本正在燃烧的书上……

那个傍晚前妻把儿子放在家里，仅仅是为去附近的菜市场买一把青菜。她之所以把儿子放在家里，是当时有"武斗"，占据得胜沙的"海联司"和中山路的"东方红"在互放冷枪，"砰——砰——"的枪声在空中炸响，让住在附近的她闻到硝烟的同时想到了战争，想到了乱世。街上店铺早早关门，行人寥寥。那个傍晚发生的一切，让她的精神彻底崩溃……

瑞珍听这些，心里被齿啃般难受。她看郭辉，他像是说别人的故事。他已悲伤过度，痛到极致，也就麻木。

路口。他们停住脚步。

瑞珍极想拥抱一下郭辉，终没动。"已发生的事，无可挽回。一切都过去了。"她想说这些安慰话，终没出口。

郭辉似乎读懂瑞珍，长长地呼一口气后，悲戚被清除出去，他以坚毅的表情告诉她。她突然明白了郭辉奶奶为什么能如此放松。

瑞珍约明光见面。她现在对明光不爱也不恨，只把他当儿子的父亲。这个身份，使她不冷不热的态度恰如其分，对明光的女人美玲也不恼不怒，甚至对美玲背着第三者的恶名，不离不弃地与明光厮守多年心生佩服，尤其是她与郭辉相识后，体会了爱情，但也承受了痛苦。她和明光这么多年没离成婚，主要是双方的态度不够坚定，瑞珍的不同意只是原因之一，报复的心理起了很大的作用。她憎恨他对自己不是处女的轻视。她不能阻止他和美玲的好，却有能力阻止他们成为合法夫妻。她把儿子当作砝码，逼迫他在离婚问题上举棋不定，与她还有藕断丝连。这种暧昧的关系使每次的相约感觉奇特，赴约时的心情竟像初恋时那样期待又忐忑。

明光对瑞珍的相约从来都很准时，相约的原因都是因为儿子。这么多年，瑞珍一个人过，他觉得不易。他也曾动恻隐之心，美玲文化程度不高，在精神生活方面，远不及瑞珍。瑞珍的不屑使他把它收敛。瑞珍捍卫尊严的决心让他知难而退。只要不离婚，他和美玲不管如何惬意，瑞珍在道德上永远比他们优越。

"儿子怎么啦？"

"他很好。"明光站面前，瑞珍陡然发现他脸颊的黄褐斑，眉间那条深长的皱纹雕刻着生活的烦心。她清楚，他有美玲，却不能暴露于光天化日，美玲与他好的同时是怒气冲天的。美玲一而再地人流，他背负的是亲杀自己骨肉的罪名。有一天，他找她，泪流满面。"我的孩子，我的孩子。"他伸出双手，在她面前叫唤，那眼光，恨不得把她杀了。美玲想留下孩子，他逼美玲去做人流。当时她仰起头来听，心却刀绞似的疼。"够了，够了。你是来告诉我，是我杀死了你们的孩子。"她扯开嗓门，伸长脖子朝他使劲喊。那时，她心里已有郭辉，亲尝了感情之痛。从那天起，她不再恨他们。

瑞珍从明光那看到了自己，心生怜悯。"我们离婚吧，母亲同意了。"

"哦——"明光在缓冲他的反应迟钝。

"把这个喜讯告诉她吧。"

瑞珍的话让明光吃惊。"你要结婚了？"

瑞珍摇摇头。"对女人来说，等待是慢性自杀。快点办手续吧。"瑞珍态度平和，走了。明光站在原地，桎梏松开，他没有轻松感。

母亲日渐虚弱、衰老让瑞珍感觉到了时间的急迫，她去找郭辉。

郭辉刚在单位拿到一套两房两厅的套间，正准备接前妻回来住，见瑞珍，笑容里含有谦卑。瑞珍知道他是因为借了钱的缘故，心里不好受。她不喜欢他这样的笑。瑞珍帮他，是不需要回报的，她真心想替他分担，把他的事当作自己的事。郭辉不这么看，他坚持每月从工资里抽出二三百元还她。她知道不收会伤他自尊，把他还的钱装入信封放在挂包里，不存也不花。他的有尊严让她对他多一份敬重。

"你不来，我也要去找你。郭仁的妈妈要出院，要结账……"郭辉没说完，瑞珍就明白他的意思，"要多少？"

"两三千吧。"

她从挂包里拿出信封交给郭辉："刚好三千。"她趁那种笑没浮在郭辉脸上时把眼睛移到别处，心里说，这些钱一直放在包里是因为它们有你的气息。"请你帮个忙，行吗？"她说。

郭辉撑大眼眶等她下文。

"请你跟我去见我母亲。"

郭辉的眉头跳一下，五官停止运动，以长久的沉默来回答瑞珍。

"她老了，为了让她放心。"

"这种事，不能欺骗。"

"求你了，就一次。"瑞珍听到自己的哭腔。

"对不起，我不能。"郭辉态度坚决。

瑞珍知道自己踏出这一步就再也不会回头了。她听到自己灵魂里的呻吟。她和郭辉之间的路已被堵死，退阵下来的是被撕裂的痛。痛吧，痛到麻木就好！

第一次见到郭辉前妻时，郭辉前妻正被两名护士按在床上。他进来，让护士放开。护士一松手，他的前妻马上从床上跳起来，对他又踢又挠，把他的脸挠出血来。在他把前妻送到医院前，前妻从窗户里看到邻居在装垃圾的铁桶里烧垃圾，病发，披头散发，冲出家，直奔垃圾桶，扑向火，被邻居死死拉住。她又叫又跳，五官扩张，悲愤异常。邻居在家人的帮助下，按住她，给他打电话。他怕前妻伤及别人，赶紧给安宁医院打电话。前妻五官精致，身材娇小，发作起来却力大无比，两名护士只好又强行把她绑起来，给她打针。瑞珍第一次见他流泪，这个面如顽石的男人被两行泪泡得脸颊有了皮肤的质感。"发病前，她是那么娴静。"他的泪涕交汇让瑞珍格外感动,这男人的泪,太金贵了,自己是奢求不到了……

"这些钱……"

"还时,给我寄。"

郭辉还钱时,不是寄给瑞珍,是亲自到服装店。他第一次出现在她的服装店。"我来过,说你回老家了。"

"我母亲去世了。"

"对不起。"

瑞珍对郭辉的拒绝仍耿耿于怀。

"谢谢你的帮助。"郭辉把装在信封里的钱放在柜台上。

还是那个信封。瑞珍收起。"不需要谢。需要时,再拿。"

郭辉动容。"我做不到。我不能欺骗。真的对不起。"郭辉的表情少有这样生动,五官都配合诚恳的语调诚恳着,目光黏腻。瑞珍不敢对接,害怕它动摇自己的决绝。"这话已说过,我理解。"话出口时,心已柔软。站在他的角度想,他能做怎样的选择?

"她好吗?"

"情绪还稳定。"

"那就好。"

目送郭辉的背影,"我怎么做,你才活得最好?"瑞珍自问。

守望南洋

1

秀芬对着镜子，细看面容，百感交集。再瞧被荒芜了近二十来年的身子，绝望空前。渐白的青丝、细密的皱纹、松弛的皮肉，都是被时间和老公林超合谋摧残的结果，老公的无音信让她过着连寡妇都不如的生活，愤慨迅疾地在心里滋生，然后蹿上脑门。林超这个废物，生不见人死不见尸，真是惨无人道、惨无人道！她倒在床上，面对着枕头干号。号过后，心里还堵。她起来，逃离房间。

走出家门，她不知要去哪。她生活的空间就是从家里到田间地头，再从田间地头回到家，两点一线，日复一日，年复一年。

天黑，月很亮，风清，空气很润。她身体深处的焦渴，不是这些好景致就能缓解的，相反更加深了她的感伤。她不知不觉就走到溪边，坐在她常坐着洗衣服的那块大青石上，带有草腥味的空气呛入她的鼻腔，她嗅到的竟是一丝的苦涩。风拂过她的肌肤，中和了身体的热量，怒气一点一点地被消解，心的温度却跌至冰点。二十来年的独守空房，二十来年的翘首以待，已把她的耐性磨得透明薄脆，随时都有破碎的可能。

她和林超是父母订的婚。林超出洋前一个星期，她差不多天天晚上都要求跟林超行房事。谁知道明天就远走异国的他将来会怎么样？这一带出洋的男人，杳无音信的不在少数，自己拥有他的日子有多长，谁也说不准，她最大的希望是怀上他的孩子，孩子是拴住男人的一根链，是公爹仔，就是他的根。只是天不遂人愿，秀芬在林超出洋前折腾了几天，也没能怀上孕，她只能独守空房，眼巴巴地守望……

村邻下园婶的死，让秀芬受很大的刺激。

下园婶的老公是在他们的儿子出生后才去番的。开始几年，老公按时寄批寄银，下园婶照料孩子，伺候公婆，种田做家务，做做吃吃，日子过得充实。儿子七岁那年，玩耍时，掉进水塘，被淹死。下园婶受不了这个打击，精神一度失常。老公知道儿子死后，寄批寄银日渐稀少，后干脆没音信。下园婶在公婆的照顾下，精神有所恢复。对儿子的死，公婆没责备下园婶一句，下园婶的内疚感日重，觉得是自己没看好儿子，才被老公抛弃，精神时好时坏。有天，思念儿子太切，跳进儿子失足的水塘，被村人救起，从此落下病根。公婆是厚道之人，容得下她。弟媳见她病歪歪，是个药罐子，家事帮不上，白吃不说，家里整天弥漫着药味和沉郁的气息，表面无话，心里嫌弃。

秀芬和下园婶两家离得近，秀芬闲时巡村，常去看下园婶，眼见病魔一天一天地侵蚀下园婶的身体，把一个曾经丰腴、强健的女人败成一具骷髅的皮囊。她境况的凄惨，勾起秀芬的联想：如果她老公不去番，会是这个样子吗？想到她老公，又想起自己的老公。林超的无音信已有好些年，生死未卜。作为女人，自己连母亲都没做过，这样下去，自己的将来岂不是比下园婶更凄惨？下园婶死后，下园婶萎去精气的容颜总在秀芬脑里晃，对老公的坚守有了动摇，她不求富贵，不怕吃苦，只想与老公生儿育女，过正常的农家女人过的日子。现在，这样的日子，对她，如手抓空气。晚上，她打开一瓶番薯酒，在房间里自啜，啜了大半瓶，有了醉意，便大声吟唱当地的民歌：送郎送到码头分，郎你去番侬心闷。眼汁滴到土落窟，白日看路夜看船。歌声悠长而哀怨，中间还夹杂着哭泣声，后又传出碗碟破碎的声音。这些声响惊动了家人，大嫂赶紧过来看，见她只穿内衣内裤，满脸通红，醉眼蒙眬，一见到大嫂，便扑上前抱住她："你终于回来了，你让侬等得好苦啊！"然后就趴在大嫂身上。大嫂顺势把她抱到床上，让她躺下，刚躺下的她却直起身，嘴对着大嫂吐了起来。大嫂忍着恶臭安顿她睡下，收拾好房间后，叫侄女玉兰来陪她，自己才去换洗。

2

大侄儿从番捎来一个消息，说有人在泰国见到林超了。二十几年毫无音讯的林超突然有了消息，秀芬心里掀起狂澜，沉寂许久的希望，泛出心底，所有的以往都从沉睡的记忆中被唤醒，她马上叫玉兰回批，打听更具体的情况。不久，有关林超的消息又出现在大侄的信中，"林超叔在泰国已另娶，育有二男一女……"消息让秀芬的心如被锐利的物品重重一击，就地坐下，脸色从红到白。大嫂意识到这消息对秀芬的毁灭性，去扶秀芬，秀芬目光呆滞，毫无表情地任她安坐在太师椅上。玉兰端一杯水给秀芬，秀芬没接。大嫂把手伸到她眼前摇晃，没反应，急了，掐她的人中，一激灵，她盯着大嫂，表情安静得让大嫂觉得时空凝结住了，一滴眼泪从她的眼角溢出，紧接着泪水汹涌，她跳起来，向外奔去。

秀芬望着村路，心里涌着许多话，但无心诉说，只静静地坐在龙眼树下，任眼泪肆意地流，任思绪在脑里翻腾，让拥堵的话从心里疏通：我过的是什么日子呀？我十几岁嫁给林超，跟他过不到一年，他就去番，一直没音讯，我守了几十年的活寡呀！好不容易有他的消息了，这个没良心的却已在番跟别的女人生儿育女了。我的命怎么这么苦呀！我活得太不值了！呜——秀芬终于号啕起来。她起身，向小溪走去，她决心把自己泡在小溪里，让溪水决定她的去留。水一点一点地浸上来，水的清凉渗入骨髓。就这样吧，让四肢冰凉吧！让身体沉下去吧！这样你就跟尘世无关了，什么都一了百了了。她仿佛听到一个声音在诱导她，她闭上眼睛，任身体在水里沉浮。水漫过了脖子，漫过了嘴巴，漫过了眼睛，漫过了头。猛地，她被水呛了一下，水从鼻腔里流出来，身体一激灵，脑子清醒过来，我要干什么？意识到危险后，她有些乱了方寸，身体又沉了下去，一连灌了几口水，她恐惧了。我不能死，我心不甘！求生的欲望使她挣扎着向岸边走去。上了岸，一屁股坐在满是杂草和乱石的地上，边喘气边后怕。她明白，自己是怕死的。往回走的时候，邻村演琼剧的锣鼓声和唱戏声从空中隐约飘来。她的脚步循着声音而去。

琼剧就是在这儿个时候进入秀芬的生活的。之前，秀芬也看琼剧，但不痴迷。那晚，演员唱《楼台会》中祝英台唱的：忆当初，相结拜，三年长，书斋里。情投意合相敬爱，此心早许梁兄台……字字句句、一板一腔都敲到秀芬的心坎上，祝英台对梁山伯的感情就像她当初对老公的感情，这种共鸣使她不自觉地跟着哼哼，几遍下来，戏文记住了，板腔也学到了，她不识字，戏文却记得牢。

有次从娘家回来的路上，她遇上了一公仔班，正要去附近一大户人家祝寿。她跟在公仔班后面去了。大户人家的儿子从南洋回来给父亲祝七十大寿，宴请全村人，还请公仔班助兴。公仔班演的是《刁蛮公主》，秀芬没看过，唱词她很陌生，但那些唱腔、旋律，于她，早已入心入肺。那位扮驸马的男主角，台上是公仔表演，发自台下真人的唱功，把她迷入魂。那磁性而又响亮的声音通过她的耳膜迅速使全身有了触摸的反应，指尖也兴奋得冰凉。剧终，她到后台去寻找驸马的扮演者，扮演者正收拾公仔。她一看，是位身材、长相都跟他那洪亮的声音相匹配的中年人。她有上去跟他说话的冲动，却不知道如何去跟这陌生的男人交往。她只好混在看热闹的村人间大胆肆意贪婪地打量那男人。围观的人渐渐散去，公仔班的东西也收拾完毕，她孤零零地站着，看着公仔班的人启程。那男人从她身边走过，扫了她一眼，她心跳加快，鼓足勇气，追过去："戏……戏班……需……需要人吗？"

"问班主。"男人没停下脚步，也没看她。

"谁是班主？"

男人指了指前面一位干瘦的老头。她上前，问老头："班主，戏班需要人吗？"

"不需要。"回答很干脆。

她黯然，想再跟那男人说什么，男人却迈开大步，想甩掉她的样子。她放慢脚步，默默地跟在这儿群人后面，她没钱住店，蜷缩在客栈的门边过了一夜，天没亮就动身回家。

3

公社举行"大跃进"民歌比赛，队长见秀芬爱唱琼剧，就让她代表生产队参加。秀芬不识字，记戏文靠念字官。她唱戏是自娱自乐，没在大伙儿前亮过相，让她去参加民歌比赛，心里打鼓。

民歌比赛在公社办公室前的打谷场上举行。秀芬对比赛没有什么概念，觉得自己要做的事就是在打谷场上把民歌唱完了事，这几天她就没日没夜地唱队长交给她的几首民歌，这可不比在地里干活轻松。她在打谷场，意外地遇见了那个演公仔戏的男人，他也是来参加比赛的。他没认出她来。

"来比赛？"她迅速向他靠拢。

他点点头，"你也是？"

她点头。"你肯定唱得好。"

"比了才知道。"他表情淡定。

比赛开始，从报幕的请秀芬做好准备开始，她的腿就开始发抖。"下面请新民大队的秀芬上场。"有人推了她一把，她才握紧拳头走上打谷场。她头看天空，变腔变调地唱了一首："跃进春风吹大地，社员心里乐开花。花生地里放卫星，花生地下藏金娃。要问金娃有多大，壳当摇篮米如娃。"第二首她只念"东风吹，战鼓擂……"眼睛扫到公仔班那男人的脸上，脑子一片空白，几十秒后，她只好放弃，尴尬出场。接下来是抱滕大队的文清上场，她由此知道他的名字。

文清感情饱满，字正腔圆，举手投足，抬眼亮相，都与众不同。他的演唱把比赛推入高潮。秀芬忘情地为他鼓掌，仿佛他的成功就是自己的荣光似的，全然忘了自己弃场的不光彩。"你演得太好了。"秀芬的真诚感染了文清，他岔蓇地笑一下，口气谦卑："还可以吧。"

文清的表情很令秀芬想不到，她两次遇上他，觉得他都是冷漠、拒人千里之外的，让她觉得他是可望而不可即的，他的一句话、一个眼神，对她，都是一股电流，酥了她的心。她自知自己徐娘半老，不奢望从他那得到什么，可她就是喜欢他，莫名的，纯粹的。"你一定能得奖，一定！"

文清被秀芬的坚定鼓舞，多送她一个笑脸，"你的音质不错，只是太紧张了。"

"侬的就别提了。"秀芬的脸突然血气很足，"侬可以跟你学唱戏吗？"

"现在不时兴唱古装戏了。"文清沉吟后说。

"学着玩，又不登台表演。"

"那可以啊！"

见文清点头答应，秀芬喜得不知说什么好。

"秀芬，六嫂有事，你到水利工地替她。"队长知道秀芬的表现后，脸黑黑，后悔让她闲吃几天糯，马上派她的工。秀芬不敢耽误，恋恋不舍地再瞟文清一眼，才匆匆离去。

✧

秀芬在水利工地干活，心境有很大的变化，挑土铲土，活是比平日累一些，但内心里有了新的盼头就不觉得累。白天干活时，她与村人有说有笑，时不时还哼几句琼剧。

夜晚，想象中的文清走进她的脑中，她这大半辈子对男人的理解，多靠想象完成。她想象自己如何跟文清见面，他如何教自己唱戏……

大嫂见秀芬终于摆脱了阴郁，心宽了些。同是女人，她很为秀芬抱不平，又无能为力。后有人从泰国回来，探听知道林超在泰国的经历，大嫂觉得他也不易，不想太责备他。

原来当年林超到暹罗后，人生地不熟，找工作不易。常有上顿没下顿，吃宿不定。有一雨天，他没工干，身无分文，天黑了，实在没地方可去，就蹲在一小食店旁。店主打烊时，见饿得发昏的他正蜷缩着身子，躺在门外，打算在那儿过夜。店主可怜他，把他叫进店里，给他一些剩饭菜。看见狼吞虎咽地吃饭的他身板子不错，问了他的情况，他如实告知，店主收留他在店里打杂，条件是供他吃住，没有薪水。他想都没想就点头答应。

店主巴松是暹罗人，老婆是华裔，懂说一些华语。老婆死于难产，留下女儿玛妮，脚微跛。父女俩相依为命，靠开这小食店过活。时玛妮十八岁，书读到初中毕业，就在店里帮手，生意好时，颇感吃力。林超来后，她只是坐着收钱。

林超过了一段吃住无忧的生活。巴松见他干活卖力，能吃苦，又老实，月底结账，给他一点零花钱。林超体格强健，膀大腰粗，又因吃饱喝足，气色好，买件像样的衣服往身上套，也是一表人才，巴松见了，突萌生让他当女婿的愿望，便多加关注起他和玛妮的相处。

玛妮文静，皮肤赤黑，五官不出色，却让人看着舒服。她的圆脸圆身材让林超第一眼看到她就感觉到她的平和，马上有好感。干活时，端饭菜、收拾餐具、洗餐具、扫地，他都力所能及地多干，重活、脏活都揽在自己身上，决不让她受苦。其实，玛妮没那么娇嫩，她从小就干家务，照料父亲和自己的起居。不知什么原因，出生时她的左腿比右腿短三公分，这让她从小就自卑，不主动跟别人交往，更没与男生交往的勇气。林超的呵护，让她第一次享受到来自除了父亲之外的男性的关爱，这种感觉真的很好，她没把林超当外人，而是把他当作哥哥，有什么好吃的，总是先给他吃。林超来暹罗后，过得潦倒，一度自卑，玛妮的需要，让他觉得自己还有人需要，自信渐增。他们相处融洽，这让巴松很是欣慰。

有一天，生意特好，巴松和林超实在忙不过来，玛妮也端饭菜、收拾餐具，还是忙得手脚无暇。有个食客等得不耐烦，总是挥手高声催。恰逢玛妮端菜汤给另一食客，他的挥手撞到玛妮。玛妮手中的汤溢出来，洒在食客脚上，怒气马上现在食客脸上。玛妮赶紧道歉，找纸帮他擦脚，食客的气消了些，但嘴里还不停地抱怨，玛妮不得不一再道歉，林超忍无可忍，上前一把揪住他："你有完没完。"

"打人了，打人了。"食客高声嚷，店里所有人的目光都投过去，玛妮死命地把林超的手从食客胸前的衣服上扯开。巴松过来，当场训斥林超。父女俩露笑脸鞠躬礼赔，食客见这阵势，不好再说什么，悻悻离去。

林超自知自己太冲动，做好被解雇的准备，谁知巴松收工后请他喝酒。这事显然是林超不对，巴松看到的却是他保护玛妮心切，更下定了招他为婿的决定。"你有几兄弟姐妹？"巴松给他斟酒。

"有一个哥哥。"林超不知巴松问这些干吗。

"你成家了吗？"巴松表情的严肃让林超感到事情的不平常，成家与干活有关系吗？他一时不知如何作答。

"或者有女朋友？"店主的急于补充让林超猜到他的态度，他不希望自己有家室。林超不希望丢掉这份活，忙摇头。

"你单身？"巴松脸露喜色，口气迫不及待。

林超沉默，心里责怪自己不说实话。其实，夜深人静或苦困重重时，他很想念家人，想念秀芬，只是觉得自己混得不好，无颜见他们才不想跟他们联系。

"你还单身，真是太好了。"巴松又给林超斟酒，"你觉得玛妮怎么样？"

"玛妮，很好呀！"林超想都没想。

"娶她当老婆怎样？"

"我？"林超的嘴像被什么卡住，合不拢，眼睛盯住巴松问询。

"对，你！"巴松语气肯定。

林超觉得太突然，一时无措，端起酒杯就喝，心里如养着一只猴，上蹿下跳。对玛妮，他的感情是暧昧的，他把她当作老板的千金，听命于她；又把她当作妹妹，对她疼爱有加。欣赏她身体的时候，他又以男人的眼光去品一个女人，萌生搂她抱她的念头……

这次谈话后，林超看玛妮有些不自然，他心态复杂，那边是老婆秀芬，这里是玛妮。理智上，他是应该拒绝玛妮的；情感上，他是倾向玛妮的。玛妮对林超情有独钟，知道父亲的意思后，不敢太直露，轻语低眉，忸怩作态，两人之间关系尴尬。林超受不了这种不自在和选择的折磨，在一个夜晚，趁巴松和玛妮熟睡，悄悄离开。

林超重回码头，那是他最熟悉的地方，能找到搬运等一些零活。

林超的不辞而别，父女俩意想不到。巴松觉得林超不地道，要离开也要打个招呼。玛妮心里更是难过，认为林超的离开是对自己的拒绝，自卑感又重新萌生，觉得生活很无趣。

巴松做的咖喱饭越来越有名气，店里生意旺，巴松和玛妮再苦再累也不愿再雇人。

有天午后，最后一名客人走后，玛妮快速收拾餐具，准备休息，见一辆车停在门口，司机下来，问这是不是巴松小食店，玛妮点头，司机从车里扶一个人下车，玛妮细看，是林超。玛妮付车费后，喊来父亲把林超扶到住处躺下。

林超因不是天天有活干，每天吃半饱，早餐也省了。没想到这天一早就有活干，他来不及吃早餐，往船上搬大米，一百公斤重的大米压得他气喘如牛，加上天气热，扛了两个来回后，支撑不住，倒在地上，经工友们按人中救醒后，叫来一辆车，把他送回。司机问他住哪？他脱口说出："巴松小食店。"

林超是饥饿和重度中暑，头晕、四肢无力。玛妮买药、喂药、喂饭，尽心伺候，把林超按在床上休息。她因他回来而高兴。

玛妮的细心照料让林超感动。几天的码头生活，让他明白单凭自己在码头干零活，出人头地，几乎不可能，衣锦还乡、荣归故里遥遥无期。此刻的他身心疲倦，对吃住无定的生活有了恐惧。病好后，他没急于离开。"超哥，你留下吧。"玛妮的一句恳求话，给了他一个台阶，他顺势留了下来，成了巴松的女婿、玛妮的丈夫。他因隐瞒在老家有老婆，怕被发现，索性断了与家里的一切联系。

秀芬得知林超在泰国结婚的缘由后，又恨又后悔，后悔当年不阻拦林超去番。

林超得知秀芬已知自己的状况，时常给秀芬寄钱寄物。秀芬第一次收到钱物时，觉得这些东西特别不平常，最起码林超肯定了她在林家的地位，她应该得到这些。她很坦然地把钱收起来，把番茶、番饼、番布和衣服送给亲戚及左邻右舍。管他在番干什么，只要有钱有物寄回就行。秀芬的要求变得如此简单。

5

秀芬路过镇上，见有人站成两排在围观什么，凑过去，是一行戴着高帽的人在游行，他们每个人手里都拿着铜锣一边走一边敲，然后说：

"我是牛鬼蛇神。"走一段说一段，反反复复。开始，她以为是演戏，细看，他们脸上、身上有伤，真的是被人押着游。他们都干了什么，要遭这样的罪？她想，转身欲走，忽然发现有一张面孔很熟，定睛一看，竟是她的师傅文清，他好像看见了她，把头压得很低，希望不被发现。她看出他的企图，假装没看见他就退出人群，远远地尾随着他们，直到他们被押到公社大院的一个牛棚里。

参加民歌大赛后，秀芬把跟文清学唱戏当真了。一天，她拎着两块从番寄回的布料和一包咖啡、两斤锦山牛肉干，找上门去拜文清为师。

秀芬的到访，令文清及家人觉得唐突。当初说教她唱戏，不过是说说而已，自己没当真，也没想到她当真。一个年近五十、头发斑白的女人要学唱戏，动机就很让人怀疑。文清的老婆冲到老公前面，用拾芝麻的眼光从上到下每个部位都查看一遍，又回头，用同样的眼光把老公翻检一遍，看不出丁点的男女私情，眼光才落定到秀芬拎的物品上。

"请坐。"文清开口，把秀芬从窘态中解脱。"这是侬拜师的礼物，别嫌少。"秀芬很懂礼数。文清的老婆接过礼物时，眼珠闪亮，那亮光鼓舞了秀芬，拘谨消除，定睛环顾，知道那女人眼珠闪亮的原因：他们的家境不好。矮小的房屋里几件制作粗糙的椅凳，八仙桌的四条腿有点松，随时都有散架的可能。墙壁上挂的是蓑衣、竹笠，没有一件值钱的东西。

知道家里来人，文清的五个孩子拥进屋来。从身高看，一个孩子的年龄间隔不到两三岁。五个孩子围着他们的娘很快就把两斤牛肉干瓜分干净，让秀芬后悔带那包咖啡的多余，她应该多带些花生饼之类的小食。孩子们的馋相毕露让文清难为情，"让你笑话了。"

"小孩都这样。"这群孩子勾起了秀芬的伤感。她无法想象自己要有这么多孩子该怎么办？

文清还是很慌乱，对秀芬不知怎么办。他一个唱公仔戏的，一个旧时代的艺人，早已跟唱戏无关，与唱戏有关的生活早已被他封存在记忆中，不轻易揭开了。他现在的生活一团糟，不再漂泊演出的生活让他不计后果地造人，生活陷入困顿。早年的演艺练就他对农活的无知，地里的活全压在女人身上。女人对他呼来喝去，他不敢不从。几个孩子的吃喝拉撒、嗷嗷待哺令他觉得日子的天昏地暗。最慌乱无助时，他出走，把一切扔给女人。在亲戚朋友处转悠一两天，放心不下，回家。女人见他，拽着他哭天喊地，骂他不像男人，把一个家扔给一个女人。他麻木地任女人拉来扯去。家里没他，更像猪狗窝。他沮丧地坐在门槛上，一副认命的样子。他没想到这个时候眼前这个女人还要跟他学唱戏，他的心跳一阵强过一阵，努力平息自己的情绪。"我已经封口不唱了。"他艰难地吐出几个字。

"为什么？"秀芬的脸骤然变实，被拒绝的难堪现在脸上。

他迟疑片刻，开口："那次民歌比赛，我唱得好，排名第一，在评委投票通过时，一位公社副书记提出异议，原因是我唱时唱错了一个字，唱词是'今日举行赛歌会，农民兄弟抒情怀。句句唱出心里话，歌颂领袖毛主席。'我把'颂'字唱成'唱'字。那位副书记说'唱'没'颂'的忠诚度高，'颂'更能表现毛主席的丰功伟绩。队长派我参加比赛是为获奖，没想反惹了祸，为自保，他去说情，才免了一场祸。从那起，我决定不再唱戏。"他冲向女人，拿回她手里的布料和咖啡。

"什么封口，嘴在你的脸上，开口就可以唱。"女人向他投放怒目，抢回布料和咖啡。

他红着脸，无奈地向秀芬挤出一个笑脸。秀芬很受刺激，这男人的窘况败落了她的兴致，她的从师该就此打住。她心不甘地看他的女人，看出女人对布料的偏爱。"布料是送给你的。"

女人把布料抱在怀里，轻轻地抚摸："从番寄回的吧。"

"泰国的。"秀芬从女人那看到希望，"家里还有新加坡的。"

"哥清，这位妹妹来一次不容易，教几句戏有什么难呀。"女人从里屋拿出椰胡，交给文清。

"村人都叫侬定安娘，你也叫侬定安娘吧。"

定安娘的爽直让秀芬眉头舒展，脸肌放松。"侬叫秀芬。"

"那就叫你秀芬女卖吧。"定安娘脸对着秀芬，手伸到文清的背后擂一下，文清中邪似的坐下，拉起椰胡，教秀芬琼剧的唱腔。

秀芬学唱戏，最欢喜的是定安娘。从她嫁到文家，文家从没像现在这儿样被村民关注。定安娘是定安人，曾是文清的戏迷，追随文清的公仔班在乡间演出，曾是她最想过的生活。当年的文清是公仔班的红人，他的声音是女人的迷魂汤，长相是女人的毒药，台前台后争相送他金银首饰、香包等物品。定安娘家穷，铜钱都没一枚，接近他不易。定安娘是在乡野间长大的，最大的本事是胆大。她没上过学，厨房没少进，跟乡下的厨子打过下手，煲得一手好汤。那天，邻村有人结婚，她随厨子去操办酒席，得知结婚请文清所在的公仔班助兴，她的心难以置放回原位。她洗菜时，偷一块猪排骨藏在裤头，一小包煲汤的配料藏挽起的裤角里，趁大家吃酒席时跑回家煲排骨汤。等她把煲好的排骨汤带回去，已戏终人散，公仔班的人在打点行装，文清被围在女人圈里。她过去，扒开人群，钻进去，把紧贴怀里的草袋打开，掏出一个小陶罐，递给文清："赶快吃吧，还热着呢。"

文清愣了，没接，打量她：骨架大，肉很厚，冬瓜脸上两个深窟窿盛着的眼珠贼亮，鼻梁上塌陷的肉往鼻头挤，肥大鼻头上两个鼻孔可盛阳光盛雨露，敦厚的嘴唇大概有半两肉。她把罐往他怀里塞："这是我赶几里路送来的，快吃。"

她霸道的命令让文清不由自主，乖乖吃起来。旁边的女人见此姑娘如此厉害，不知她的身份，退了去。

见女人们散去，文清把罐和钱塞给她，大步离去。她见他连话都不跟自己说，欲追过去。

"你去哪了？干活都找不到人。"厨子油腻的脸在黑夜里闪亮。

她嘟着嘴。

"以后再这样，就别干了。"厨子底气充足的声音在夜里格外响亮。

"那更好。"她撒腿就跑。

她再次出现在文清面前。"因为给你煲汤，厨子不让我干了，你收留我吧，我会煮饭、煲汤。"她把包袱一放，坐在道具箱上。

文清怒，要呵斥她，班主问："你会煮饭？"

"我现在就给你们煮去。"

"好，你煮的饭菜合我们的口味，就留下，否则走人。"班主很干脆。

她的饭菜果然可口。

文清没说什么，也不给她笑脸。她硬把自己送到他面前，让自己的身影无时无刻不在他的面前晃动，比如给他缝缝洗洗，从自己嘴里省下一些好吃的给他。

文清演出后被女人围着时，心在天上，眼睛在天上。生活中，他是自卑的。公仔班的艺人，地位低微，对女人，他不敢有过高的奢望。他对她没什么特别的感觉，她全身心地黏上他，让他开窍，有个女人伺候，没什么不好。他带她回家。

定安娘对文清的家境很失望。抱滕村是华侨村，村里只有三户人家没有华侨，文家就是其中之一。有华侨，就意味着有外援、有番货。定安娘没享受过，秀芬让她间接享受到了。那两块布料和一包咖啡，她几乎让每位村民看过。她最盼秀芬常来。

秀芬其实不常去。文清来约她，他在椰林深处找到一个幽静的地方。他拉着椰胡教秀芬唱戏时，找到了内心的沉静，这是他久违了的感觉。他是热爱唱戏的，他的日子里没有它，就如没放作料的白煮菜。感觉的至归似灵魂里附上了精灵，在体内盘旋，韵律汹涌，蕴集在心脑，闭口难耐。每天不躲在房间小声哼唱，实难释放。脑里存有的那些才子佳人的情爱让他见不得人，矛盾的心态日夜纠缠，家里的鸡飞狗跳、孩子的打架哭闹，增添了他的焦躁。定安娘是干活的好手，地里、床上都出色，夜夜的床欢让他疲惫，如果不满足她，她罢工，家里更是炸了窝。想到这种后果，他心狂跳。

秀芬没想到文清会主动约她。初到文家，文家的家境让她心盛杂味。眼前双肩下塌、低眉不振的他跟她心目中那个帅气、孤傲的他对接不上；他边拉椰胡边教她唱时，她才逐渐寻回自己向往的东西。他们在委婉哀怨的唱腔和戏文里相聚，就像那梁山伯与祝英台的楼台会，停声收琴，彼此看一眼各自沧桑的脸，会心一笑。

秀芬回家收罗一些吃的和两件从泰国寄回的花衬衫，到文清家。

定安娘一见秀芬，就扑过去："都因你，因你呀！好好的学什么唱戏，都怪侬爱贪小便宜呀！"定安娘一把鼻涕一把泪，声音时高时低，哀怨悠扬，表情的丰富堪比演员。秀芬快速被她感染得眼眶湿，声音哽咽："到底是怎么回事？"

"他们说他宣扬'封资修'。'封资修'是什么呀？唱戏怎么是'封资修'呀？"定安娘连续的发问让秀芬慌乱、内疚。"哎哟——侬该怎么办呀！"定安娘哭丧似的号叫让秀芬厌恶，她把东西放下，塞给定安娘一些钱，"侬去想办法。"

离开文家，秀芬茫然，她跟定安娘一样不知"封资修"是什么，唱戏就是"封资修"，自己不也是"封资修"，也要被抓？她打个寒战。

秀芬坚信文清被错抓了，她早早就守候在牛棚外，踮起脚跟，往牛棚里望，"后生哥，让女卖去跟师傅讲几句话做得不？"

"不做得。"从看守嘴里蹦出的字掷到石头上能擦出火花。

秀芬从草袋里拿出一个薏粑给看守："侬饿了，吃一个吧。"

看守接过就吃。

"侬替女卖把这些粑交给他做得不？"

"不做得。"看守口气有了流质的东西。

"求侬了。"

看守想了想，接过用芭蕉叶包着的几个薏粑，"就这一次。"

秀芬的表情交织着诚恐诚惶和假情假意："就这一次，就这一次。"

这一天的游街开始了，走出牛棚，文清一眼就看见秀芬，秀芬感觉到他湿漉漉的目光里的滋润。游行行装和形式没变，她站在他身边跟着走。"他们抓错人了。"她对他说。他弯腰的弧度不再大，不时瞟向她的眼光只有她能意会。她知道他内心的温暖、感激，更坚定了她陪游的决心。此后的每天，她一早就到牛棚，每天陪游时都对他说："他们抓错人了。"她的举动引起旁人的关注，不认识她的人猜她的身份，认识她的人疑问：他的老婆都不陪，她凭什么？

这事传到定安娘耳朵里时，她不哭不闹，马上带着五个孩子直奔牛棚，见守在牛棚外的秀芬不言不语，她眼光扫一下她就高高越过，直冲向牛棚，看守阻止都来不及。定安娘和孩子见文清这样，哭叫声使牛粪味刺鼻的牛棚跳跃着热闹。秀芬有些落寞，定安娘的不打招呼和那轻视的一瞥，是一记重锤，把她敲醒。定安娘的姿态是一种捍卫，她的神态含有一种凛然的东西。

游街开始，文清出牛棚的第一眼仍然投向秀芬，秀芬依旧对他说："他们抓错人了。"定安娘听到，大声嚷："对，他们抓错人了。"几个孩子跟着喊："他们抓错人了。"顿时，游街的队伍像投一枚手榴弹。"你们嚷什么，想反革命吗？"组织游街的头目冲向定安娘，抓住她的胳膊。"打人了，打贫下中农了。"定安娘挣脱，一屁股坐在地上哭闹，街上的人都围过来。

头目看场面混乱，把他们带回牛棚。定安娘进牛棚抢占地盘。

"你做什么？"头目觉得头昏，手拍额头，问。

"男人被抓，家里没饭吃，一家人准备住这，吃你们的饭。"定安娘边打扫地板边说。

头目拿定安娘没办法，走到文清面前说："你走吧。"

"走，回家？"文清疑惑。

"对，回家！"头目加重语气，一脸嫌恶。

定安娘和文清领着孩子走出牛棚，秀芬长呼一口气，笑着朝文清点头，转身离去。

6

秀芬独坐祖屋里，手里拿着林超的信，望着祖宗牌出神。每年的节假日，林家的大大小小，都在八仙桌上摆供品拜祖宗。她从林超去番起就代表他操持打理这些香火、鱼肉、炮仗等，林家二媳妇的名誉与责任在这儿方面的体现是最正宗的了，做这事时，她虔诚、恭敬、一丝不苟。

林超来信说，他准备回来祭祖。她一时脑袋空空，坐在祖屋里，脑袋里才有些内容。几十年了，林超的模样模糊了，她对他的感觉没有了，他们之间相处的细节在她脑里映放过成千上万遍，每个细节一想起都活现到眼前，直到她得知他在番另娶。知道自己的守望是无望的，她幽恨地把这些细节埋藏了。现在这儿些细节像春笋样从心里拱出，心慌乱地跳着。

林超终于要回来了，这是我一辈子的等待啊！她的心情跟当新娘时差不多，只是喜中含着悲，含着怒，含着对命运的屈服。

"林超要回来，把房子翻新一下。"大嫂说。

"人都老了，翻新房子有什么用？"秀芬应。

"不管怎么说，他能回来，就是喜事。"见秀芬不出声，大嫂问，"你不想他回？"

秀芬动手收拾房间，把里里外外都洗一遍，家具擦得光亮，床上的枕巾、枕套、蚊帐、被褥全换上新的。她从衣柜里翻出几套新衣服，都嫌鲜亮，又翻出几块布料，灰蓝底，蓝碎花，到镇上裁缝那缝一套衣服。把家和自己用心装扮，心情敞亮，屈指数着林超归来的时日。

船期的日子越来越近，林超却没有任何信息。他不会又变卦了？秀芬纳闷。

"不会，船票都买了。"大嫂安慰。

船到岸那天，玉兰陪大嫂、秀芬到海南华侨大厦，番客都入住完毕，玉兰到总台打听，没有叫林超的客人。秀芬的心情由紧张到沮丧，逛海口的心情都没有，急着回家。

7

接到从泰国寄来的信，信封上的字不是林超的，不祥的预感让秀芬的后背发凉。她没有急着让玉兰给她念信，而是把上一封信与这封信仔细比较。她不识字，但能辨别是不是林超的字。此生林超给她写的几封信她都如珍宝样藏着，别人只念过一遍，她就记住了。信里的每句话，是她的经文，她每天都嚼到无味，嚼到入她的骨髓。漫长的年月，她是一封一封地这样消受这屈指可数的林超的信的。没有经文了。她自言自语。

"林超来信了？"大嫂从外赶回，问。

"来了。"秀芬声音苍老。

大嫂觉得怪异，看信封，觉得陌生，大叫："玉兰，玉兰，来念信。"

玉兰念："大妈，林超因突发脑溢血，已于8月20日晚去世……"

大嫂听到这句，脑子轰一下，看秀芬，她脸色灰青，眼里很空，没有眼泪，双手在空中乱抓。大嫂抓住她的双手，她的手发颤且冰凉，一股气云集在她的胸间。她闭着眼，头靠大嫂怀里，双手抓揉胸口，表情痛苦。大嫂帮她用手顺着胸口揉，气匀了，才缓过来。"嫂，你说侬这是什么命呀？"秀芬气若游丝。大嫂的眼泪大颗大颗地砸在秀芬脸上。"你想哭就大声哭出来吧。"

"侬已经没有眼泪了，哭不出来了。"秀芬依旧闭着眼，任大嫂的眼泪在她的脸上横流，"扶侬上床吧。"

大嫂扶她到床上，坐在床沿的大嫂想，这个房间什么时候这么干净过，她可是用尽了心。

"嫂，你忙去吧。"

大嫂起身，担心地看秀芬，想说什么，又觉得说什么都多余。

听大嫂远去的脚步声，好了，这样就好了。秀芬意识里说。在世间不能聚，那就在阴间聚吧。你不回侬就去找你吧，你该不会这么快就再娶吧！侬已经准备接纳你的一切了，为了这等了几十年的见面，侬已抛弃一切怨恨、成见，天意不遂呀！这一生，侬太苦了，侬累了。现在好了，可以歇歇了。秀芬时睡时醒，神思恍惚。

"吃饭了。"大嫂唤她。

"不想吃。"

大嫂把饭端到房间，过一会来看，没动。"吃了再睡。"大嫂劝。

"吃不下。"

"吃不下，也要吃。"

"何必浪费。"一连两天，她躺着，如僵尸。

大嫂看她这样，急，强行把她扶起。"你不吃不喝，不想活了。"

"侬有活的理由吗？侬为何要活？侬为谁活？"她拼尽全力说。

"就算你不为自己活，也要为咱们活，咱们是亲人啊！"大嫂见她求死的意志坚决，激她，"你死了，谁为林超招魂，上高呀？他是在外过的，要做佛，才能跟祖宗在一起。"

秀芬听大嫂这样说，愣了。想到林超的魂在外漂泊，她心生怜惜，这事自己不做，如何面对祖宗。她端起饭碗。

8

秀芬以极大的热情为林超做佛。林超去世后，她就再没收到从番寄的钱了。做佛几乎花掉了这些年林超寄给她她节俭下的钱。她请人用纸和竹条扎最大最好的房子给林超,一切生活用具备全,还有大量的冥币和金银锭。当这些纸糊的东西在火中化为灰烬时,想象着林超有房住,衣食无忧,有花不完的钱,她觉得值了。从纸制品到灰,燃烧的过程,就是从阳间到阴间转换的过程,接交是看不见摸不着的,她的心愿完成了,很有成就感。她还请三父公拜八仙,超度林超的亡灵;戏是在庭上演的,演员又唱又念,她听从三父公的指引,该拜就拜,当她叩首跪拜时,有了当主人的感觉,她终于把林超从番超度回家,落叶归根。生是你的人,死是你的鬼,她身后,不再孤单。

9

邮差对秀芬说有她的信时,她认为是开玩笑。信塞到她手中,她反复看反复说:"是弄错了吧。"玉兰拆来看,确实是写给她的,是林超在泰国的妻子玛妮写给她的,说她和儿子要回琼寻根认祖。这让秀芬平静的心掀起十二级台风,风雨把心掀起又抛下。他们回来了,自己算什么?自己这辈子的苦不算,还要被人再耻笑一回?她拿着信去找大嫂:"嫂,他们回来了,侬躲去哪?"

"你为什么躲?"

她愣怔,是呀,自己是明媒正娶,拜过祖宗的,是这屋的真正主人。就算不躲,心里还是被断枝枯木鲠着,不顺畅,迟迟不愿回信。

"玛妮带儿子回来是好事,你愿意林超的香炉没人捧么?"听大嫂的口气有责备的意思,秀芬气愤:"他不去番,侬不给他生么?"

看秀芬一副认死理的样,大嫂的口气软下来:"现在讲这些有什么用,给他们回信，说欢迎他们回家。不能让他们说咱小气。"大嫂边说边给旁边的玉兰使眼色。玉兰把准备好的纸笔掏出，写起来。秀芬默认，任她写。

10

见玛妮的那一刻，秀芬就不自禁地把手伸出去。玛妮的手肥厚温暖，通过她干枯的手暖遍身心。玛妮是个肥胖的妇人，皮肤黝黑，一身柔软的花衣服，在她面前显得斑斓又庞然。她看玛妮的眼睛，就知道即使林超不落难，也会娶她为妻的，只是当时的落难给了他一个正当的理由。她的眼睛，水性的东西太多，使得秀芬想沉下脸摆一下女主人的威严都办不到。玛妮的亲和力把一切紧张的东西缓冲掉。

玛妮身后的两个男人，就是她的儿子：林旺和林富。儿子的长相随玛妮，神态随林超，尤其是大儿子林旺，年轻、健壮，像离家时的林超。秀芬不管不顾地伸出颤抖的手，抓住他的手紧紧不放，像是与林超重逢。"咱侬回来了，咱侬回来了。"她反复说。

一直令秀芬忐忑不安的见面，在归宗的情感氛围中达到和谐自然。玛妮称秀芬为大姐，林旺和林富称秀芬为大妈。

连日来的祭祀活动，使林家人上下忙碌，秀芬更是跑上跑下，安排他们的吃喝住，教他们本地的习俗，累得声音沙哑，精神却很愉快。她从心里接受了他们，林超的亲人，就是她的亲人。她尤其爱看林旺，干什么都对林旺偏心一点点，最好吃的先给他，最新的被单给他，看他吃，看他睡，他所到之处，都有她的目光所及。

林旺明显感觉到秀芬的目光。大妈对他的好，他全收。回来前，母亲和他兄弟俩心里都没底，不知返琼会遭受怎样的冷遇，第一眼见到大妈，他震撼：这么一个干瘦的老人，握着一双老藤似的手，硌得他的心发疼。一双几乎枯尽的眼睛，看到他时放出的光亮，灼得他永生难忘。他只依稀知道父亲在故乡曾有一位结发之妻，他从不把这事放在心上。现在，真实的场景和人确切地呈现在面前时，超出了他的想象。这个空空的家，这个守候父亲一辈子的女人令他不由得心生悲悯。当晚，他不能入睡，陌生的环境陌生的床陌生的人事，兴奋他的脑神经。

"跟大妈说说你父亲。"秀芬来看他。

他不知从何说起。"他对不起您。"他以赎罪的口气说。

沉默。

"跟大妈说说你父亲。"

"怕您伤心。"

"伤不到，大妈的心已像铜锣。"秀芬表情固执。

"他对我们很好，也想念您。"

秀芬嘴角扯动一下，起身。她知道这是安慰话。说比不说好。她心里说。

他说了句敷衍的话。秀芬走后，他捂着被单流泪，为秀芬和父亲。

玛妮从第一眼见到秀芬起，就觉得自己有罪，是自己让这女人守望林超一生。当初要是知道林超在老家有秀芬，她是不会跟他结婚的。结婚生孩子后，知道了，却怕他回老家，时时警惕他，及时扼杀他回家的念头，直至年老。他去世的那天，她捶胸顿足，后悔不让他早点回家。玛妮信佛，她把一条金项链和一只观音像挂坠亲自戴到秀芬脖子上，把四大木箱的番货交给秀芬，由秀芬分发。秀芬领会玛妮的用心，开口叫玛妮为"妮妹"。

玛妮和儿子回泰国，秀芬和大嫂要送他们到海口，他们坚决不让。

秀芬和大嫂送他们到镇上，上车前，秀芬跟他们一一拥抱告别，跟林旺相拥时，秀芬紧抱着他，脸向着他的胸贪婪地嗅着，久久不愿抬头。

大家看着，心知肚明。

车启动了，林旺回望，秀芬站在枇杷树下，向他们挥手，那孤影是那么弱小、无助。林旺心酸泛滥，他明白，风烛残年，明灭只一瞬间！

从此过节，秀芬都会收到从泰国寄来的信和泰铢。

11

公仔戏的戏台搭在晒谷场上，演出的剧目是《刁蛮公主》。公仔班是大侄儿请的，他每隔二三年就回乡一次。林家人坐在正中最好的位置，秀芬眼睛有白内障，视线模糊。那个身影太熟悉了，她眼睛投向他，触摸到他的气息，心脏跳动强烈。他又出山了。她知道他心不死，他是为唱戏而生的，他只有唱戏时才活得生机。

文清，这个名字在她心里默念过多少！如果把它们串成珠，可编成珠帘了。自他从牛棚出来后，她就没见过他。有关他的消息，她总是支起耳朵听。回家后，定安娘把他的椰胡砸了，他一怒之下，拼命往喉咙里灌辣椒水，企图把声带毁了。他开始酗酒。家里穷，把椰肉刨成丝，放点盐炒，给孩子们做饭配；自己则拿几个螺壳，放点盐炒了，下廉价的番薯酒。酒喝完了，啜过的螺壳又收起来，等下顿喝酒时再炒。定安娘宁愿他成为酒鬼，也不让他唱戏。

秀芬想象他酒醉的模样。

秀芬没有听到他的声音在舞台上唱响。他现在是公仔班的班主，定安娘跟着他忙台前后。秀芬怀着一颗落寞的心悄然离开剧场，摸索着回家。一些唱词、音符如热浪一股一股地从心底往上涌：忆当初，相结拜，三年长，书斋里。情投意合相敬爱，此心早许梁兄台……

热流从胸腔喷出，声浪一波波，滚动在夜空，合着潮湿的空气，冷却出丝丝的悲凉。她以这种形式跟一个人告别。她只顾唱，没注意到一根横在道上的树枝，把她绊倒。疼痛从右脚踝钻到心里，眼前是无尽的黑。她想爬起来，一动脚疼得更厉害。

12

秀芬右脚踝伤筋动骨，恢复缓慢。空气里弥漫着衰老和慵懒混杂的气息，这气息于秀芬是陌生的，又是亲切的。是时候了，她总是平静地想。光被眼睛滤弱了，她想，不久，光就被眼睛截断了。她整天躺着更不想动了，躺在床上盯着屋顶，眼只做看的姿势，满满的心事虚化了看的内容，她有了脚永远都不要好的愿望，永远与床做伴。这张床光滑发亮，渗着她的汗水、气息和精神。她静静地躺着，年岁像日历，一页一页在她脑里翻过。她活着，就是为了那些一个又一个的忧伤。忧伤终结了，日子就到头了。人活到头了，就把以往看穿了。心里透亮了，眼里就有了色彩。她喜欢的金灿灿的色彩在眼前晃动起来，犹如一望无际的成熟的稻谷，她最愿意看到的景象，富贵、丰收渲染得她情绪喜悦，她看到的是收割季节她和林超在稻田里追逐……

13

"嫂，侬的脚好不了了。"秀芬无力的语气让大嫂嗅到病态的情绪正在秀芬身上弥漫，她盯着秀芬。秀芬的形容又枯槁一些，皮肉松弛下垂，白发里的那点灰显得残败凋零，躺在宽大的床上缩成短小的一具奄奄一息的身体。大嫂的心骤然发紧：这哪是秀芬呀，她可比自己小呀！"芬呀，不能老躺着，出去透透气。"

"脚一动就疼。"

"那要多吃饭呀。"

"没胃口。"

"那就活动上身。要不抬你到地里吸吸地气？"

秀芬摇摇头。"躺在土里的时候快了，以后有的是时间。"

听这话，大嫂顿生悲情，一团东西哽在咽喉。

大嫂把秀芬的手握得生疼，秀芬任她握。没有人知道，秀芬从公仔戏《刁蛮公主》上没听到文清的声音时，心就彻底地死了，她这回是真正地放下了，没有什么能激活她了。够了，够了。这个声音时刻在她脑里盘旋。生的意志没有了，肉体就是腐朽的余物了。她现在想的是怎样深入泥土，怎么与先人相会了。这已经是另一个世界的事了，这里没有人能与她对话了，该缄口了。

大嫂感觉秀芬的手怎么都捂不热。

秀芬时睡时醒，不吃不喝。大嫂说要送她到医院，她一下子坐起来，说自己没病，不肯去。躺下后，又没了生气。大嫂叫玉兰去镇上请老中医来为她把脉。老中医给她开了几服中药。玉兰煎好药，端给她喝。她让玉兰放在床边的凳上，向玉兰描述金色的稻浪："婶吃这大，没见过这大片的金色，像海一样宽大，一浪接一浪……"

"婶，那是你做梦。"

"不是梦，就在眼前，现在。"

玉兰觉得她有点怪。"娸，等药凉了，把它喝了。侬去煮饭。"

玉兰一走，她就把药倒进床尾边的尿桶。

玉兰发现，把尿桶提走。

再次，她把药倒在地上。

那天，玉兰给秀芬送饭，秀芬显得很精神。"昨晚，娸见到你超叔了。"

"哦，娸梦到了？"

"不是梦，是在眼前。"秀芬坐起来，接过碗。

玉兰见秀芬吃饭，喜。

"玉兰，侬等会煮一盆水，替娸洗洗身子。"

"好。"玉兰赶紧去煮水。

秀芬已好几天没抹身子了，身上有股难闻的混合味道。玉兰端来热水，仔细地帮她擦洗，洗了三桶水。擦脖子时，玉兰欲脱她挂在胸前的那块翡翠平安扣，她不让。几十年了，平安扣就未曾离开过她的身子，即使是"破四旧"时。"娸不能把它弄掉了，万一你超叔认不出娸，还有它。"玉兰汗毛竖起，觉得秀芬的话不寻常。

"这些衣服都旧了，娸心情好，侬帮娸到柜里拿那套灰蓝的衣服来。"

玉兰按她说的，把衣服给她穿上。

"娸今夜要好好睡，侬就不要来了。"

玉兰总觉得哪不对头，就把秀芬的表现告诉大嫂。

"嗨，随她吧。"大嫂叹气。

第二天早，玉兰给秀芬送饭，见秀芬平静地躺着。"娸，吃早饭了。"叫了几声，都没应，去摸她，身子已冰凉。

彩民肥壮

真是三十年河东三十年河西，肥壮刚进市物资局时，物资局是个好单位，多少人都想削尖脑袋往里钻。回想当初为进物资局大哥动用的关系，肥壮还颇感自豪。现在，这个单位说没就没了，全体干部一次性买断工龄，每一年工龄得目前一个月的基本工资。他得一万八千元。领了这笔钱，他就是自由人了，没有工作单位，没有组织关系，没有固定工资。好在老婆有个铺面做生意，平时帮老婆看铺进货什么的，生存下去不成问题。从坐办公室到看铺的失落感，没有长久地占据他的心头，很快，他就有了新的事情做，很快就很着迷——研彩。而他研彩的热情，是被那期差点中大奖煽起的。在当职业彩民之前，他买彩票，号码都是临时凑的，比如出门时见到的车牌号码、食品袋上的产品编号、人的出生日期等诸如此类。这天，他出门时，在门口捡到一张公共汽车票，上面有编号3269758，他就拿着这张车票去买彩票，在电脑前按号码时，他按了369758，2为特别号码。交了两块钱，他把彩票往上衣口袋一塞，也就不再理会它。晚上看电视，见自己中了个四等奖，花了2元得了20元，值了。他想。第二天，他很心满意足地去领奖。卖彩票的小姑娘，拿着他递着去的彩票在电脑前敲了半天，迟迟不给他兑奖。怎么啦？他问。

可惜了，你看，你打 3697582，特等奖是 3695782，5 与 7 颠倒了，不然，两百万呀！可惜，太可惜了。小姑娘连连叹道。

经姑娘一说，他才仔细看。之后对小姑娘说，你不说，我真的没注意。怀揣二十元往家里走时，他的心情没有来时轻松。怎么就不懂换一个号码呢？二百万呀，二百万是一个什么概念？他这半辈子连一下子见十万现金的机会都没有。二百万包他及家人后辈子衣食无忧了。二百万怎么就在两个数码之间颠倒就颠掉了呢？他越想越懊恼，回到家就一头倒在床上，心头像被一块大石头堵着，憋得慌。他看潮湿的天花板，见天花板上的涂料，正一小块一小块地脱落，看上去，整个天花板就像一幅刚泼了墨而又没完成的山水国画。这房子是该装修了，要是得二百万，除去纳税，净得一百六十万，就拿五十万去买一套新的，三十万放在银行存定期，八十万作为流动资金，投资什么都行——噢，得拿出十万来分给家人，让他们也分享我得奖的快乐……他想入非非，觉得买彩票，确是一条快速的生财之道。那一刻，他觉得自己有了新的职业：研究彩票。

"肥壮"是彩友给他起的名。彩友见他肥，名字的最后一个字是壮，就叫他肥壮。他也觉得这样叫顺口，很乐意地接受了。

进完货后，汗都来不及擦，他就往东湖赶。肥壮，这期打什么码？有人问。我想了一宿，这期双头的可能性较大。肥壮说着，坐在东湖旁榕树下的石墩上，掏出笔和纸，在纸上写 00、11、22 等十个双重号。

我看不一定。这期应该是对数。黑头拿起粉笔在地上写，周围的人往他们身边一凑，围成一圈。

东湖是彩民们的集散地，是他天天必来的根据地，一闲下来他不往这里跑，就浑身不舒服，风雨无阻；哪天在这儿没见他的身影，不是出远门就是他病重爬不起来了。来这里的彩民，有开小车、坐公共汽车来的，有骑摩托车、自行车来的，有走路来的，他们不分贵贱，自由组合。他们各有各的流派，各按各的思路选码。有一天，他路过，出于好奇，也往人堆里挤。有一干黑的老头拿根粉笔在水泥地上写写画画，主讲数与数的组合。老头口齿流利，声音洪亮，极具煽情，此后，一来二去的，他跟老头混熟了，成了铁定的彩友，并称老头为黑头。他们把这天天的碰头叫开会。在这儿，只要一把十个阿拉伯数字颠来倒去，这些数字就像小精灵，形象而有生命，与它们打交道，他就世事皆忘，烦忧全无。原本偶然被电脑摇出的号码，愣是认为有规律可循的、可研究的，偶尔中那么一两次小奖，就作为研究成果，广而推之，会开得更勤了，研究更起劲了，各种版本的彩局、彩经一一汇集。

你们说我这是什么运气呀，那一期的369758，我六个号码全进了，特别号码2也对了，就是中间5、7这两个号码写成7、5了，结果只得了二十块。要不，得了特等奖二百万呀。他经常跟周围的人说。

那你预测下一期打什么码？有人问。

对，你说说。众人附和。他在彩民中的威信与号召力已盖过黑头。

这呀，留到星期四下午才说。他掏出名片，对围观者一一派发。别人一看，上面写着，名字：肥壮，职业：数码研究，然后是地址、邮编、电话号码。老婆知道他印制名片后，脸露不屑。买彩票就买彩票，还当自己是个高科技人员，当心别人说你是骗子。

你以为买彩票就是去买几个号码？错了，搞彩票是一种事业。买彩票就要广交朋友，互通信息，互通有无。发财谁都想，可这财是每个人都能发的么？每个人都能发的财，就不叫彩票。

不发财，你买彩票干什么？

我说过我不想发财吗？我的意思是发财要靠智慧。他指指脑袋。

智慧个屁，你买彩票的钱从哪来呀，还不是靠那间铺……老婆激动起来。

那天，他正要出门，老婆喊：阿壮，酱油卖完了，去进一箱回来。

嗯。他接过老婆递来的钱，往口袋塞，跨上单车，往批发市场方向骑，路过东湖，见黑头他们早就围坐在那儿里。他看表，觉得坐一会再去买，来得及。他往人堆里一扎，就再也挪不动屁股，等他捏着一张写满号码的纸条起身时，夜幕下罩，大地灰蒙蒙，回到家，老婆正在洗菜。酱油呢？

酱油？噢——他拍拍脑袋，忘了。明天买，明天买。他赔着笑脸：老婆啊，刚才有大师讲了，这期很有可能是1字头。

你别再跟我提什么字头，拿钱来。老婆绷着脸，打雷下雨就在即刻。

钱……他的喉咙里似被什么堵塞了，他使劲咽一下，然后是一脸迎接暴风骤雨的表情。钱买彩票了。

这日子还过不过啦？老婆吼一声，狠狠地甩下手中的青菜，溅起的水珠洒了一地。他蹲下，接着洗。

这样的事，在他博彩后，不少发生。他知道老婆一激动，就要提这些事，忙举手摇头，不说了，不说了。妇人之见，妇人之见。他拿起一张《南国都市报》，一走了之。

分析彩票的技术图形，听彩坛高人的指点迷津，成了他每天必做的功课。每晚看新闻联播后，他就躺在沙发上看彩经，什么版局、连局、和春宝规律等等，尤其是开奖前的那天晚上，不研究到午夜三点以后决不入睡。第二天一早，电话声响不断，他睡眼蒙眬，拿起话筒，是彩友问号码。他把昨晚在纸条上写得密密麻麻的号码拿来，按灵感打钩，勾出的号码就是要买的号码，然后一一告知。他刷牙，电话又响了，老婆接，喊：你的，又是问号码，这都快成号码批发中心了。

号码批发中心？他心一跳，何不搞一个彩码批发中心？他找黑头一商量，一拍即合，即开奖当天的上午，由他选出一个最有可能中奖的号码，用纸包好，称为绝密码。黑头再派人在市内各个彩民集中的地带卖，1块钱一个。第一次卖码，成绩不错，居然有几十元的收益。可中奖号码一摇出，卖出的号码离它们相差十万八千里。

你这不是骗人吗？老婆知道后，嚷。

这是愿者上钩，咋叫骗。他辩解。

第二、第三次卖码，因号码不准，买的人越来越来越少，出去卖码的小伙子不愿干了。他不甘愿就这么草草收场了，决定亲自出马。那天是星期五，一早，他就揣着一叠用红纸封好的号码，从家里出发。先是到龙舌坡菜市场，那一带的彩民不少，离他住的地方也远，遇见熟人不易。他挤在菜市场的人流中，手扬红纸封，叫喊：绝密码，一块钱两个码，中奖率有百分之八十八。他的声音，在一片的吵嚷声中，很快就被湮没，任他使出吃奶的劲，喊破嗓子，也没有人理会他。他流着汗，干着嗓挤出菜市场，蹲在马路边，继续向行人兜售：绝密码，一块钱两个码，中奖率有百分之八十八！有一老太婆走到他面前，问，绝密码，准吗？

准不准，开了才知道。前期的3309，有人买我的绝密码参考，得了奖，还请吃饭呢。他奇怪自己的口才突然这么好起来。

老太婆伸手向他要了一个，要拆开，他制止：交了钱再拆。老太婆犹豫。这时，一中年男人站在他旁边。哼，要是那么准，你自己拿去买岂不发大财了吗，犯得着来赚这些小钱？男人一脸的不屑。老太婆一听，把红纸封还给他，走了，男人也扬长而去。被男人这一戗，他愣愣地立在那儿，浑身木木的，如杵着的一根木桩。等他回过神来，男人已不知去向。知道他的去向又能怎么样，难道你要追上去跟他打一架？他苦笑一声，把红纸封撕碎，扔在垃圾箱里，往回走，脑里却再也甩不掉男人那讥讽的语调及表情，就差没骂出"骗子"这两个字了。人最不可以被伤害的是心灵。被人轻视、瞧不起深深地刺伤了他的自尊心，愤怒也由此产生——男人凭什么这样？凭着你的叫喊，凭着你的瞎话……理由有很多。凭什么不这样，理由似乎没有。他自问，自己没有说服自己，他更愤怒了。这一天过得极其漫长，他无所事事，游荡在这儿城市的大街小巷。他第一次厌恶想起彩票，但是没有了彩票，自己的日子怎么过？他迷惘。走到脚底发热，腿发麻，才回家，倒在长沙发上。屋里有动静，他眯着眼看，是老婆回来了，表情是阴云密布，她一般不在这儿个时候回来的。他赶紧闭上眼，假装睡着了。

老婆今天运气差，卖一碗猪杂时不留神，收到了一张五十块钱的假币，倒贴了四十多块钱。卖一天的东西，还赚不了这么多呢！心里窝着火，除了对骗子咬牙切齿外，无处发泄，一怒之下，关了店门，回家。一进家门，客厅的地板上，纸片、彩经、报纸、拖鞋全搅在一起，似被窃贼洗劫过一样。肥壮躺在沙发上。她径直进厨房，没有点热气。这肥壮饭不煮，菜不洗，家里乱似狗窝，他却挺着像条死尸，女儿放学不回家也不管不问。她气胀，也一屁股坐在沙发上，不吭气。这还像个家吗？她只是一个居家过日子的女人，她所有的希望就是一家人平平安安、有吃有住、和和美美地过日子，希望在外忙碌一天后回到家，让她感到温暖。现在，她连这点奢望都得不到。肥壮下岗前，是公家人，月有工资进账，收入不高但过得还算体面。下岗后，成了职业彩民，一心想一下子中大奖，没日没夜地博彩，家里一切都乱了套。他没有收入不说，家里大大小小的事都让她一个人撑着，她真的感觉到很累。一想到累，她立即感觉到身体轻飘飘的，体内都被掏空似的，一点劲都没有了。家里的空气凝固了，没有一丝生气。我回来了。是女儿的声音。女儿蹦蹦跳跳地进来，见父母一人躺着一人坐着，气氛不对，以为是为自己的迟回生气，就低着头，放轻了脚步，溜进自己的房间。过了一会儿，没听见父母的责骂声，便探出头来看动静，好像不是生自己的气，大了些胆，进厨房揭锅盖，没有吃的。

我饿了。她嚷。

走，妈带你到外面吃。老婆起身。

那爸爸呢？女儿问。

你爸爸吃彩票，不吃人间烟火。老婆拉着女儿的手，出去。

肥壮一下子坐起来，吐出一句：别人差不多要骂我是骗子了。

一提起骗子，老婆更是怒火万丈。活该。老婆恶狠狠地说。

肥壮紧握双拳，放开嗓门，朝着老婆的背影喊：连你也来气我。

彩码批发中心倒闭了，肥壮决心与彩票拜拜。他与老婆冷战几天后，又和好如初。早上的电话声照响不误，肥壮就是任它响到累也不接，老婆一生气，把电话线扯了。肥壮也不去东湖了，每天都守在店里卖货，去进货也绕着东湖走，只是见到号码，依旧敏感，时时顺手记在纸张上，但从不见他去买。老婆发现不去博彩的他神形萎靡不振，感觉迟钝，说话干事缺乏灵气，这比让他博彩更糟。老婆心里有点难过，她并不反对他买彩票，只是不想他当个职业彩民。这一期你不打算打几个号码吗？老婆小心翼翼地问。

肥壮一脸的冷漠。

买几个号码撞撞运气也不错。老婆把五十块钱递给他。

你有完没完啊！肥壮冲着老婆吼，拂袖而去。

他发火，老婆更焦急了，觉得他是戒买彩票戒出病来了，更关注他的一举一动。

他回家，如打坐似的盘起双腿坐在沙发上。

你在干什么？老婆像只跟屁虫。

我在驱赶我的敌人。

敌人，在哪？老婆举目四望。

在这儿。他指着自己的心。

那里怎么能藏一个人呢，你别吓我。老婆拍拍胸口，上前去摸他的额头，没发烧。

你不懂，我为什么要搞彩码批发中心，去骗人呀，就是我的素养不够，才起贪念，为区区小财所惑。研彩如习武，基础要牢，功夫要硬，神形合一，才能过人；研彩又如做人，博彩不为财，财到自然来。这是我最近才悟到的。

老婆似懂非懂地点点头。你愿意怎么做就怎么做吧，只要平安就行。

从此，他对研彩更痴迷了，但不似从前那样多买，也不像以前开奖时紧张得双目圆睁双拳紧握，不中总要懊恼一阵子。他期期精买，买了就扔在一个盒子里，不牵不挂，该干啥干啥。东湖旁，多见他的身影少闻他的声音。

梦　游

　　陈明走出单位的门口，头一阵晕眩，眼前一片黑暗，他摇摇摆摆地走向马路，天地在他的视线里白晃晃起来，他分不清是太阳还是灯光，是白天还是黑夜。这一天终于到来了。他早知道会有这一天的，他心里是很拒绝这一天也很恐惧这一天的。他在这几个单位待了整整十年，他费了九牛二虎之力才在这几个单位站稳了脚跟，先是以工人的身份调入，然后是以工代干，再后才通过考试转为国家干部。国家这两个字就意味着他是国家的人，是吃皇粮的了。他前脚一踏入这个单位，他原先待的那家工厂后脚就轰隆一下破产了。此后的每个月的某日，他掂了掂签过名后发到手里的钞票，回眸在人海茫茫中寻活路的工友们，心里满溢着的是优越感。这一天，放飞了他所有的优越感，撞进来的是委屈、沮丧和不知所措。这世界是一只怪兽的巨口，很快就把他吞噬并碾得粉身碎骨。他行走在人行道上，感觉是在夜间行走，所有的人都像牧羊人和猎手，而自己是只任人宰割的羔羊。街上人很多，他越来越确信只有晚上才有这么多人闲逛，自己就是其中的一员。"闲"是什么意思？闲就是没有事情做。他就是怕没事情做。当他听到自己的名字时，他的头都大了，心像被打下果树的水果，有了被摔的感觉。难道自己就这样被甩到社会了？他是一个很依赖组织、希望有组织关系的人，组织就是他的家，一个很大的家。现在，这个家容不下他了，让他去自谋生路了。他的喉咙被噎着，胸腔里很想发出某种声响。

东西湖两旁的人头黑压压的。每天都有那么多的人聚集在此，也算是这城市的一处风景，男的、女的、老的、少的，三五成群，围成一圈，指指点点，有的甚至拿着粉笔，在地上写写画画，这就是买卖彩票的集散地。他上班天天经过这里，从不屑于在此驻足。那就是些急于暴富或幻想暴富的人，是些想赌运气想不劳而获的人。有天他路过时，遇到了他在工厂时的工友，此工友在工厂破产后，一直没找到活干，现在研究彩票达到痴迷的程度。工友拉住他，就说投资彩票的回报率有多高，当时他以优越的心理劝工友先找一份活干再买彩票，谁知工友睁大双眼，认真地说，研究彩码就是研究高科技数码，每期的中奖号码都是有规律可循的。他哑笑，调侃道：那你跟我老妈是同事了。他老妈大字不识几个，每期都打几个码撞运气，没想到一不小心就成了高科技人员了。他很想深入到人群中，又怕碰到工友，此时非彼时，面对工友，他已无优越可言，自己甚至连工友都不如，毕竟工友已在社会上闯荡好几年，还活得好好的；毕竟工友对彩票还有一股激情，还有幻想，比自己惊慌失措心乱如麻好。

夜晚的感觉一直控制着他。乱哄哄的，他不知身往何处。自己是想拖延回家的时间。他很高兴自己终于可以咸觉到像什么了，像什么总比什么都不像好，哪怕是只无头的苍蝇。一个人在社会上总得充当一个角色，可就在今天，就在一个小时前，他的一个角色就被终止了，他不知下一个会是什么角色。在角色转换的空隙中，回头看自己跟以往是如此地割舍不断：以往，嫌按部就班枯燥无味，上下班打卡像坐牢。现在自由了，外面的世界是精彩缤纷了，你还心慌慌干吗？以往，嫌工薪阶层工资少，下海能挣大钱，现在你双脚已浸在海水里，你往下游呀，你为何胆怯？以往厌恶开会，现在你有开会的机会吗？真是应了那句老话，失去了才知道好。思念如潮，湮没了他的身心，迷茫了他的去向。这么好的工作，说没就没了，他感觉心里被挖了一个洞，疼痛一阵一阵的。

又到一公共汽车站，他站在停车处，打不定主意是坐车还是走路。汽车、摩托车呼呼地从他身边驶过，车尾排放出的废气，直呛着他的鼻腔，污染着他的呼吸道，损害着他的肺。这混浊的空气怎么会使这座城市的空气质量位居全国的前茅呢？对空气质量的质问，使他相信自己还有种叫作责任的东西在心头涌动。责任是一个多么有重量的词啊！自己有做公民的责任、做儿子的责任、做丈夫的责任、做父亲的责任，现在，自己快被责任压得趴在地上了。一想到不知道如何面对家人，他决定不坐公共汽车了。只有你这酸不拉几、爱跟文字打交道的人，才这么爱抠字眼。他边走边自我解嘲，步履沉重，脑里依旧显现一片昏暗，夜晚的感觉在他脑里生了根。白天夜里，对自己有什么意义吗？在此之前，他知道白天干活晚上睡觉，一觉醒来，很清楚接着要干什么。现在，明天对他是个未知数，他觉得没有必要把白天黑夜弄得太清楚。如果可能，让他倒过来活也未尝不可。从中年倒到青年再到少年再到儿童，也许这样，他会活得轻松些。该过天桥了，他集中精神想该怎么躲过警察跨过栏杆闯过马路而不用过天桥。在以往的生活中，他几乎没有过犯规的记录，秩序一直主宰着他的生活，想越越轨也是有贼心没贼胆。他趁着交警背对着他时，笨重地爬过人行道与公路间的栏杆，越栏杆的刹那，身体的沉重与气喘如牛，让他更明白了自己的不年轻。公路上的汽车穿梭如流星划过，丝毫没给他横过马路的空隙。一阵车流过去，路面寂静下来，他迈开了步子。交警转过身来，一眼瞧见了他。交警吼了一声，过来敬礼，掏出罚单，撕下一张给他。他一看，是十元。他很爽快交了十元，并不急着走。就这么简单吗？他心说，有点失望。你可以走了。交警边说边转过身去。他朝对面走去，走到路中间，交警转过身，又把他喝住，对他说，过马路，从天桥过，你这不是明知故犯吗？交警这回没罚他的款，交给他一个红布圈，罚他站岗半小时。他几乎是怀着愉快的心情接受了这项处罚。他很自豪很神气地站在出入口。他有事做了。站岗，于他并不是第一回，他就曾被单位派出来参加整顿交通秩序。一连五天的值勤，最让他受不了的是他每天早上六点钟必须到岗，早起意味着他做梦的时间必须缩短，扰了他的梦无异于盗走了他的快乐。最让他满意的是他雄赳赳气昂昂地站在路口，对违章者进行批评教育。这时，他有了掌握权力的感觉，他鲜有这种感觉。在单位里，他拥有权力的机会几乎是零。半小时很快过去，半小时里他没抓到一位违章者，对面有几位行人想横过马路，但都因见到他而退回去，这让他感到惬意。好了，你可以走了。交警对他说。我可以再站一会吗？他要求。不行。交警的表情露出不耐烦。站岗是很愉快的，我很愿意天天站。他把红布圈交给交警时，有点恋恋不舍。你天天站，要我们干什么。交警戗他。

他上了天桥，一步一台阶，步子跨得艰难。自己是在梦游吗？梦里行走，总是身子轻盈，步子跨不动。他平日喜欢夜晚的原因是夜里可以睡觉，睡觉就有梦做。日有所思夜有所梦。白日里未就的或永远不能就的事，在夜里的梦去延续，是他使自己快乐的一个秘方。在梦里，他可以有情人，可以骂领导，可以做坏人，可以当款爷，为所欲为。梦里，他的生活才真正的丰富多彩。在这儿个世界上，没有谁知道他有渴望做梦哪怕是做噩梦这一嗜好，连老婆也不让知道。有一天，他为了早点入梦，吃完饭胡乱抹一把脸就上床。你怎么啦？老婆问。头痛。他回答。为了不让老婆纠缠，他装病。吃药再睡。老婆说完，拿来药片，他只好硬着头皮咽下去。他觉得自己有保留这隐私的权利，如果某晚一觉睡到天亮，连梦都没有一个，他会觉得很空洞、很失落。天桥上有许多只匆匆而过的脚。有人摆摊，有人乞讨。乞讨者居然挡住他的去路，他一看，是一条壮汉，藏污纳垢的肌肤和衣服，都掩饰不住其身体的健壮。哼！从鼻腔里发出的声音，泄出了他的厌恶。比我还强壮呢，还乞讨。不是孤寡老少残，他是决不掏钱的。他走几步，又回过身来，以研究的眼光盯着乞讨者。乞讨与身体有什么关系呢？乞讨者付出的是尊严。他一反常态，掏出身上仅有的十几块钱，扔进乞讨者的铝盆里。乞讨者向他低头致谢。他满足地走开。是自己觉得生活不容易，突生悲天悯人之情？是自己用钱去买尊严，证明自己比乞讨者强？或者两者兼有？他为自己的满足寻找理由。走下天桥，脚底隐隐作痛。他突然厌恶了一个人在街上逛逛荡荡，想坐公共汽车，身上是掏不出一分钱了，他的脚不卖力，是到不了家的了。钱确实是很重要的东西，现实又一次击散他刚有的那么一点点满足。自己现在是自由职业者了，自己被单位淘汰了，这个事实在他心底的伤害难以抚平。让他又想念又怕面对的家好像距离遥远，总也走不到。在单位十年，培养了他脚的娇气，积蓄了他全身的脂肪，以致他一看到有关肥胖油腻的字眼就怀疑在写他，就反感写作者的用词造句。肥有什么不好吗？心宽体胖呀。他实在走不动了，索性坐在路边的椰树下。很快，就有挑担卖水果的妇女在他身边停下歇脚，有骑摩托车载客的停下等客。看见橘子，马上就有了干渴的感觉，喉咙里很火热并伴有蚂蚁啃似的疼。

老板，买橘子么？妇女朝他喊。

你叫我什么？

老板呀。我看你白白胖胖，一脸福相，不是老板是什么呀。

他心里一阵冲动，想叫她称几斤橘子，一摸口袋，记起他现在身无分文。

现在一元钱也能当老板。骑摩托车的不屑的样子。

哦，知道得不少。

那当然。坐吗？我载你。

不。他不敢说他没钱。

瞧你不像当老板的，老板外出有专车，至少也打的。这样吧，我送你，不要钱。

莫名其妙。他唰地站起来，拔腿就走。好像他也知道自己下岗似的。这世界是黑白不分了，真是虎落平阳遭犬欺啊。

嘿，别走，我送你，真的，反正闲着也闲着。骑摩托的追上去，喊。

我不坐就不坐。他几乎小跑起来。他为什么一定要剥下我的自尊与虚荣呢？我需要怜悯吗？走了很长的一段，他回头，骑摩托的没有跟来。旋即，他对自己的失措愤怒起来，你干什么见不得人的事了吗？有什么值得你羞愧的吗？卖水果的，骑摩托的，都活得很怡然，看看街上的人们，也都该干什么就干什么，天并没有塌下来。他心平气和起来，步伐稳重有力，回到了家。

你今天怎么这么早就回来啦？老婆问。

哦，早？天亮了么？

二手阿健

　　阿健几乎逛遍了海口市的二手货市场。逛多了，逛熟了，别人问他贵姓，他说就叫我阿健吧，别人就叫他阿健。阿健好买二手货，是从单位分房开始的。单位分的新房，阿健没份；别人搬进新房，阿健才分到一间旧的二房一厅的套间。三十出头的阿健终于有了自己的窝，面积不大，阿健搬进后，仍感到空荡荡，按当时阿健的财力，要充实它是很不容易的，阿健便想到了二手市场。花几百块钱，阿健得到了一套沙发和一个电视柜，自己再油漆一遍，摆在客厅里，增色不少，着实让阿健感到买二手货的实惠。从此，阿健热衷买二手货便一发不可收拾。购买家电、电器等日用品，他首先逛的是二手货市场，那里没有了，才进正规商场选购，慢慢地，对买二手货也买出了经验：哪些是主人更新换代的，哪能是主人搬迁出岛无奈处理的，他都看出一些门道。买了件特值的物品，他还喜欢向周围的人吹嘘。周围的人对他好买二手货癖好很不齿，向他指出买二手货的种种弊病：你知道它们的前主人是干什么的，说不定是个传染病患者，上面藏有病菌。就算没有病菌，别人用过的东西，接着用，感觉不舒服。还有好心人问：买新的，你是不是钱不够？我可以借给你买。每当听到这些，他都笑笑了事，然后依然故我，有喜欢的二手货，照买不误。家里闲置着的物品，他也绝不容它们占地方，拎起它们就往二手货商店搬。由此，他家的家具摆设常更换，常到他家瞧瞧，常有新发现新感觉，这次见他家褐色的组合柜还占满客厅的一面墙，下次来一看，组合柜不见了，客厅里是一白色的角柜，原放组合柜的地方，放了一个玻璃鱼缸，里面还养了几条金鱼，增加了不少的情趣。他总是以欣赏的眼光来慢慢玩赏这些家具，一件物件，他要高兴好几天，这样，他的生活里，高兴的日子多了起来。晃悠悠过了几年，他已是三十有五了，父母急得不行，动员亲戚朋友轮番给他介绍对象，他瞧自己线性的身材，上下直如竹竿，用尽全身的气力，也没有哪一部位鼓起肌肉来表现男人的健与美。他站在女人的角度来审视自己，觉得自己的外表确实没有多少值得女人们欣赏的地方。给自己判刑后，他反而看开了，随缘吧，能成就成，不成也不勉强，日子照样过得很悠闲。一天，在旧货商店闲逛，在一堆色泽暗淡的物品中，一张梳妆台很入他的眼。梳妆台，我要它干吗？他想，脚却不由自主地朝它走去。这是一张八成新的仿古式梳妆台，花梨木制作，做工精细，简洁流畅的雕花间镶着一椭圆形的大镜子，台面上的木块没有衔接的痕迹，左右两旁四个抽屉门上的铜拉手，更是古朴生气，原木色调的油漆漆得不薄不厚，光泽不暗不亮不俗。市面上，这种梳妆台价格不下千元，这台才二百元。

阿健，你是识货的。老板说。

嗯，是不错。

这是我上门收购的，一家人要迁回内地，女主人很舍不得的。

值是值，但对我没用。他犹豫。

管它有用没用，才两百元，买回去做什么都值。

听这话，走了几步的他又折回来。好，买上！

梳妆台搬回家，放在卧室的一角。他坐在梳妆台前，每个抽屉都拉出来看看，里面还残留着前主人化妆品的余香。香味撩拨着他的身心，以往拥搂女人的感觉从四面八方涌来，他的手在平滑的台面上移动，抬头看镜中的自己：面部多皮少肉，多余的皮往褶里藏，肤色暗淡，毛孔粗大，一看便知是劣生劣养起来的，左看右看都不止三十五岁。三十五这个数字一现，他心头一惊，伤感了起来，住进这屋后，从没有女人进过这间房，难道我这辈子注定要一个人过吗？他环视房间，发现梳妆台是房间里最锃亮最有生气的家具了，这更激起了他对女人的渴望。他在房间里走来走去，浑身燥热，下体异动。不行，我不能再这么过了。他逃瘟疫似的走出了家门。

星期六，街上行人很多，他在宿舍门前的大排档喝闷酒。

阿健，没回家吃？陈老板是熟人，问他。

回去又听二老唠叨，烦。阿健啜着一只炒田螺。

父母心，都一样，换了我，也这样。

我有什么办法，难道我不想成家？现在只要有女人愿意嫁给我，我闭着眼睛就娶。阿健喝了一大口的酒，喷出的都是酒气。

你这话当真？

我什么时候说过假话？

这媒人，我做定了。

谢了。阿健乐呵呵地继续喝酒，挨到排挡打烊才摇摇晃晃地回去。

第二天一早，阿健还没起床，就听到了"笃笃"的敲门声。阿健开门，见是陈老板。

我已经约好了，就在我的店里。陈老板对他说。

约了什么人？阿健问。

我昨天不是说要做你的媒人吗？

哦——阿健拍拍脑袋。你先走，我就来。

阿健跨进店里，见陈老板对面坐着两个女人，一胖一瘦，瘦的，看起来年轻一些。

介绍一下：她叫王娟，她叫小莉，这位是阿健。

寒暄过后，陈老板忙去招呼生意。

他盯着小莉，眼睛发直，表情呆板。小莉五官精致，肤色偏黑，表情冷漠，很有骨感美人那种特质。小莉几乎不说话，只扫他一眼，就一直低头摆弄衣角。王娟一直在喋喋不休，斟茶倒水，主动热情。而他根本就不知道她说什么。他眼里心里神里只有小莉，他觉得一袭白裙长发飘飘的小莉有种仙气。小莉让他神往。

王娟感觉到了他对自己的冷淡，就说我们还有事，改天再聊吧。她拉小莉，小莉对他扁一下嘴，示意已经打过招呼。

小莉做任何表情他都觉得舒畅，他很莫名自己对她如此地迷恋。这是我的 BB 机号码。他把一张纸片交给小莉，小莉不接，王娟接下。

直到她们消失在自己的视线中，他的脸还残留着笑。

怎么样，满意吗？陈老板走到他身边，问。

小莉，太满意了。他的情绪还停留在欣赏小莉中。

什么，小莉？你弄错了。她是陪王娟来的。

找陪衬要找个丑点的，找个漂亮小姐，走神。他觉得气堵。

王娟你觉得怎样？老板的语调听起来很有女人的腔调，怎么听怎么不顺耳。他的情绪恶劣起来，答：不知道。

那就再约。老板有些迫不及待。

他答应赴约是为了接近小莉，地点还是在陈老板店里，见王娟一个人来，他沮丧，就问王娟：小莉是……

她是我表哥的女儿。话从王娟嘴里说出时，有了些诗歌的节奏。

她很特别。他的眉目有些生动起来。

那当然，艺校的学生，心气高得很，周围的公子哥们，车来车去的，她都瞧不上。

他知道王娟想让自己知难而退。他细看她：肤白、丰腴，是个多吃人间烟火的人。有此女人做伴，还算有艳福。他情往。

王娟走后，陈老板问：你们都聊了些什么？

什么都聊。

她没有跟你说她的情况。陈老板小心翼翼起来。

她说她在第一市场有个铺位，专卖海口的风味小食。

就这些？

嗯。

陈老板表情犹豫起来。嗯，有件事我必须告诉你，她离过婚。

他愣了。片刻，没跟陈老板打招呼，直往家里走。这种事怎么会让自己遇上了，是天意？他躺在床上，脑里总甩不掉小莉，小莉的长相小莉的表情小莉的动作，他都过一遍，他觉得她的一切都那么脱俗。这么脱俗的人怎能容忍这种世俗的生活？她只能留存在他的精神世界里，渐渐，他对小莉的长相有些模糊起来，他觉得虽然小莉是看不见摸不着的，但她的神气她的精髓，飘忽在他的脑里心间，有她在，他的情感不再空虚，即使她不爱他，不会嫁给他。他舒展双手双脚，双脚不时地拍打着床垫，发出很厚实的响声。他抚摸自己，两排的肋骨，像搓衣板，摸着都硌手。如果年轻、帅气，兴许还是骨感美男，可到了这把该发福的年纪了，还……他有些心酸，想起了初恋。

那姑娘叫彩云，很温柔很乖巧的那种，样子也清纯。特点是特听话，听他的话，更听她妈妈的话，妈妈说向东，她绝不敢向西。那时，他的单位正盖宿舍楼，热衷于炒股的他自然就把筹资买房的希望寄托于股市上。彩云是个股盲，他与之约会，总是大谈特谈股票，听得彩云一头雾水，好在股票赚钱与购房有关，购房又与她的将来有关，她也就诚实地听讲了。那时的股市，像只健壮、昂扬的大牛，他炒股的利润达到了百分之百。干什么能比炒股更赚钱？他觉得自己的股本太小了，四处借钱，以期在股市上大赚一把。他约彩云。

从前从传说里知道有聚宝盆，现在看来这世上真的有聚宝盆。

在哪？

在股市。

咻，我还奇怪今天见面，你的第一句话怎么不是说股市呢。

他不理会彩云的嘲笑。你看，才三个月，我的一万元就变成两万元了。三个月赚一万啊！你说要靠工资存，要存多久呀。

好了你想说什么，直说吧，绕了这么大的圈子。

哎呀，知我者，彩云也。他乘机把彩云拉过来，搂在怀里。

说吧，到底什么事，让你这么费尽心机。

向你借钱。

借多少？

一万。

我才有五千。我可以向我父母借五千。

他把她搂得更紧了，嘴唇压在她的嘴唇上。

他把借来的五万元投入股市，准备大赚一把时，股指却像山体滑坡的泥石流一样往下滑，股市从此步入了熊市，他损失惨重。彩云的母亲听说他炒股亏损，马上要他还钱，他被迫割肉斩仓。他把一万元加利息交给彩云时，彩云泪眼相对，说这都是我妈……

他匆匆走掉。彩云的泪眼印在他的脑海里。

股市的滑铁卢，使他买新房的希望破灭。彩云听她妈妈的话，远嫁香港。他把一张只剩二百股海南化纤的股票交割清单和股东交易卡锁进抽屉。这一锁，锁住了他与股市的联结，也锁住了他的初恋。从此，他不轻易言爱。

孤身一人守着空床，让他情欲难熬。他想起了王娟，王娟的脸上洒落着一些黄褐斑，但她那低领口下泄露的春光还是很让他向往。她的浑圆的身材以及干练的样子，是很适合当这屋的女主人的。屋角的梳妆台直闯他的视线，它与她倒是很般配。也许这就是命！他宿命起来。

陈老板传来话，说王娟很愿意与他发展下去，并给他留了BB机号码。他把她的BB机号码倒背如流，却下不了呼她的决心。这时，家人来电话，告知父亲病危住院。他马上起到医院，父亲得的是肺气肿，嘴上正戴着呼吸罩，兄弟姐妹都围在床前。父亲见他，目光就定格在他身上。他知道那目光意味着什么。他的不成家，是父母的一块心病，父亲要是此刻离去，最放心不下的就是他。他的心剧烈地颤抖起来。父亲的病情终于得到了控制。回家的路上，他脑里晃动的都是看他时的目光，想到父亲都这样了还让他如此地牵挂，他的心又被揪住了。他呼了王娟，约她见面。

我的情况，你都知道了。

知道。

你怎么想？

没怎么想。

我主要听你的。

我想带你去见我父母。

王娟抿嘴浅笑，羞涩地点点头。

他带王娟去医院，躺在病床上的父亲一瞅见王娟，眼里马上有了神气，病容去了大半。一直在医院陪护的母亲，又是搬凳子让坐，又是削苹果的，趁父亲和王娟聊天，把他拉出病房。我跟你姐昨天去问佛祖，佛祖说了，最好给你父亲冲冲喜。你父亲今年七十二岁，过了这个坎，就能活到八十几了，我正愁着怎么给你父亲冲喜呢，这不，你就把姑娘带来了，真是灵了。你要是跟她成熟了，赶紧办，给你父亲冲喜，啊!

他嗯了一声，在喉咙里，只有他自己听见。

出了医院，他带王娟直接回家。

你连梳妆台都买了。王娟进卧室，直奔梳妆台。

喜欢吗?他把手伸到王娟的腰部。

喜欢。

那这张床呢?他搂着王娟，拥到床上。

你买的，我都喜欢。

过两天，我带你回老家。

拜见岳父岳母大人。

还要见一个人。

谁?

我儿子。

他推开她，坐了起来，诧异地问，儿子，你还有儿子?

陈老板没跟你说?

他只跟我说你离过婚。

我二十岁就结婚了，现在儿子已经十岁了。那赌鬼赌得连儿子都养不起。

天啊，我还有个现成的儿子，这都是命啊！他拍拍额头，身子一倒，直直躺在床上。

你现在后悔还来得及。她起身。

你去哪？

回家。

这不是你的家吗？他拉她，她倒下，他把头埋在她怀里，用嘴拱着她那活脱脱的双乳，他嗅到了她身体散发出一股淡淡的腌菜味。过日子吧。他心里说，这是他那一刻对婚姻的全部理解。

他与王娟以恋人的姿态公开亮相。没事，他就往王娟的小食摊帮忙，吃王娟做的腌菜。小食摊就摆在第一市场前面的一棵大榕树下，两个煤炉上各放两口大锅，一个煮着切成碎块的猪肠、猪肺、猪脾等猪内脏，一个煮着伴着些咸菜、葱花的猪血。长条木桌上放的，是腌制的萝卜、青瓜、海菜，还有煮熟了的田蟹、田螺。真正认识王娟，就是从这里开始的：她起早摸黑的勤劳、苦干，她与工商税务人员打交道时的殷勤与泼辣，她吆客时的大嗓门，她与食客开玩笑时的粗俗，都收入他眼底。该不是只母老虎吧。他心里嘀咕，最终还是抵不住她腌制的褐色爽滑的海菜的诱惑，每天不去吃一碗就不舒服，尤其是王娟把碗递过来时那朝他一瞥的目光，宛如平静的波光，起伏而温柔。他的心一跳，就跳到这波光里与之纠缠在一起。这天，吃完腌菜后，他把碗一推，说：家里人催了，要我们把婚事赶紧办了。

那就办吧，我没意见。王娟把碗放在盆里，回应。

等会收摊了，去看看该买些什么。他动手收拾桌面。

那就早点收。两人收拾完毕，王娟跟着他走。他把王娟带到海甸岛的一家二手货商店。

你来这儿干吗？王娟一脸的疑惑。

买沙发。

你有毛病呀？结婚用的，你还买别人用过的。

他的眼发出恶狠狠的光。王娟猛然想起自己也跟别人睡过了，就闭了嘴。

你看这套沙发，花梨木的，古色古香，跟家里的梳妆台，可能是一套。你看看，这雕花，这做工，啧啧，值，真值了。他绕着沙发走了一圈又一圈，时时弯下腰，用手在雕花间摸摸钻钻，很忘我的样子。

这款沙发，永明家私城有。王娟嘀咕。

那里是有，可那多少钱一套？一万多。这套才三千。他得意的表情表露无余。

买不起新的，就别买。王娟一脸的不屑。

不买你坐哪？他的眼眶睁大到极限，脸上的皱纹因此而改变了走向。

原来那套呢？王娟的语调又高又急。

他挥挥手，我已经把它们搬到二手商店了。

你……走神。王娟重重地吐出这两个字，扭头就走。

你去哪？他追了几步，又回来跟老板说，这套沙发你一定要给我留着，我过几天来拿。见老板点头，他才放心追出去，差不多追上的时候，他突然放慢了脚步，我这是干什么？他很疑惑地看看四周，所有的人都在各行其道、各干其事。自己正干的事是去追一个女人，一个不让他买二手沙发的离过婚的女人。他百感交集，觉得所有的人都可以看不惯他买二手货，唯独王娟不可以。她凭什么呀？彩云、小莉的形象活脱脱地从他的脑子里滑过，她们都是黄花闺女呀！可他就是不能得到她们。这些年来，他就没富裕过。他这猴样，别人不用翻他的口袋查他的家底，判定他是个赤贫准没错。这次父亲住院，他也分担一些费用，手头确不宽裕；嫌二手货，难道你是一手的？他越想气越不顺，越坚定地认为他买二手货没错。他停止了追王娟的脚步。王娟回头，见他停下，更加快了步伐。

他和王娟好几天都没联系，家里人问他婚事准备得怎么样了，他搪塞说正在办，只字不提他与王娟之间的矛盾。他们平时就对他好买二手货有微词，要让他们知道了，不和王娟结成铜墙铁壁才怪呢。他正庆幸，母亲就来了。母亲环视一圈，说，要结婚了，屋里好像没添置什么。

肯定要添置的。这两天王娟太忙了，过几天，就把该买的一下子都搬回。

搬什么？搬沙发，新的？

从母亲的话里，他就知道什么都瞒不过她，她这辈子太精明了，操的心太多了。她那一头的白发和脸上密密的皱纹，使他坚信，她每操一份心，就白一根头发长一条皱纹。

结婚是人生大事，结婚是喜事，喜事就要讲吉利。沙发怎么可以买二手的呢？母亲终于说到正题。

那套沙发真的很好，木料好，款式好，结实，真的一点都看不出是二手的。他感觉自己的耐性差不多到了极限。

看不出也是别人用过的。母亲的口气也很冲。

别人用过的怎么啦？我住的这套房也是别人住过的，这里面的家具好多都不是新的，连新娘都不是新的……他的血往上冲，青筋浮出皮肤，立体起来。

母亲惊愕地看着他。

他去倒水喝，努力遏制自己的情绪。我不是那个意思。他的辩解显得无力。一时无话，母亲窸窸窣窣地掀起衣角，从裤头里掏出一叠用报纸裹了一层又一层的钱，递给他。这五千元是家里人凑的，你拿去买沙发吧，不能让别人瞧不起咱。

我不要。爸刚住院，大哥的孩子要上大学，二姐要买集资房……他把母亲的手推回去。

你别说了，手头怎么紧，五千元还是凑得起。母亲又把钱塞过来，他硬是不接。

这婚一定要结，为了你阿爸。母亲的眼圈红了起来。

他明白母亲的担心，心里有些难过。妈，你放心，我这婚结定了。其实，我跟她没有什么大不了的事。他从母亲手里拿过钱，把它包得密一些，交回给母亲。这些钱就放你那，我需要，才去拿。

母亲疑惑地看他。

我是你儿子，你还不了解我。他做出轻松的样子。

送走母亲后，他嘘了一口气，一头倒在床上，望着天花板。买二手货怎么啦？花很少的钱得到自己想要的东西，得到自己想要的东西，就快乐，他的快乐就这样积累了起来，支撑着他的日子。反对他买二手货，就是对他意志的干涉，是掠夺他的嗜好、抽离他的情趣、截断他快乐的源泉，把自己变成跟他们同一模式的人。他铁定了心决不妥协。我就喜欢这套沙发我就喜欢买二手货我就喜欢别人用过的东西……他用反复默念来坚定自己的决心及压制去见王娟的念头的产生。他努力去想小莉，他始终想不起小莉的模样，也感觉不到小莉的精髓小莉的神气，小莉的仙气离他越来越远。自己毕竟是凡夫俗子。他不得不放弃做这徒劳的想象。闲下来，他就去那间二手货商店的斜对面，偷偷地扫一眼，看那套沙发是否还在，沙发在，他的捍卫才有意义。到了周末，他去看沙发回来时，忍不住拐了个弯，去了王娟的小食摊。他站在远处，看榕树下忙碌着的王娟的身影，三三两两的吃客，一拨又一拨，喜欢吃小食的人真不少。一想到小食，甜酸辣外加姜加蒜的腌菜的味道立即刺激他的肠胃，他的嘴里立即滚动着口水。王娟递腌菜给他时那种情意的目光，如电击般，震撼全身。有女人跟没女人的日子确实不一样。他一步一步地向大榕树靠拢，所谓的意志，所谓的决心，正一点一点地被小食摊散发来的香味融化。他走到榕树下，坐了下来。

你来了。王娟的头发有点凌乱，脸上的黄褐斑又深了些。

嗯。他有点不好意思，没话找话地说，生意还很不错哦。

还过得去。王娟往碗里挟腌菜，他接过碗的那一刹那，他的眼承接着王娟的目光，他的心局促地跳动，两股目光纠缠得更紧了，他知道自己离不开这个女人了。

"咣啷"一声，旁边的木桌一条腿折了，碗沿着倾斜的桌面滑下，掉在地上，一吃客的重心往左一压，椅子也跟着散了架。这些破烂桌椅，还敢让人坐。吃客骂骂咧咧的，脸涨红后变紫。

对不起，对不起。王娟赶紧道歉，收拾另一张桌子，招呼吃客，坐这边来。

不吃了，没准我一坐，又摔了。吃客摇头摇手。

王娟赶紧把两块钱塞还给吃客，说真不好意思，让你受惊了。

吃客收下，边走边说，你这些桌椅早该换了。

是，是。王娟一个劲点头。

换几张桌椅有什么难的，这事交给我来办。他说。

第二天，王娟开张没多久，就见他叫三轮车运来四张桌子，十六张椅子。一摆，小吃摊果然上了些档次，吃客也比往日多。

这些，多少钱？见他这么卖力，王娟的脸溢着幸福。

两百多。他擦拭脸上的汗。

这么便宜，我知道了，肯定是二手货。

他擦汗的手悬在空中。有餐馆倒闭了，把它们往二手货商店搬，让我撞到了，这不是挺好的吗？

我没说不好。王娟一把拉过他，对着他的耳朵说：买沙发的事，就依你。他一笑，拍一下她的屁股。

但我有一个条件。王娟伸出一个手指，立在他的鼻子正中。

他的表情又紧张起来。

床由我来买，新的。王娟屏住呼吸，脸上的每个细胞都处在静止状态。他心疼又心酸，说，听你的。他的手轻轻地搂着她的肩膀，这一搂，他真的有了些恋爱的感觉。

他们的婚礼如期举行。

人们知道他跟离过婚的女人结婚，都称他是二手的命，从此，人们称他二手阿健。他也豁然，连老婆都是二手的，还有比二手阿健更合适的名么？他自我调侃。

相安无事过几年，他们之间生育一女，他身上皮与骨之间被肉与脂肪充满了起来，一年比一年膨胀，体态是中年人，皮肤却越发细嫩。闲时，他仍喜逛二手货商场。儿子对他一直不冷不热，称呼他"嗨"。在他面前，该说的直说，不该说的绝不多言。衣食住行，多由王娟关照。儿子是个狂热的追星族，好扮酷，好攀比，喜玩游戏，喜泡网吧，是家里的消费大王，拉动内需的骨干，最近的购买目标是电脑。那天晚上，家人正在看新闻联播，儿子才回来。

放学后干什么去了，这么晚才回来？王娟怒眉一竖，嚷。

到同学家上网了，真带劲。儿子把书包一扔，斜躺在沙发上，把脚搁上茶几，蓬松的毛发似的裤角撒落点点的灰尘。

去，快去吃饭，站没站相，坐没坐相。王娟拎了拎儿子的耳朵。

吃过了。儿子揉了揉耳朵。

你好意思总在同学家里吃。

有什么不好意思的，人家家里，要什么有什么。儿子站起来，走到王娟身后，摇摇她的肩膀，说，除非你给我买一套电脑。

王娟看他一眼，无言。

第二天，他逛二手货商场，见一套586多媒体电脑。他在电脑前转悠。

你是最识货的了。老板像是他肚子里的蛔虫。

老熟人，你说一个一口价。他也干脆。

两千。

他左看右看，电脑，他不在行，又怕老板说他不识货。那就成交吧。

他把电脑搬回家。儿子一见电脑，欢天喜地，细看是二手货，脸耷拉下来，心里骂道：这该死的二手阿健。

他从儿子的表情中读出儿子的诅咒。我不喜欢买二手货，能有你这个二手儿子吗？他想。儿子的不屑让他不快。心情郁闷的时候，逛二手货商店，是他调节情绪的最好方式。他决定去国贸附近的一家二手货专卖店。路过体育馆，发现体育馆门前宽阔的场地上人头攒动，广播声、人声交混在一起，小纸片飞扬着撒落在地。他挤进去一看，是在刮奖。平日他也喜欢买奖，只是选码的方法与众不同，即专在以往已开了奖的号码中选，每期选五个码，决不多选或少选。得奖的次数不少，最高金额是五元。得五元总比不得好。他总是这样安慰自己。现场刮奖现场兑奖比定期买奖更刺激，他看周围的人，简直刮疯了，一沓沓地买，指甲快速地刮。刮到奖的，不管是几等奖，都快乐地尖叫；没得到的，一脸沮丧，把刮过的彩票一扔，又去买。他被现场这火爆的气氛鼓动得心里痒痒的，掏出十元买了五张，一刮，一无所获，他停顿一下，思忖着要不要继续买。我得奖了！旁边一位姑娘得了一套茶具，兴奋地嚷嚷。现场实物开奖的机会不多，买！他这次买了十张，一刮，啥都没得。他想都没想，又买了二十张，他飞快地刮着。这时，手机响了。他一手刮，一手接听，对方称他老爸。爸你个头。他关了手机，继续刮。银粉在他的指尖上飞扬，然后扩散，渐渐地，沮丧麻木了，隐退了，快乐从心中升腾，这是祈盼的快乐、欲望的快乐、酣畅淋漓的快乐。这么多年来，他一直被钱困扰着，他干活，是为了得到它，得到它，就小心翼翼地算计着它、守护着它，他是它的奴隶，它一直束缚他、主宰他。现在好了，什么都不用想了，他的心灵脱缰了，他在买与刮之间快活着，直到他掏完了身上所有的钱，手上也只剩下一张彩票。捏着彩票的手有了些汗，彩票也有些皱巴巴的。他低头，地下重重叠叠着被废弃的彩票。终是梦一场啊！他笑了，缓慢地刮着最后这一张彩票。特等奖！他的心速加快，手有点抖，不敢张声，揉揉眼睛，一个字一个字地对着，然后悄悄走到兑奖台，兑奖，天啊，特等奖：一辆海马轿车。确信无疑后，才喊了一句：我得了特等奖！

现场沸腾了，经验明彩票和身份后，广播里迅速播放他得特等奖的喜讯，他简直要被无数的羡慕的目光杀死。他走到挂着一朵大红花的灰白色海马轿车前，抚摸着车头。这车真的是我的?

当然是你的。颁奖的人说。

是新的吗？

颁奖的人看他，脸露怒气。

他不理会，自言自语：二手阿健啊二手阿健，都说你是二手的命，没想到能有今天。他钻进轿车，把车钥匙插入车锁，启动发动机，缓缓地驶出体育馆。他在海口市的主干道上跑，他要过一把开车瘾。刚工作时就考得了驾驶证，有车开的机会不多。手机响了起来。他一听，是他那酷儿子打的。酷哥，什么事？

我想换手机。

你又换手机，这部不是没换多久吗？

现在新出一种时尚手机，酷极了。……

他没听完，就关上手机。他现在用的这部手机，就是儿子换给他的。有天他找女儿的出生证时顺便翻出一张股票交割清单和股票交易卡，他一看，发现上面还有二百股海南化纤，很多年没关注股市的他翻一下《海南日报》，海南化纤没找到，根据 0503 的证券代码找，是 ST 海虹，时价每股八十二元，他拔腿就往交易所跑，证实 ST 海虹就是当年的海南化纤后，想都没想就填单卖出。除掉手续费后还有一万五千来块，他全部取出。他高兴，儿子乘机提出买手机，他就答应了。儿子怕他买二手的，坚持自己去买，并开口叫他"老爸"。这小子倒好，当自己是款爷了。要知道我得了辆轿车，那还了得。他心里不舒服，把车开到了海口市二手车交易中心。老板，这车就放这卖了。

这可是新车呀。老板很惊讶。

就当二手车卖。他说得很坚决。

相　惜

　　吴力想今天无论如何也要起来为小刚做一顿好吃的。小刚终于如愿地上小学一年级了，一大早吴娟就送他去学校上学。从他知道小刚出门起，心里就开始牵挂，牵挂他是否习惯上学，是否能跟同学友好相处，同学们是否会伤害他……这些牵挂的累积加速了他的心跳，他恨自己不能陪小刚去学校。这次他一躺就好几天，一动腿就痛。现在，再痛也要起来。他试图起身，腿一动，痛感马上从腿部上涌。他用胳膊支起身，把枕头垫在床头，双手抓住床头，让身体一点一点地直坐起来。他的牙齿把下唇咬出两个白痕。他背靠枕头坐着，让痛慢慢平息。

　　他是四十岁那年患上这个病的。四十岁以前的他是何等的风光，当记者，出国留学，炒股，开投资咨询公司，赚大笔的钱，娶美貌妻，生可爱孩，早早进入中产阶级的行列，生活近乎幸福、完美。

　　那一天，他永远都不会忘记拿到诊断书的那一天，他被确诊为骨癌。看到那两个给他无异于宣判死亡的字，他全身所能产生的冷气几乎冰冻了他。他坐在医院走廊的凳上，脑里在空白瞬间纷乱起来，抬起头，天旋地转，一片黑暗。他只不过觉得关节肿胀疼痛，怎么就成了绝症？想到自己年盛却将不久于人世，想到老婆年轻，儿子小，心里的呜咽一阵比一阵汹涌，命运不公啊！起身时，脚关节痛又麻，他没往家的方向走，把车开到远离市区的海边，坐在岸边，面向大海，把心里的呜咽宣泄出来。往回走时，他明白，除了治疗，别无他法。

吴力挪动脚，脚沾地面时，似一枚钉从脚底直穿心脏，他冷汗直冒，竭力站稳，抹一下汗，朝厨房走去。我是如此幸运，能看到小刚上学；小刚是如此幸运，能被学校接纳。他心里感恩，感恩使病暂时隐退，腿痛也不觉得苦。他从冰箱里拿出早准备好的各种菜，洗、切。患病后，他转让公司，卖掉汽车，治疗期间，态度消极，反正都是死，多活一天，就多拖累家人一天，不如把钱留下给妻儿。花掉一大笔钱后，他拒绝在医院治疗，回家等死。一天，病得厉害时老婆叫他去医院他不肯去，又不堪忍受，头撞床头，想一死了之。老婆拉住他。"让我死吧。"他推开老婆。

"那你就死吧。"老婆高尖的语调携火带电。自他得病以来，这个家就与哀愁结缘，欢笑灭绝，平日不太温柔的老婆好声好气，好脸好色，对他像初生婴儿。顽皮爱闹的儿子吴弘少年很知愁的样子，在他面前屏息静气，唯恐声响是病毒。

他被老婆的声音震住了，看老婆变形的脸，看刚赶来站在老婆后面的儿子，瘫软了。儿子才十岁就有这样的神态，老婆漂亮的脸变形起来是奇丑。当年的校花啊！是谁毁了他们原先的美好？场面一时静止。"爸爸，去医院吧。"儿子上前拉他的手，他点头。老婆的眼泪快速往下掉，这是他生病以来她第一次在他面前流泪，大滴大滴的泪弹直中他的心脏。他闭上眼，眼泪悄然凉了眼角。在医院治疗期间，他想了很多很多：我既然长生不得，速死不能，那就活一天算一天吧。就算不为自己活，也要为家人活。

有一天瞎逛，路过儿童福利院，见一小男孩站在福利院的门口。他看小男孩，小男孩也看他。那是怎样的一双眼啊！黑亮的眼珠沉淀的是一泓清水，折射出的是清爽、单纯。这双眼睛仿佛在哪见过。他被小男孩的目光磁住了，驻足。"小朋友好！"

隔着铁门，小男孩羞赧地低下头，小声说："叔叔好！"

"几岁了？"

"五岁半。"小男孩依旧低着头，"小强被人领养了。"小男孩抬起头时，他发现他眼睫毛的潮湿，显然他刚哭过，"叔叔，你也领养我吧，我叫你爸爸。"

他的心强跳。他看到小男孩脚的残疾。"叔叔不能。"

小男孩撇撇嘴，晶莹的眼珠里破碎的是心的渴望。

"叔叔想想。"他几乎是踉跄着离开。

他整天脑里都晃着小男孩的眼睛，挨到第二天天亮，他就心怀迫切到福利院找小男孩。小男孩没站在门口。他心空空地离去，走几步，又被想见小男孩的冲动拽回。他敲门。"您找谁？"一位中年妇女问。

"我……找小男孩，五岁半。"他比画。

中年妇女开门，带他去找小男孩。中年妇女叫沈红，是福利院院长。

在一堆孩子中，他一眼就找到小男孩。

"小刚，过来。"沈红叫。

小男孩一拐一拐地过来，奶油色的脸特别干净。"叔叔。"小男孩似乎知道他要来，向他绽开笑脸，裂开的嘴像月牙。这孩子怎么这么可爱呢。他伸手摸了摸男孩粉粉的脸。"我可以单独跟小刚待一会吗？"

"可以。"沈红带他们到另一间房。

"叔叔，你就收养我吧，我会很乖很干净的。"

"我得想想。"

"我叫你爸爸。"

"别……"他觉得心被掰成几块了，抱住小刚，亲他的脸。

小刚出生二十八天就被遗弃在车站的一个纸箱里，被送到福利院一直生活到现在。临走，沈红介绍。

"我可以常来看他吗？"

"可以。"

"跟你说一件事。"吴力对老婆说。

老婆见吴力身体日渐好转，放松的面肌使脸和蔼生动。"哦。"

"我想收养一个残疾男孩。"

老婆扩大的眼眶提拉着面肌。"你脑子进水了你，你没有儿子吗？还是你嫌我不够忙？你有金山银山吗？你也不看你现在什么状况。"老婆一口气数落，一声比一声高，一句比句急，快速的语气把脸涨出了气色。

"他叫我爸爸了。"

"叫你爸爸你就收养了？你儿子没叫你爸爸吗？你怎么不为他着想、为我着想……"老婆哽咽了。

老婆的反应在吴力的意料之中，他不再出声。

"儿子，你想有个弟弟作伴吗？"吴力问儿子吴弘。

"不想。"吴弘想都不想地说。

"为什么？"

"为了你不受累。爸爸，我什么都不想要，只想要你的腿不痛。"吴弘的表情跟年龄不相称。

吴力动情，搂抱吴弘。他竭力不再去想这件事。每天出门他都不往福利院的方向望，越不望，脑里越想着小刚。

前面是一位老者，步伐轻快。吴力怎么也跟不上，遂放弃了跟上的打算，欲转身，忽见小刚的身影，小刚怎么会出现在这里？他疑惑，看四周，很熟悉又一时想不起在哪。他不放心，追过去，定睛看，又是老者，清瘦，白发白胡子，但面目不清。"你是谁？"他边问边睁大眼睛，想看清老者，却越看越模糊。

"想活命，必须跟小刚在一起。他是你前世的长兄，你欠他的。"老者的声音响起。

他心惊，"你怎么知道？"他冲过去，老者后退，他发现无脚，害怕，脚踏空，从悬崖上掉下……

"啊——"他喊一声，醒过来，心还怦怦快跳，被刚才奇怪的梦吓着了。日有所思，夜有所梦。他把这个梦归咎于想小刚过度了。

一连三天，老者都进入他的梦中，说同样的话。他身上的骨头，像受刑似的，除了痛，还是痛。他住进了医院。他跟家人说他的梦，家人不以为然。他夜夜期待老者再入梦，老者却不再出现。人真的有前世吗？我的前世是干什么的？他一无所知。

旱灾，农作物因缺水，干枯而死。缺粮，野菜根都挖不到。父母外出讨粮，他和长兄饿得受不了，在村里转，刚到三婆家门口，他就饿得虚脱，跌坐地上。长兄想扶他，无力，倒下，躺在地上。他看到三婆门前的一棵椰子树上有成熟的椰子，全村的椰子树都没椰子可摘。三婆的老公早年出洋后，杳无音讯，独守空房的三婆盼瞎了眼，无法摘椰子。

他推了推长兄，指着椰子树。长兄看椰子，摇摇头。全村人宁愿饿死，亦不偷三婆的椰子。他动了动干裂的嘴唇，连哭的力气都没有了。长兄看奄奄一息的他，咬咬牙，爬到椰树下，用尽全身力气，爬上椰子树。爬不到两米，突被从三婆家里抛来的一根木棍击中脊椎，摔了下来……

街市混乱，"东方红"和海联司两大派正在交战。长兄是海联司，他是东方红。当初加入派别是各持己见，没想到会发展到动刀枪。他临阵逃脱跑回家。"笃笃笃"，急促的敲门声。他开门，是长兄，裤腿上染鲜血。长兄刚踏进家门，东方红的"红卫兵"即追到。头目认出他来："孬种，躲在家里。"头目以蔑视的眼光盯着他："他是你什么人？"

"哥哥。"

"正好，他是海联司的人，你是东方红的，为东方红长长志气！"头目把红缨枪交给他。他看被两位"红卫兵"按着斜坐在椅子上的长兄，手发抖。

"你是不是东方红的人，就看你手中的枪了。"

他闭上眼，把红缨枪对准长兄，扎过去……

……

他躺在床上，做了无数个设想。

病情有所缓解，医生建议骨髓移植。他回家。

躺在床上，小刚"爸爸"的叫声不绝于耳，清脆，稚嫩，能从耳膜穿透心脏，柔软心尖。管它是不是前世有缘，他就是想念小刚。他躺不住了，又走进福利院。他没有急着见小刚，直接去找沈红，说想收养小刚。沈红听他的介绍，很感动。"我可以带小刚出去吃点东西再回来吗？"

"可以可以。"沈红忙去叫小刚。

吴力带小刚去儿童公园玩，小刚很兴奋，对周围的一切好奇又怯场。人多的地方，小手紧攥着吴力的手，凉而湿。坐在凳子上，看着身体健全的小朋友蹦蹦跳跳满场跑，小刚既羡慕又自卑。带他吃肯德基，鸡翅的骨头被啃得光滑；薯条沾番茄酱，抹得干干净净，一点都舍不得浪费，连手指都吮进肚子里似的。吴力明显感觉到了小刚和儿子吴弘的不同。

送小刚回福利院，道别时，因沈红在场，小刚示意吴力弯下腰，凑到他耳边叫："爸爸。"一股幸福感使吴力定下决心：我一定要收养你，儿子！

吴力第二天早起做好早餐后就去菜市场，买回两大袋的鱼虾肉和菜时，老婆和儿子正在吃早餐。

"我想带小刚来家里住。"吴力一脸讨好的笑。

"小刚是谁？"

"福利院那孩子……"

老婆早餐的胃口被堵。"他来我就走。"老婆的口气不容商量，起身拎包就走，走到门口回头对儿子吼："还不快走，要迟到了。"儿子赶紧把杯中的牛奶一口饮尽，跟着出门。

吴力收拾餐桌，进厨房煮饭做菜。他干活时脑里出现的仍是小刚眼里露出的被收养的渴望，这渴望的目光一直辐射到他的内心，烤得他无处躲藏。这个身有残疾的幼小的生命，有着怎样的亲生父母，被如此狠心抛弃？想到这些，他的心痛就跟他的腿痛一样，成了他身体的一部分。

饭菜做好后，吴力去福利院，跟沈红说想带小刚回家住一两天。沈红的脸喜成向日葵。

小刚见到吴力，直奔过来，不是吴力上前扶他，险些摔倒。"爸爸。"

"叫叔叔。"沈红纠正。

"叔叔。"

吴力一路都牵着小刚的手，没松过。小刚似乎没进过这么豪华的家，四房两厅，哪里都锃亮。进屋后，他站在客厅中央，没敢坐。

"坐呀，坐在沙发上。"

"我怕弄脏了。"

"脏不了。等阿姨、哥哥回来，咱们就吃饭。"

小刚没坐在皮沙发上，跟在吴力后面，看吴力在厨房忙碌，看吴力把碗筷都摆到饭桌上，才拘谨地坐在饭厅的木椅上。

老婆和儿子踏进家门，都看到小刚，老婆心往头顶蹿的火发泄在放挂包上，动作狠重得像扔一个炸药包。

"他就是小刚。"吴力把小刚推到老婆面前。

老婆瞧小刚时整个脸仿佛正被麻醉。

"小刚，快叫阿姨。"

"阿姨好！"小刚不敢多看一眼，低头绞手指。

"这是哥哥。"吴弘坐在小刚对面，盯住小刚残疾的部位。

"哥哥好！"小刚自卑又不自在。

"开饭开饭。"吴力故意高声嚷。

吴弘一见香辣炸鸡翅，拿起就啃。吴力把一只鸡翅放到小刚碗里。老婆低头吃，不肯吐出一个字，气氛沉闷。

小刚吃完一个鸡翅，吴力把菜夹到他碗里，他突然不吃了，一股臭味从他身体下部散发，他赶紧起身往卫生间跑。吴力知道他大小便失禁了，去替他换尿片。老婆皱眉，搓了搓鼻子，端起碗继续吃，饭在嘴里，总咽不下去，把碗一推，不吃了。吴弘边捂鼻子边吃，一脸嫌恶。小刚回到饭桌，见阿姨和哥哥都走开了，觉得自己有错，低头不吃不语。"吃吧，喜欢吃的，多吃点。"吴力又把一块鸡腿放到小刚碗里。"叔叔，我想回福利院。"小刚说

"已经沈院长说好，今晚住这儿的。"吴力坐到小刚身边，"叔叔喂你。"

"我自己吃。"小刚拿起鸡翅，咬了一大口。吴力拥了拥小刚的肩膀，"好孩子，吃饱才长身体。"

这情景尽被坐在客厅生闷气的老婆看在眼里，气在她体内翻几个跟斗后，她决定不再躲躲藏藏。"你过来一下。"老婆把吴力拉到卧室，"今晚他住这，我就走。"

"我已经跟福利院说了……"

"是你说，不是我说。"老婆动手收拾。

"仙人说，他跟我是前世的兄弟……"

"别找这种荒唐的理由。"

"声小点，别伤害这孩子。"

"我的伤害呢，该求谁？"老婆拎起包就走。吴力把她堵在门口。"那就等孩子睡了再走。"老婆坐到床上。看吴力对小刚无微不至，觉得他像换了一个人。他什么时候对儿子这样好过？他什么时候顾及自己的感受？老婆越想越气愤。今晚不坚持走，他就真的收养那孩子了。趁吴力哄着小刚睡觉，老婆拎起包往外走，被正在看电视的儿子看见："妈妈，你去哪？"

老婆迟疑一下，"妈有事出去一下。"她故意提高声音，没听到吴力的脚步声，她加快了步伐。

吴娟来的时候，吴力正带小刚出门。从吴娟盯住小刚的眼神，吴力就知道吴娟来的目的。他把小刚推到吴娟面前："姐，他叫小刚。"

　　"哦。"吴娟的眼睛一直就没离开小刚的脸。这小孩的脸怎么就这么漂亮呢，五官都是精雕细刻的，是怎样的父母能生出这么俊美的五官并把它们组合在一起？吴娟的手不由地伸向小刚的脸。

　　"阿姨好！"

　　吴娟回过神。"小刚好！"

　　"说好今天送他回福利院。"吴力牵着小刚边走边说。

　　吴娟的眼光落在小刚残疾的部位，怜惜顿生，上前拉住小刚的右手，一起走。

　　从福利院出来，"姐，我们收养小刚吧。"才与小刚道别，吴力就舍不得了。

　　"晓敏很不容易。"吴娟答非所问。

　　"是不容易。"吴力的话在喉咙里。

　　"你得为她着想，为吴弘着想。如果你没病，收养小刚，她会支持的。"

　　"我有病，知道有病的苦，知道自己最想要什么。"吴力激动的语调让吴娟看到他体内欲望和意志的合力，这种状况在他得病以后从没见过。父母双亡，他是她唯一的弟弟，他的病是她的心病，他一根汗毛被揪，牵动的是她全身。

　　下雨，吴力的腿疼，浑身不舒服。他没出门，坚持把饭菜做好。生病以来，不论多难受，只要手能动，他就不停止干活。儿子星期一至星期五住校。老婆下班回来，见他躺在床上。

"腿又痛啦？"老婆伸手给他按摩。他点头，不想说话。自从那晚老婆去大姐家过夜后，他就不想跟她说话。他知道她的苦，知道按自己的意愿来要求她太过分，知道自己心理有问题。但他就是不想跟她说话。他讨厌自己这样。她的手在他腿上按压，疼痛有些缓解。他想说些温存的话，终没出口，只是动了动膝盖，示意老婆停止按摩。老婆起身离去。她以理解的神态对待他，使他更痛恨自己。他开始想念小刚。这小家伙，此刻在干什么呢？他会像我想他一样想我吗？他发现只有想念小刚，他才忘记身体的不适，忘记自己是个病人。

雨没有停息的意思。老婆一出门，他就给福利院打电话。沈红叫小刚来跟他通话。挂电话时，沈红告诉他，有位女士来电话，说想收养小刚，问收养小刚的条件和怎样办手续。他顿时被这消息弄得心神不定。小刚要被别人收养了，这是好事呀！他说服自己应该为小刚高兴，可心里还是有东西被剥离后生涩的疼和空荡。他成了别人家的孩子，自己就看不到他了。心难受腿更疼了，他不想躺在床上被煎熬，忍痛出门，打的到福利院。沈红不在，他去教室，福利院老师正带领孩子们做手工。小刚没做，静待在屋角。他来过几次，老师认得他，知道他找小刚，欲喊小刚，被他制止。他走到小刚身边，小刚见他，眼泪就出来了。

"怎么啦，小刚。"

"沈阿姨跟你说的，我都听见了。你做不了我爸爸了。"小刚的眼泪很饱满，打湿了吴力的心，也湿了他的眼。自己跟小刚是怎样一种缘啊！他用手抹去小刚脸上的泪。"傻瓜，人家爱你才要收养你。"

"不，他们用水管冲我的屁股眼。而你用手洗。"小刚曾被一家人收养又被送回。

吴力陪小刚等沈红。

沈红回来，见吴力正搂着小刚，像父子，感动。

"想收养小刚的人……"这话憋在吴力喉咙里已变成鱼刺。

"还没见面。"

"她家里的情况怎样？"

"对不起，她特别嘱咐不能向外人泄露她的家境。"沈红语气婉转。

吴力"哦"一声，把小刚搂得更紧。

吴力从福利院出来，没回家。腿痛，走不远，打的到街心公园，坐在水泥凳上。花草树木被雨洗尘，使葱绿镀上亮泽，愈发生机盎然，与自己颓废的心情对比鲜明。腿的痛涌上腰，他不得不躺下，心里的纠结堪比小刚是他的亲生儿，被他亲手送出去。他想象那家人的为人、经济状况及小刚被收养可能出现的各种可能……天暗下去，水泥凳上的凉气似千万根气针戳向后腰背，他用手撑起身子，疼得受不了，又倒下，索性睁着眼看星星。一片乌云飘来，把星星遮得厚实，雨又细细小小飘下。

"下雨天，还来这儿。"老婆撑着伞站在他身旁，声音大得变调。

"要是能这样躺着去了也好。我活着是累赘。你们都健康，我已无牵挂。"他破罐子破摔的样子。

老婆扶他起身后，忙掏出手机拨号："姐，找到了，你快来。"

"小刚要被别人收养了。"吴力见吴娟，说。

吴娟语噎，默默扶他上车。

吴力醒来时，见吴娟和老婆正小声嘀咕着什么，他把视线移开。他已治疗多天，突觉生死都寡味。

"你看谁来了。"吴娟笑吟吟对吴力说。

"小刚。"吴力惊喜。

"叔叔。"

小刚扑到吴力身上。吴力摩挲着小刚的后背，嘴里呢喃："小刚、小刚。"

"叔叔，你怎么了？"

"叔叔腿疼。"

小刚立马从吴力身上滑下，去摸吴力的腿。

两人的黏腻让吴娟动容。"以后，你可以天天见小刚了。姐决定收养小刚了。"

"原来，你就是那个要收养小刚的人？"

"嗯。"

吴力的病容隐去一半，大声嚷："我没事了，可以出院了。"

从医院回到家，家里的一切涌入他的视线时，眼一阵温热，心里陡然生出：我是如此幸运，还可以回来！他开始收拾屋子，一个整然的家使空间宽大起来时，他心情好起来。接着，煮饭的空隙，他洗菜，然后拿起菜谱学做菜。他学做鸡蛋炒韭黄，这是老婆喜欢吃的；他学做香辣炸鸡翅，这是儿子和小刚喜欢吃的。午饭时，他端出这两个菜时，老婆和儿子表情的惊喜，在他脑里收藏着不止一天。这些表情鼓舞了他为自己规划每一天：清晨，他要在他们起床前去吴娟家接小刚一起去锻炼身体，回来时顺便买早餐。老婆和儿子走后，他边做家务边教小刚识字或听小刚背古诗，晚饭后他送小刚回吴娟家。

每天早起，星星在天幕若隐若现，灰色显出它沉稳的高贵。潮湿的空气经过夜洗涤过的纯，在他的吐故纳新中润着他的肺。他牵着小刚的手，步出小区沿着马路朝街心公园走，细致体验清晨对身体的触摸。到街心公园时，天渐渐露出它的亮，晨曦温柔的光拂过他和小刚的皮肤，毛发的金色昙花一现，喜悦却长久在他心头驻扎，他最喜欢看此时的小刚，怎么看都看不够。难道小刚是上天有意赐予自己的礼物？还是真的他们前世是兄弟？他又想起那个奇怪的梦。他坐在水泥凳上，看小刚独自玩耍。小刚对来街心花园，兴趣超常，尤爱跟花草树木接触，常常跟它们自言自语，一待就一二小时。吴力觉得这小家伙与那些花草树木有某种隐秘的联系。受小刚影响，吴力也跟这些花草树木亲近起来。露珠为繁茂的树木、怒放的鲜花镀上一层光泽，他欣赏着树叶绿的层次：鹅黄、翠绿、墨绿，它们也是生命的层次：少、中、老，尤其是看到稚嫩的新芽，感叹和呵护生命的情绪在内心起伏。要长得好，长得健康！他心里对着小刚说。自从得病后，他变得容易动情，生命的无常，使他看人事已淡定。往回走时，车流、人流多起来。想自己曾开着宝马整天穿梭在这儿个城市的街街道道，从这个写字楼奔向那个写字楼，喘息的时间都以秒计，他觉得恍若隔世。回到家里，他把心里的感怀记下来，精神有了去处。

腿疼出不了门时，吴娟就送小刚过来。

那天，小刚进门，见躺在床上的吴力浑身哆嗦，龇牙咧嘴，五官挪位，额头上渗出颗颗的汗珠，浸在皮肤的细沟里横流。小刚扁了扁嘴，眼泪马上在眼里打转。吴力见小刚，努力挤出一个笑脸，笑脸一闪现，马上就被双腿更猛烈的疼痛拽走。"小刚，叔叔熬不过了，要死了。"

"哇——叔叔，你不能死啊！"小刚爬上床，扑到吴力身上，脸贴着他的脸，眼泪涂了他一脸。吴力伸出手，摸索小刚的身子，手摸到他的脊椎，停下来。小刚是因为脊椎膨出，才导致他大小便毫无感觉的。"叔叔实在是熬不过了。"吴力推开小刚。

"叔叔不能死，叔叔不能死。"小刚抓住吴力的手，吴力的手反抓住他的小手，攥在手心。心里默念："小刚、小刚，我怎么舍得抛下你而去！"小刚觉得手骨头快被捏碎了，痛声快冲出嘴时，他狠咬嘴唇，把声音堵回喉咙。

老婆从医院开药回来，吴力服药后，疼痛缓下来。

小刚拿起床头上的毛巾擦去吴力额头上的汗，吴力瞧见小刚手背上的青紫，知道是自己抓出的，心疼地抚摸。"晓敏，把那瓶狮子油拿来。"

老婆拿来狮子油，拧开盖，正要倒，吴力接过去，亲自为小刚擦。看他们惺惺相惜，老婆不解吴力为何只要是小刚的事，吴力必亲力亲为，连自己的病痛都不顾。就说前几天，小刚感冒发烧，吴力到吴娟家，守在他身旁，为他喂药，敷换湿毛巾，换尿裤，半步不离，一定要等到烧退了才肯回家。有小刚在，他就有好心情，小刚比药管用。

一股臭味从小刚的下部散发，压住了狮子油味。小刚赶快往卫生间走。

"快，快，尿裤。"吴力手指客厅，企图起身。老婆把他按住，从客厅的组合柜拿一片纸尿裤到卫生间，见小刚正拙笨地解开身上的尿裤，尿裤上是一摊土黄色的屎尿。小刚见她，紧张得松了手，尿裤掉下，屎沾在脚上。她强压住反胃，端来水，给小刚冲洗……

吴力把饭菜做好，端到饭桌上时，听到门外的脚步声，那一轻一重的脚步声，正是小刚的脚步声。吴力脸上浮起笑意，起身去开门。这时，他的手机响了，医院传来了找到与他的骨髓匹配的骨髓的消息……

非恋状况

　　栗子是在这儿座城市里最先介入居士生活的知识女性。栗子研究生毕业后，就怀揣着文凭、学位证书等从东北投奔当时正在大开发的热点城市海口。栗子求职走了不少单位，但她那张哲学系研究生毕业证书，与当时热气沸腾的建筑工地以及很多迅速成长起来的公司没有什么关系，当她求职无门、盘缠告罄之时，她遇到了居士。居士原先待在机关，1988年海南建省那一年主动下岗，自办公司，自己当老板。居士很有经营头脑，几年下来，生意红红火火，财源滚滚，置房买车，似乎提前达到了下海的最初目的。居士要事业有事业，要财富有财富，要自由有自由，在这儿几项要什么有什么之中，居士最看重的是自由。他下海的原动力，就是为了自由。居士的自由具体表现在交女友上。居士对栗子这样高层次的知识女性，从来就表现出一种仰慕。居士直接从公司把栗子带回家。居士的家位于海甸岛的一高级公寓，离公司有很长的一段路程。栗子坐在居士的车上，看着西装革履风流倜傥的居士，心想就豁出去吧，他要什么就让他要吧，从外表看，他不算差劲。跟着居士踏入他的家门时，栗子的心放回了原处。他家里还住着一位名叫阿龙的老乡，阿龙也找不到工作，暂住在这儿。栗子为居士的书柜占据着客厅里最好的位置而感动。栗子为书柜里还有海德格尔、康德、尼采、萨特等一些哲学书而备感亲切。你就住这，慢慢找工作吧。居士说。她瞧居士，居士的表情很自然，自然的表情让她有了回家的感觉，那感觉在她心头久久地萦绕着，那一刻，她喜欢上了居士。

有了吃住的地方，栗子外出求职，从容不迫。

栗子终于找到工作了，在一家进出口贸易公司当秘书。她学的专业没有为她谋职做贡献，她那很棒的英语却为她争得了这一职务。公司老总让她明天上班。她没有马上告诉居士。她回家张罗包饺子是想给居士一个意外的惊喜。她住进这里以后，就主动担负起一些家务事。她已把自己视为这里的一员。居士对她的行为没有异议。他们午饭各顾各的，晚饭一起吃，晚饭过后，她便陷在松软的意大利真皮沙发里与居士闲聊，很多时候，居士跟她聊的哲学问题，深入到她的心里，兴奋了她的神经。她很少有这种感觉。她遇到了一位令自己心仪的男人，她常独自遐想，有朝一日，她就是这屋里的女主人。居士把温钰带回家里的那一刻，她还在延伸着自己的遐想。

温钰见到居士那一刻，心里咯噔一下，穿戴这么整洁、这么讲礼节的老派男人，大概只有在好莱坞的经典片中才能见到。温钰是个不拘于礼节的川妹子，她对与自己反差大的人与事感兴趣。温钰是在公司的大户室里见到居士的。居士见她进来，双脚立正，身体笔直。同事丁芯与居士是朋友。这位是温钰，操盘手。丁芯介绍说。居士的手伸向温钰时，温钰感觉到了他手的冰凉。怎么会呢，室内温度不低，况且还穿着西装，温钰觉得奇怪。温钰学的是金融专业，操盘手的职业使她步入了富姐的行列。下班时，她与居士道别，开着自己那辆白色"蓝鸟"离开时，仍感受到居士的目光对她的穷追不舍。

别看她其貌不扬，操作起股票来，厉害着呢。丁芯说。

居士不喜欢丁芯评价女人时把相貌扯进来。他对温钰的容貌没兴趣，他感兴趣的是她是个成功的操盘手。最近公司的业务发展出现停滞，他想投一点资去炒股票。他自己没时间操作，想物色一个代理，温钰是最佳人选。他拿着温钰名片，仔细地瞧着。

温钰踏入居士的住处时，同样为居士的书柜感叹。六米长的书柜占满客厅的一面墙，书柜里专门有一格是金融方面的书。她知道居士学的是中文专业。她为他的兴趣广泛而刮目相看。她与他交谈时，很有共同语言。他对她的敬重与欣赏，很令她感动。她的五官中，没有一处可称为漂亮的，在内心深处，她是很自卑很无奈的。他没有挑剔她的相貌，不同于以往交往的男人，以往，有钱的男人看她的相貌不看她的钱，没钱的男人看她的钱不看她的相貌。他是一个崇尚知识与智慧的人。交谈的快乐洋溢她的身心，一晚一晚的交谈总嫌时间太短，她成了居士家的常客。

但愿咱们能成为合作伙伴。在温钰出入居士家，俨然是家中一员时，居士说。

居士与温钰签协议，把五十万元转入温钰的账户时，栗子决定搬出居士家。以前公司决定录用栗子时，给她提供住处，住集体宿舍。栗子没跟居士提此事，因为她不想离开居士。那天温钰的到来，坚定了她搬走的决心。她中午在公司吃饭，晚饭照样回来做。居士已经很习惯吃她做的饭，隔三岔五就带朋友回来吃饭。来最多的是温钰。居士毫不忌讳地在她面前称赞温钰，令她羞愧难当。他称赞温钰有经营头脑，善于挣钱，不是说明自己没本事挣不来钱么？称赞温钰自强自立有房有车，不是嘲讽自己身无分文寄人篱下么？自从温钰介入他的生活，他极少晚饭后在客厅柔和的灯光下与她谈哲学、谈人生了。经常的情景是晚饭后，温钰就建议出去兜风，他积极响应，并邀栗子一起去。栗子谢绝，她不愿意看温钰开车时那副高人一等的神态。她几次暗示居士，她想搬出去住，居士并没有特别关注，"搬出去比住这里好么？"他就这么轻描淡写。

栗子从居士的身份证上知道居士的生日。居士生日那些天，她送给居士一块镀金的长方形的天王牌手表。祝你生日快乐！

居士很意想不到。谢谢。居士说着，脱下自己的旧表，把新表戴到腕上。

今天是你的生日？温钰问。

连我自己都忘了。居士再次向栗子投去谢意的目光。

太有意义了，你在生日的这一天，成为我的客户。温钰说着，咚咚奔出门外。

我经常忘记自己的生日。居士进厨房帮栗子。

我妈最能记住我的生日。栗了往蛋糕上插蜡烛。

你的生日是哪一天？居士摆酒杯。

11月11日，最好记了，四个1。栗子往酒杯里倒红葡萄酒。

我会记住的。

栗子抿嘴笑，脸红红的。

温钰风风火火进来，掏出一个盒子，递给居士：祝你生日快乐！

居士一看，是一条金利来领带与一支精制的领带夹。谢谢，三十五岁的生日是我最快乐的生日。居士脱下旧领带，把新领带套到脖子上。

还有更快乐的呢，晚上，咱们去看水上芭蕾。我已经联系好了，今天是首场演出，票很紧张。温钰手舞足蹈，表情生动。

栗子正在给蜡烛点火的手抖了抖。

饭桌上，温钰的话滔滔不绝。居士盯住她的眼一眨不眨，被冷落在一旁的栗子心里翻江倒海。我要搬出去住了。栗子说。

嗯？居士回过神来。片刻，才问：公司有住房？

栗子点点头。

也好。你要经常回来。居士的表情依旧很自然。

吃完晚饭已经七点半。回来再收拾吧。急着去看水上芭蕾舞，居士说。

你们去吧，我来收拾。栗子边收拾边说。

怎么，你不去？温钰喝了不少酒，脸红扑扑的，语调高亢。

收拾完这些，我还要收拾自己的东西。

别说收拾这收拾那了，迟一天搬早一天搬有什么关系。居士很不耐烦的样子。

听居士说话的口气，栗子更不愿去了。小龙去三亚，今晚不回来了，你把钥匙带去吧，我收拾完就走。

居士接过钥匙，瞪栗子一眼，说，好吧。

听他们的脚步声消失在楼道里，栗子的心空荡了起来。她收拾完东西，从挂包里掏出一块天王牌女式表。她买的是一对情侣表，送给居士的，是男式的，女式的留给自己。她把表戴到手腕上，仔细欣赏一番，又脱下来，随便塞入皮箱一角，盖上皮箱，长长地出了一口气。

栗子提着皮箱，站在交叉路口，一边等车，一边遥望居士住的那栋公寓楼。海甸岛的夜，很安静，天上星光寥寥。她没有想到，告别居士的方式，是这么个样子。

　　温钰几乎每天都与居士联系。有时，股市收后，她直接去找居士。居士没有要求她这样做，可她愿意。她愿意做的事情，很少有人阻挡得了。来的次数多了，公司里的人很困惑：居士这么标准的美男子，怎么找一位离美女标准十万八千里的小个子女人？她有钱不错，可居士不缺钱。高个子研究生不是大美人，身材跟居士还算般配，也比这位强呀。这天，公司副总老方憋不住了，问：居总，她是你的女朋友？

　　是女性朋友。居士表情认真。

　　那位高个子研究生呢？

　　也是女性朋友。

　　不对吧，这位要比那位亲密一些吧。没有的事。居士感觉脸热烫起来。

　　这时，温钰走进来。老方朝居士眨眨眼，退出去。

　　一起去吃饭。温钰建议。居士不反对。

　　钢筋走进居士视野内的时候，居士和温钰正吃鸳鸯火锅。居士首先见到老方，然后见到老方身后的一男一女。居士站起来招呼：一起吃，一起吃。居士硬拽着老方过来。居士好客是出了名的，老方只好招呼一男一女也坐下。这两位朋友，男士叫兴进，女士叫钢筋。

　　钢筋，怎么不叫水泥呢？居士为女士叫这名字感到别扭。

　　水泥没钢筋硬。钢筋表情得意。

　　女人的名字，怎么不起诗意一点。居士说。

　　居总，人家钢筋可是正儿八经的诗人。钢筋，赶明儿送一本诗集给居总。老方说的时候，眼睛盯着温钰。

哦，是位女诗人呀。居士的眼神光亮起来，认真瞧钢筋，五官看着还舒服，长发与单薄的身体，给人一种飘飘欲仙的感觉。有这样的女友，你怎么藏着不得见？居士跟老方耳语。我也是刚认识，是朋友的朋友。老兄，看你的了。老方说。居士很有与钢筋交往的欲望，马上掏出名片递过去：这是我的名片。

钢筋接过看了看，从挂包里掏出名片分发给诸位。

居士双手接过名片。原来是某周报副刊编辑。名片设计这么独特，不愧是诗人。

这一切，温钰看在眼里，她的面部毫无表情。

钢筋踏入居士家的时候，立刻为居士的书柜惊讶，不是因为书柜气派，她不认为书柜气派，她甚至认为那排书柜有点像药房里的药柜，土里巴几的；不是因为藏书多，她的一些文友的藏书比这多得多。她惊讶的是居士居然有这样一排柜和书柜里的书，不管他是否都读过、都读懂它们。她扫一眼书柜里的文学书籍，多是她在大学里读过的名著。钢筋就是在惊讶中以书为背景开始了与居士的长谈。居士的话准确而节制，常在她那堆长长短短的话里起到画龙点睛的作用。居士的眼睛长久地盯着她，她承接着居士的目光，有对居士倾诉的欲望。她的话不经思索就源源涌出。居士那么耐心，目光温和中带有鼓励，让她觉得居士是那么值得信赖，许多男人都受不了她的喋喋不休，钢筋这名字跟她的性格格格不入。

居士对钢筋的来访做了精心的安排，他想象诗人浪漫而拥有激情，钢筋这硬邦邦的名字套在她身上，就是诗意的象征，只有她才用这两个字来做自己的符号，与众不同的魅力压倒了他最初感觉的不舒服。他愿意与她更深一层地交往。他在餐桌上铺了一块白色餐桌布，桌中央燃上了红色的蜡烛，高脚杯里盛的是红葡萄酒，餐具是盘、刀、叉。

是吃西餐吗？

是的。

你会做西餐？

会做简单的。

鸡蛋煎得橙黄。红萝卜红得耀眼。青菜绿得饱满。烤到恰到火候的面包片，还有黄油、果酱……这些都令钢筋想不到。现代人的生活步履匆匆，请客吃饭，更愿意在酒店饭馆里请，更少见男人有如此地情致：讲气氛，讲情调，讲色香味。这顿饭，她吃出了畅快，这样的场景与这样的男人，是她一直向往的，这古典的情愫令时间倒退到多年以前她曾经遇过的一位男人，那男人是她年轻时的偶像，毕业于某名牌大学中文系，精通古典文学。男人的成熟与儒雅之气很令她迷恋，她认定她这辈子要找的男人就是这样子的。男人比她大十岁，在内地有家室，令正处豆蔻年华的她痛恨不已。明知道永远得不到他，却还在他身边徘徊，找各种借口与他见面：向他借书，向他请教唐宋诗词，诸如此类。他的礼貌而节制，更撩起她丰富的想象，她专门晚上去找他，夜晚归来时，他必送她，她与他行走在椰树下时，她很有恋人的感觉，她写了大量的爱情诗，她一首一首地朗诵给他听，听得他热泪盈眶，冲动地抱着她，吻了一下，她狂热地拥着他，觉得此刻要是死在他怀里，也值了。后来，男人回了内地，他那唯一的一吻，在她的记忆里新鲜如昨，她把那一瞬间的感觉诗意化了，美化了。从此，她跟任何一个男性交往，都拿他们跟那男人比较，多狂多傲的男性朋友，都被他比下去。居士的彬彬有礼，居士的保持距离，让她确信某种感觉的回归，她内心喜悦而战栗，汹涌的激情一阵又一阵。居士的一切，在她眼里都是优点，错过跟这样的男人交往，该是怎样的罪过？怀着这样的心境度过了千日难逢的这么一个夜晚。此后，她成了居士家的宾客。

居士的投资顺风顺水。居士的日子过得洋溢而充实。差不多每天下班后，居士呼朋唤友，到家里吃饭。忙不过来时，打个电话邀栗子过来。栗子搬出去住了一阵子后，气消了，居士的种种好又占据她的心。居士打电话叫她，她顺势就去了居士家。

温钰代理居士的股票操作，旗开得胜，百分之十的利润很快就挂在账面上，居士高兴，驾车与温钰一起去买菜，并且他很照顾温钰的四川口味。居士和温钰到家时，老方、栗子已先到。见栗子，温钰心头掠过的一丝不快很快被笑脸压住，温钰与栗子对视时，有种女人间心照不宣的感觉。

屋里很快弥漫着四川火锅的气味。我喜欢在家里请客，我喜欢这种家庭气氛。居士说。

这不好办，你赶快成家，就有家庭气氛了。老方接上话题。

跟谁成家呀。居士顿时蔫了，小声咕嘟。

这还成问题吗？老方的眼在栗子与温钰之间瞟，你们聚会，怎不请我呀！钢筋突然闯了进来。

又来了一位，这更不成问题了。我真服了你。老方凑到居士的耳旁说。

去去去。居士推他一把，转身对钢筋说你真有口福。

通常，钢筋都是星期六来，今天在单位跟主任吵了一架，心里窝火，径直来找居士倾诉，她已经习惯把居士视为她的倾诉对象。入座后，发现在座的，唯栗子没见过，栗子在厨房进进出出，俨然是女主人。钢筋满腹疑团，栗子是他的什么人，妻子、情人、亲戚？她目光追踪着居士和栗子。饭桌上气氛变得沉闷起来，三位女人之间，目光相互扫射，种种猜测在心中生长。温钰谈起了股票的话题。居士紧紧抓住话题，拼命发挥，钢筋这听众，当得很不甘心。我头痛。她说，然后她退出餐厅，坐在客厅。她注意到她说头痛时居士的表情怔了瞬间，然后继续着他的话题。她对居士的滔滔不绝空前地愤怒着，他怎么可以如此地漠视她的头痛，巴菲特的投资理念与信息时代的投资理念比她更重要？这年头，朋友聚会时髦讲黄段子，讲得越刺激就越身怀绝技似乎越被人刮目相看，而他们居然只谈股市。她趁他们交谈热烈的时候悄然离开。

　　钢筋出去，居士看在眼里，他不动声色，谈笑自如。温钰谈论股市，眉飞色舞，激情万丈，发出的磁力，吸引着居士，居士盯着她，目不转睛，生怕漏掉了她的每一句话每一个表情。这时，栗子就笑吟吟地为居士倒酒、搛菜、舀汤，服侍得极为周到。两位女人的表情，让老方对居士羡慕不已：这家伙，咱要有他一半的福气就心满意足了。咦，钢筋呢？老方猛然想起。她出去了。居士淡淡地说，大家的表情也就淡淡的。酒尽宴散，老方争着送温钰回去。栗子刷碗洗盘，晚走一步。

　　你就住这吧。居士说。

　　栗子转身看居士。居士表情自然。

　　栗子就留了下来。

　　居士坐在客厅的长沙发上。栗子泡了一壶茶，放在茶几上，也坐在客厅。

　　我现在才发现温钰是那么智慧。居士的情绪似乎还停留在吃饭时的气氛里。

没有智慧，你们能合作吗？栗子娇嗔地白居士一眼。居士留她下来，早让她想入非非。太热了。她说，脱下上衣。她里面穿的是背带裙，背带裙裹着的身体很性感。来这里，她是做了精心准备的。平时，她多穿 T 恤和牛仔裤，今天，特意穿套裙，还化了淡妆。她搬出去住没两天，就想见居士，就想给他打电话，她生自己的气，骂自己贱，可思念就是没减少，矜持、傲气都显得那么无力。独自生活，还没有哪位男人让她如此牵挂，这大概就是所谓的爱情吧。她不能让她的意中人从身边擦身而过。一个温钰，已让她有危机感，现在又多了一个钢筋，这女人娇小玲珑，灵气十足，勾引起男人来，肯定是个好手。今晚的机会不能放过。你喝了不少酒，喝点浓茶。她斟茶，端起递给居士，顺势坐在沙发上，身体碰到了居士的胳膊，居士马上正坐，肌肉也紧张起来。

怎么样，够浓吧？

这么苦，当然浓了。居士起身，坐到另一沙发上。

栗子下意识地瞟居士，脸沉了下来。

居士闷头喝茶，表情极不自然。

无声。十秒、二十秒、三十秒、六十秒。栗子曲线很好的身子在居士前晃来晃去，居士耷拉下眼皮，不敢瞧她一眼。她浑身燥热，终于遏制不住，冲到居士跟前，半蹲着。我不是一个随便的人，可对你……不一样……我愿意献给你。

不，不。居士身体拼命往后退。

为什么？为什么你要留我？

这……是个误会，我留你，只想聊聊，没有别的意思。居士呼吸急促，声音颤抖。

栗子怔了瞬间，反应过来，慌乱地站起来。难道我就这么不吸引你吗？栗子哀怨地问，转身找上衣穿上，然后拿挂包，表情由委屈转向冷峻，走了出去。跨入电梯，随着电梯门的关闭，她听到了自己心灵之门咔嚓的关闭声，这时，她已泪流满面。

钢筋离开居士家，踏上一辆不知开往何处的公共汽车。她离开那一刹那，她感觉到了居士的目光。他对她的离去，居然这样无动于衷，她愤愤然。高谈阔论，夸夸其谈。男人怎么可以有那么多的话？她对居士的滔滔不绝反感起来。还有那位感觉良好的富姐温钰，还有找那位屈尊当保姆的栗子，还有很有嫉妒心的自己……明日黄花堆积啊！她为自己找到这么形象的句子快活起来。居士啊居士，有这些黄花堆积在身边，感觉很了不起，是吗？好！就让你了不起吧。她决定把居士晾在一边。

温钰离开居士家时，兴奋的情绪难以抑制。老方送她，简直是多余。老方跟她说话，她只是嗯嗯应着，其实根本就没听进去。居士今晚肯定为自己着迷了，谈论股市是自己最得心应手的事，谁能敌？那位栗子以为温柔贤惠就能哄得住男人，老套了；那位钢筋还走了呢，傻！温钰窃笑。好戏还在后头呢。温钰的感觉真是好极了。

真是应了温钰的感觉，那晚以后，她为居士操作的股票，利润已增至百分之二十。每天，她都向居士报告行情，居士高兴，却不提请客吃饭了。

咱们不庆祝一下吗？温钰问。

居士知道温钰所说的庆祝只是一个见面的借口。天天都谈论股票让他觉得腻味，他让温钰代理炒股，就是不希望自己成为一个专业炒家。以后赚多了，再大庆吧。他说。

你不庆，我庆。温钰放下电话，直奔居士的公司。

你饶了我吧，我正患厌食症。居士见温钰进来，心想这人咋这样不善解人意。

那好，咱们不吃饭，行吧。只要见到居士，温钰觉得干什么或什么都不干都行。

咱们总不能坐在这儿，你看我，我看你吧。

此时无声胜有声。

居士感觉到温钰的目光越来越炽热。咱们去逛街吧。居士建议。

一路无话。商场门口，钢筋迎面走来，居士眼睛发亮，表情欢喜。是你？

哦，富哥富姐大采购呀。钢筋长发飘飘，长裙飘飘，十足的女人味。

温钰没吭声，居士含糊地嗯了一声。这些日子，你怎么消失了？居士问钢筋。

我没消失，我每天都行走在海口的街道上，光明正大。钢筋回答。

玩文字我是玩不过你的。你现在去哪？我可以送你。居士的样子很殷勤。

多谢了，我还要逛逛。

我再给你打电话。

对居士的过分热情，钢筋眨眨眼，转身离去。

我饿了，要去吃饭。温钰满脸的疲惫，生硬地说。

那就去吃饭。居士附和。

居士果真给了钢筋打电话，约钢筋听音乐，还亲自驾车到钢筋家等候。真少有啊，是否意味着太阳的升落要改变方向了？坐在车上，钢筋盯着居士的脸研究。

我的脸是很耐看的，仔细看吧。

你的那些女朋友呢，是她们把你甩了，还是你腻了她们？

随你怎么说。你有没有这种感觉，你我在一起的时候，都很放松。

钢筋想想，点点头。

我只想跟你轻轻松松地听音乐、聊天。看居士说得很认真，钢筋也庄重起来，她又找到了以往他俩交往的感觉。

居士带钢筋去海口歌剧院。长影乐团在这儿举行中外电影名曲交响音乐会。这是他们第一次两人一起听音乐会，他们很入神地听着或抒情或欢快或激昂的音乐，心律随着旋律起伏着。今天居士很特别，买了不少口香糖、无花果、情人梅、葵花籽等，亲自提着，休息时钢筋吃完一件后及时送上另一件。钢筋吃得很自然，觉得有风度的男人应该这样。从歌剧院出来，居士对钢筋说，今天以你为主，去哪里由你安排。现在你是公主，我是你的司机。

能当几小时的公主也不错。居士对钢筋又温柔又体贴，让她感到新鲜。听好了，司机，去新疆饭店吃夜宵。

新疆饭店，由正宗的新疆人主理，钢筋钟情于这里的烤羊肉串。一大串羊肉串上来，钢筋拿起一串就咬。居士吃得很少，更多时候是看钢筋吃。

你有心事？钢筋问。

居士欲言又止，见钢筋盯着他不眨眼，摇摇头。

钢筋抿抿嘴，耸耸肩，埋头苦干。

居士慢慢品着红葡萄酒，神情忧郁。

钢筋吃饱喝足后，居士递给她纸巾。钢筋边擦嘴边疑惑地看居士。说吧，今天我为什么有如此地礼遇？

你本来就该有如此地礼遇。

不对，你今天神情凝重，心事重重。

真的，我对你一直如此，只是形式不同而已。

钢筋全身暖乎乎的，说，不过你深沉的样子更有魅力。

居士无声地笑了，说，你觉得愉快吗？

钢筋答，非常愉快。

这就足够了。居士边走边说。我只愿咱们的交往纯洁、简单。上车后，居士补充。

到万绿园。钢筋建议。

居士把车停在停车场。两人走入万绿园，走累了，坐在榕树下的水泥凳上。空气清纯湿润，风很斯文，徐徐拂过，舒坦之极。身体与自然的直接触摸，比听音乐会更自然更真实。钢筋心里涌动着浪漫、古典的情愫。居士感同身受，仿佛这意境是两人期待已久的、可遇不可求的。两人都静静的，生怕声响会破坏这美妙的时刻。两人惊人的默契，使这情景持续了一段时间，他们起身离去时，居士连声说：难得、难得。

我已经很多年没有今晚这样的感觉了。钢筋也很有感慨。

钢筋回到家，回想刚刚过去的几个小时，突然感觉很不真实。我不是在做梦吧。她定定神，看到自己的卧室乱糟糟的，最典型的是她的床上乱叠着一堆书与杂志，每本只看一半，一本压着一本。居士送她回家，依然是那么绅士。良辰美景，才子佳人，以往人们向往的，不过如此，她以为在这儿个饮食快餐、文化快餐，连爱情都速配的时代，已没有这样的约会了。此后，居士每星期都约她一次，像钟点一样准时。约会浪漫而有韵味，只是她一回家就对这样的约会有一种虚幻的感觉。她奇怪自己有这种感觉。

温钰感觉到居士有意在与自己保持距离。她到公司找她，他不像以往那样陪她到底。他仍会热情地接待她，陪她聊一会。然后就说对不起，我还有事，失陪了。他作揖，不失礼貌地离开公司。她只好闷闷地独自回去。心里不痛快，回家即倒在床上。家里昨天钟点工才来收拾过，家具光亮、整洁，却毫无生气。她不明白居士的态度为何这样？是因为他跟钢筋好上了？想起他跟钢筋好，她的心被无数只小虫蛀着。她跳起来，到衣柜前，剥光上衣，露出的身子白皙但不丰满。去健美？去隆胸？还有五官呢？要使自己外表吸引男人，需要动多少次手术啊！她泄了气。贴近镜子，她发现头发里有几根白发，她把头发翻了一遍，揪住一根白发就如捉住一个岁月的敌人。几根白发让她伤感岁月的无情，再不抓住青春的尾巴，人生最宝贵的资源就白白地浪费掉了。她深知，靠色相自己是吸引不了男人的，而智慧呢，居士很欣赏她的智慧吗？这个该死的花心居士，这个让自己自信又自卑的居士！她用咒骂来消解她心中的失意。

不与居士在一起，股市收市后，温钰简直不知干什么好。

这天，股市刚收市，她就接到居士的电话，请她到他家吃饭。她很意外，更多的是喜悦。他寂寞了。他需要她了。温钰只有一个，温钰不是随处可遇的。自信又回到她身上。她回家洗澡、打扮，把自己弄得清爽、香气喷人。一路上，她哼着歌，路过鲜花店，还下车买了一大把鲜花。当她提着水果，捧着鲜花到居士家时，居士正亲自下厨，钢筋当他的下手，一个黑瘦矮小的男人站在餐厅与他们说话。

来了，还这么客气。居士找到一个玻璃瓶，把鲜花插进去，放在饭桌中间。介绍一下，这位叫李明，澳大利亚留学生。这位是温钰，在证券公司工作。

温钰朝李明点点头，哦了一声。李明的目光一直追踪着温钰。居士陪着说几句客套话后，就被钢筋唤进厨房去了。他们坐在客厅，无话。看见居士与钢筋在厨房里亲密合作，温钰觉得来比不来更沮丧。李明问一些有关她工作的话，她心不在焉地回答着。李明开始系统地介绍自己，温钰毫无表情地听着，这与我有很大的关系吗？温钰感觉乏味，起身到卫生间。

这顿饭吃得气氛轻松，女主角是钢筋，温钰吃出了别样心情。吃完饭，趁钢筋、李明不在，居士悄声问温钰：感觉怎么样？

什么感觉？温钰奇怪。

你对李明的感觉呀。居士说。

莫名其妙！温钰恶狠狠地吼了一声，夺门而去。

居士惊呆了，半晌才回过神来。

温钰离开居士家的时候，天正下着小雨，老天为何也要迎合她那灰暗的心情？那些流动的液体是从她心底流出的。居士的这一招，是她所料不及的，她感觉受到了伤害，也是她意想不到的。心底的液体汩汩地流着，纠缠的是绝望。他事先没打招呼，没有问她是否同意，他是以这种方式来拒绝自己。她的伤心延续了整整一夜，第二天到证券公司，面对着电脑，没精打采。股市开市了，她算居士股票的市值，已涨了百分之二十五。大盘又冲高了，她趁高位出掉了大部分股票，只是持着居士的股票不动。大盘在高位横盘几分钟后开始回落，她麻木地看着盘面。他怎么可以这样对我？我在他眼里一文不值。钢筋可爱还是钱可爱？跌吧跌吧，既然你是如此急于把我从你身边拉开，那就让它跌吧。看着股票的利润在缩小，她心里竟有些快感。

哎，你出了没有？股市震荡加大。丁芯过来对温钰说。

出了大部分。温钰说。

看样子，调整开始了，还是全出了再说。丁芯劝她。

不。她的表情很坚决。

尾市，股指直线跳水，恐慌性抛盘蜂拥而出。居士的股票她依旧没出。这时，她接到了居士的电话。

听说今天的股市大跌，是吗？

是的，大跌。

你出了没有？

没有。

呃——没事，我只是问问，不影响你的操作。

她现在最痛恨的是居士的很有礼貌很有修养。我倒要看看你这种样子能保持多久！放下电话时，她阴险地想。

温钰的夺门而去，让钢筋看清了一个事实，温钰的意中人是居士。居士为温钰介绍朋友，意味着居士与温钰只是合作的伙伴。发现这一点，钢筋觉得对自己而言，很有历史意义，她对居士越来越有感情了。在这儿个时代，她已经很羞于说自己是个诗人，还写诗了，只有居士还那么虔诚地吹捧她，认为写诗是多么的高雅与贵族，这多少还维持着她的自信心和虚荣心。这个时代，已经很少有人说谁属于谁了，她却认定自己属于居士，属于居士就要对居士负责对居士专一。她开始不满足与居士一周才约一次会，她应该每天都跟居士在一起，时时刻刻不分离。她约居士去白沙门游泳场，并建议坐篷篷车去，这种有帐篷的三轮摩托车，只能在海甸岛上偷偷地营运着，两人坐在车上有点挤，她的身子与居士的身子紧紧地贴在一起。她感觉到了居士肉体的弹性与体温，动感的肌肉传递的是生命的蓬勃。那一刻，她的心跳加快，下身有异样，她默默地感受着身心的震撼，希望篷篷车无休无止地开下去。车到海边了，她还陶醉在肌肤相亲的怡悦中。居士下车付车费，见她还呆坐着，说，到了，想什么这么入神。

你呢，脑袋一片空白吗？

居士没说话，快步走向沙滩。

他们在沙滩上漫步，累了，就坐在沙滩上看海、听涛，少有话说。夜深回去时，钢筋提出还是坐篷篷车，居士极力反对，打的吧，的士坐舒服一些，他没容她反应，急急招来一辆的士，钻进车头。

回到家，钢筋觉得与居士约会虚幻的感觉越来越强烈，她居然重复不起与居士在篷篷车上的那种鲜活的感觉，这跟那偶像男人那唯一的新鲜如昨的吻有很大的不同。她弄不清为什么会有不同。她的床依旧很乱。这张床才是她真实的生活状况。她睡在床上，望着天花板，费劲地想着自己的感情生活，想着居士，可居士的面目在她的脑里很模糊，她怀疑自己得了失忆症，她不能容忍自己有失忆症。她必须离开这张床。她略带恐惧地跳将起来，逃出卧室。

股市的阴跌，如连绵的梅雨，令温钰的心情潮湿发霉。错过出货的机会，居士的股票利润也就一点一点地贴回去，现在是持平，不赚不亏。温钰有点后悔那天没及时抛出，现在抛出，心很不甘。这阵子，她与居士鲜有联系，居士对股票也不闻不问。还是继续持股吧。大盘没有止跌的意思，但现在抛股已没什么意思。温钰看盘，心里觉得闷，这是她操作最失败的一次，她很清楚是自己的情绪化造成了这样的结果，她为此感到内疚。账面上开始出现亏损，现在轮到她不愿给居士打电话。在她心里最阴暗的这天下午，居士来了电话，约她吃饭。

居士带她到一家川菜馆吃鸳鸯火锅，居士知道她嗜辣。居士不紧不慢，言顾其他，迟迟不切入主题。

你约我吃饭，肯定不仅仅是闲聊。什么事，直说吧。吃得差不多的时候，温钰说。

我……是想跟你谈股票的事。

股票？股票现在算市值，已经亏了。

亏多少？

大概有二三万吧。

二三万……居士沉吟着，亏二三万不算很多，这样吧，亏就亏了，我想把钱抽出来……

不行，现在不能抽，要抽也要等反弹再抽。

抽！亏的算我的。居士的态度很坚决。

就等几天，不行吗？

我现在急需要钱。明天就抛吧。

好吧。温钰的表情无可奈何。

第二天，温钰把居士的股票全部卖出，亏了两万八千元。温钰给居士打电话，把结果告诉他。

居士去温钰的大户室，交给温钰一张纸条，说，你把钱转入这个账号。

温钰一看，是居士在另一家证券公司开的账号。她一下子愣住了，看居士，感觉到他斯文礼貌背后的自私与冷酷。她的心仿佛被利器戳了一下。

你转四十七万元就行了，那两千元算给你的报酬。居士很大度的样子。

温钰感到屈辱。他让她尝到永远的失败还让她永远地感激他。我不要。温钰冷冷地说，动手写支票，然后交给居士，居士接过一看，是一张五十万元的支票。我已经说过了，亏的算我的。

咱们按合同写的办。

钢筋企图弄清楚那种虚幻的感觉根源，她更加频繁地与居士接触，她不明白居士为什么连她的手都不碰一下。精神最终还是要走向肉体的。难道自己的身体就这么没有魅力么？她照镜子，觉得自己的粗脸确实需要改善，就花一千五百元去美容、换肤，脸上的皮肤白嫩中带着粉红，确实是换了肤。她怀着喜悦去见居士，居士眼睛一亮，说，你去换肤了？效果不错。居士依旧一副坐怀不乱的样子，让钢筋沮丧之极。夜晚，她躺在床上，翻来覆去，欲火难熬，她不愿让她不喜欢的男人碰她，而她愿为之献身的男人，却不愿意碰她一下。她痛苦得绝望。人的一生，也许一定要牺牲一点什么，那么，她的身体就牺牲给了爱情。而爱情在哪里？她与居士的交往是爱情吗？是爱情，为何总是对关键时刻的重要细节产生虚幻？她把床上的书叠整齐，床宽了起来，她更睡不着了，她爬起来，给居士打了电话。

喂。

哎，你在家，我过去。她没等居士说话，就放下电话。她打的到居士家。

这么晚了，什么天大的事，不能电话里说或者明天说。居士怪嗔。

我只想见你。

居士警觉起来。

别害怕，难道我一女子，能把你怎么样吗？

居士只好陪她闲聊，困了，就拼命抽烟。她则从冰箱里拿出两瓶啤酒，打开瓶盖就喝了起来。她的双唇很少停止运动。居士盯着她，还是那么有耐性。两人间隔着一张茶几。居士根本没有超越的欲望。她觉得委屈，她的自尊坚定地控制着她的身体，决不允许她跨越半步。他们居然这样聊了一个通宵，她终于有了累的感觉。我们才是一对真正的非常男女呢。离开居士家的时候，她自我解嘲。

钢筋陷入一种茫然，她对居士的行为很费解，甚至怀疑居士有某种心理或生理障碍。一天，她偶然在一本医学杂志上看到一篇心理咨询的文章，说是有位男性，动情不动性，是一种性心理障碍，缘于此，一旦接触到实质的性时，就会恐惧、逃避，所以才会坐怀不乱，才会自欺欺人地以绅士自居……她看了，觉得文中说的情况跟居士相似，她觉得应该帮助居士，让他消除障碍。她把杂志上的文章剪下来，寄给居士。信发出去后，又觉得更应该进一步帮助居士，就拨了杂志心理咨询栏目特邀主持人的电话，电话接通了，她一听声音，竟是居士，她马上放下话筒。她明白了自己为什么会有那种虚幻的感觉。

钢筋不再去美容，让海南的阳光肆虐她的肌肤，让黄褐斑点滴滴地在她脸上自由生长。有天晚上看电视，看见有位西藏女同胞脸上的高原红，她突然很向往。她见腻了海南的蓝天和阳光，她要去更高的地方去接受紫外线的辐射。眼下时髦去西藏，她要做一个时尚的人。

钢筋去西藏的那天，温钰收到了希望工程省助学基金会寄给她的证书和感谢信，感谢她为希望工程捐送三万元。她愣了，她并没有捐这笔钱，很快，她明白了这笔钱出自何处。

栗子生日的那天，她收到邮件，打开一看，内有一张祝她生日快乐的贺卡和一只天王牌女式表，邮件没有留地址、姓名。她去翻箱底，拿出的表跟收到的这只一模一样，她把寄来的放入箱底，把原来那只戴在手腕上。

另类生活

　　文达和心怡一踏入家门，双双都松了一口气。文达朝儿子的卧室走去，见其已入睡，才回到自己的卧室。心怡直接走进自己的卧室，脱下华贵的礼服，卸下妆，换上睡衣，坐在电脑前，打开电脑，输入密码，点击"我的文档"的一个文件名：随记。然后手敲键盘：

　　踏入家门的那一刻，我就知道，一幕剧结束了，我扮演的角色也结束了，脸上有些僵硬的笑容收敛了起来，身心刹那得到了放松。万达公司总经理文达一周之内总有一二次携太太外出应酬，一周之内，我总有一二次要盛装打扮，服饰要搭配，妆要恰到好处，举止要端庄。文达对这方面的要求很严格。一对伉俪，郎才女貌，温文儒雅，这绝美的佳配，在宴会上，引来了多少羡慕的目光，多少嫉妒的表情。这时我看文达，他的目光温柔而关切，我的内心温暖而幸福。我陶醉了，希望这一刻永远地延续。宴会结束，我们礼貌而优雅地与人们道别。钻入轿车，手握方向盘的文达面部变得毫无表情。我心里明白，一对恩爱夫妻的演出就此告一段落，重温这样的情景，要等到下一次的宴会。以往，我总是以狂欢的心情来期待、迎接这样的宴会，因为只有在外人面前，我才能见到文达目光的温柔与爱意。一次又一次，我在痛苦中期待，又从陶醉中坠入痛苦，循环反复。今晚，我终于腻了。天啊，有谁知道我过的是一种什么样的生活呀？

心怡停下来，起身，走到梳妆台前，镜子里的她，眉宇间露出悲伤。她想喝点什么，到客厅，见文达陷在沙发里抽烟。还没睡？她问。没有回答。她到厨房，冲了一杯速溶咖啡，径直回到卧室，关上房门，眼泪沿着脸颊直滚而下。为什么？为什么？她双手揪着头发，痛苦不堪。只要一踏入家门，文达就像哑巴，对她不再说话。她心里憋得慌，又坐在电脑前，敲打键盘。

文达和我从小在一个院子里长大，他比我大五岁。他父母是电力公司的职工。我父亲是电力公司的党委书记。他高中毕业后，接父亲的班，在电力公司当电工。1977年恢复高考后，他在职参加高考补习，当年他没考上。1978年，我高中毕业后，考上了地区师范专科学校，而他考上省重点大学中文系，但能否去读书，还要看单位同不同意。那时，他与我已有了交往，两人之间也有了些蒙胧的男女之情。我从小就喜欢看他，觉得他白白静静斯斯文文，就像演舞剧《白毛女》里的那个大春，怎么看怎么顺眼。我关注他的一举一动，并认定自己心目中的白马王子就是他。那天，他拿着录取通知书来找我，要我去跟父亲说让他上大学。他说这是他最后的机会了，为这他拼得太苦了。我第一次见他这么激动，说到动情处，还拉起我的手。我也紧紧地抓住他的手。我一定跟爸爸说的，因为我喜欢你。我也是。他说。我们的恋爱面纱就是那一刻被撩开了。我们开始以恋人的关系出现在家里。他如愿以偿。大学毕业后，他分配在市政府当秘书，我在中学当教师。他毕业一年后，我们结了婚。他是个心气很高、很有抱负的人，总想干一番大事业，就跟我说我还年轻，先不急于要孩子。为了他，我答应了。走仕途之路，不像他想象的那么容易。1988年海南建省，待腻了机关的他，活动调到刚成立的该市驻海南省办事处。初到海南的头二年，他的书信简短，一年到头也见不了他几回，回家总是忙于立项目调资金办批文什么的，来去匆匆，仿佛总有办不完的事。经济上，他是明显地富了，买回家的礼物，都是价格不菲且鲜有的。家里人都为他的发财欢欣鼓舞。等我站稳脚跟，就把你接过去。他对我说。后来，他脱离了办事处，自己办公司。公司运转正常后，我辞去了工作，到了海口。当时我们住在一套85平方米的套间里，房子不大，但我已很满足了。那一晚我们很快乐。

回忆那翻云覆雨的一幕，令她颤动不已，她关掉了电脑，躺在床上，抱着枕头，滚来滚去，然后使劲地拍打着床垫，累了，又睡不着，爬起来，吃了两片安定，慢慢才入睡。

文达睁开眼，马上跳了起来。昨晚睡得晚，一睡就睡过了头。他去开儿子的房门，儿子正起床。天赐，动作快点。他对儿子说，然后忙于洗漱。

妈妈怎么还没起床呀？天赐问。

你妈累了，让她多睡会。他给儿子弄早餐：一杯牛奶，一个煮鸡蛋，两片烤面包。快吃，吃饱了，爸爸送你上学。他对儿子说。他开车去上班，顺便送儿子上学，是他每天早上必做的事情。他对儿子的爱有些超乎寻常，儿子的汗毛被拔去一根，他的心头都要疼一阵子。儿子要是头痛脑热，他会紧张地放下一切事情，守着儿子寸步不离，把自己熬得差不多也要病上一场。儿子放学后，一般是心怡去接。他回家的第一件事，是看儿子，把儿子搂在怀里，问儿子一天里的情况。他为儿子提供的一切都是最好的，为了儿子，他能够容忍一切的不顺心。

爸爸再见！儿子下车，向他挥手。

儿子再见！目送儿子跨入校园，消失在他的视线里，他才离开。

他一踏进办公室，秘书宋明就拿着文件夹进来。文总，这是今天的日程安排。

他接过来，扫了一眼。嗯，今天事多，下午的会，你提醒我一下。

好的。宋明退出去。

他的表情显示出对秘书的工作很满意。他选秘书从不选女性。丁零零——他拿起话筒一听，是珂妮约他见面。今天不行，明天中午吧。说完他撂下电话。

珂妮是他众多的女性朋友中的一位，属于较谈得来的那种。他喜欢跟她一起吃饭、聊天，差不多每星期见一次面，每次见面时间不长，多在中午，他中午从不回家吃饭。

第二天中午，他踏入奥斯罗克自助西餐厅，见珂妮已坐在临窗的老位置上。珂妮穿着一件深紫色的绸缎吊带裙，外套一件浅紫色的蝉翼似的丝绸短上衣，长发高高挽起，脖颈颀长，整个人显得高贵、典雅。他第一次见她，就是被她的脖颈吸引的。她的脖子线条平滑、流畅，她的皮肤、五官是经得起高清晰、近镜头的检验的。这么早？他一边说，一边从珂妮的秋波里感觉到了她对自己的依恋。

早了十分钟。珂妮说，她的目光从他进来起就没离开过他。

我是真正饿了。你吃什么？

我自己去拿。珂妮起身，去拿了一杯鲜榨椰子汁、一块巧克力蛋糕、一小碟苹果沙拉。

他要了一大盘炒粉、一碟炒青菜、一碟北京烤鸭、一碗排骨萝卜汤。摆在桌上，一对比，他笑了，从这顿饭就可看出，男人与女人的不同实质。他说着，低头大口大口地吃起来。

珂妮边看他吃边啜着椰汁，然后用牙签刺起一块沾着沙拉的苹果往嘴里送。

你今天的话怎么这样少？猛吃一阵后，他意识到。

看你吃，也是一种享受。珂妮的笑有点缠绵。

他心里咯噔一下，他知道与她的交往总会走到这一步的。你抬举我了吧，我的吃相是最差的。他低头喝汤。

我每天都想跟你见面，可见你却这么难。

我不是已经坐在你面前了么，怎么难了？他的笑有些勉强。

我不是这个意思，我是想……

你别想了，那不现实。他的表情严肃起来。好了，时间差不多了，我该走了。他挥手叫服务员结账。

你就不能陪我久一点吗？珂妮伤感起来，眼泪在眼眶里转。

午休的时间就这么点。他的心有些酸，继而说，别这样，快乐一点。他伸出手想拍拍她的脸，手将触摸到她的脸颊时停下，然后握成拳头往回缩。我走了。他生硬地说，转身快走。珂妮的眼泪畅畅地流了下来。

回到办公室，他还想着珂妮悲戚的模样。这是一个他最不愿意见到的危险的信号，他决定暂停与她的见面。

心怡晚起，家里就她一人。她把家收拾一遍后，坐在沙发上发呆。受热带低压影响，雨下了两天两夜，水从天上哗啦啦地倒下，扰得她心乱如麻。四房二厅的居室不算小，她却觉得自己的生存空间是这样的仄小。她起身，在屋里走来走去，不知该干什么才能驱去心中的郁闷。她走进卧室，打开电脑，手敲键盘：

经过那一夜后，我一直沉浸在甜蜜、幸福之中，文达要我专心当专职太太，公司里的事从不让我过问。我也没想到要过问，我对做生意一窍不通。文达激情满怀，两眼放光，一会跑三亚，一会去洋浦，一副事业如日中天的样子。他天天有饭局，极少回家吃饭，我也落得清闲。初来乍到，朋友也少，除了把家布置得洁净、温馨外，就靠读书、看电视来打发时日。这时我想，该要一个孩子了，跟文达说，他不反对。老天爷太惠顾我了，一个月后，我的月经该来时没来，我窃喜，去医院检查，果然有了。一个生命孕育在我的体内，喜悦溢满心间，无以言说，只盼望着文达早点回来，与他分享。等啊等，这一天他没回来，打他的手机也没回应，我心焦，把我认识的他的朋友都问了一遍，没人知道他在哪。第二天，才有人报信说他涉嫌贿赂罪，被收容审查。听到这消息，我从快乐的巅峰跌入深谷，阴云沉甸甸地压在心头，天啊，这个文达，到底在干些什么呀？我赶到拘留所看他。几天不见，文达已胡子拉碴，面容憔悴。你一定要相信我，我没犯罪，一定是有人诬告。他对我说。我无言以对，只是一个劲地流泪、点头，本要告诉他自己已怀孕，结果忘了说。再找机会吧，也许这孩子来得太不是时候了。在回想的路上，我抚摸着肚子，万分沮丧。我按文达的指示为他的事奔走、活动了两个多月，毫无结果，他被正式逮捕。我去监狱看他的时候，肚子已经拱了起来，他这时还坚决认定自己无罪，是原单位的人诬告，但情绪已经有点悲观了，这孩子……

我一定要把他生下来，我等着你。我的态度很坚决。后来，孩子出世了，是个男孩。就在孩子满月的那天，文达被提起公诉，因证据不足而无罪释放。这一天，我自作主张，给孩子起名为天赐。

文达回来后，抱着儿子，痛哭流涕，连说：天赐，真是天赐呀！他闭门谢客，整整一年时间，什么事都不做，一心一意在家照看孩子，而且极有耐心。孩子不爱吃饭，一口饭含在嘴里，要哄他才往下咽，一顿饭要吃好几个小时，他也不嫌烦。晚上孩子哭闹，多是他起来照看，他把孩子看得太金贵了。有一次，我在倒开水时孩子不小心碰翻了杯子，小脚被开水烫了。怎么这样不小心！听到孩子的哭声，他旋风般地奔过来，声音在屋子里炸响。看见孩子的脚面红肿了起来，他全身都疼似的，急忙问，药、药在哪？紧张、慌乱的他把柜子里的东西翻得叮当响。给孩子上药后，他抱过孩子，接过孩子的那一刹那，他看我的目光简直就是喷出一团火，让我不寒而栗……整整一天一夜，他都守在孩子身边，不让我碰，让我内疚极了。就从那晚开始，他搬到小床上睡。慢慢，他的性格有了很大的变化，素来多话的他，变得沉默寡言，尤其是单独跟我在一起时，相敬如宾，但不再主动说话；后来，发音干脆就发单音词了，回答问题总是答是或不。睡觉时，常做噩梦，我问他到底梦见什么了？他总是大汗淋淋、心有余悸地说那个场面太可怕了，然后就不再言语。我想，这一次所受的伤害，他心中的内伤是难以痊愈了。而在生意上，他是因祸得福，他被抓之前正谈的房地产项目因他出事而黄了，他错过了开发房地产的机会，资金得以保留。在家待了一年后，他去读 MBA，回来后他决定东山再起。当时，海南的房地产处于高潮，宾馆、酒店雨后春笋般冒出。他瞄准了一个市场：酒店用品。他成立了万达酒店用品有限公司，旗开得胜，生意红红火火。后海南房地产进入低潮，宾馆、酒店趋于饱和，他又转向旅游业。现在回头看，他其实是逃过了海南房地产被套这一劫。

丁零零——文达听到电话响，拿起话筒，却没有声音。放下话筒，他猜想肯定是珂妮打的，遂摇摇头，一脸的无奈。他工作之余的乐趣，就是不断地、一个一个地与一些女性朋友们约会，他对别人介绍她们时，总是用"女性朋友"这个词。他约她们吃饭、聊天、看电影，跟她们打得火热，让她们为他着迷、疯狂，但绝不跟她们上床。他在拘留所里，心怡去见他时，他见到心怡隆起的肚子，他就发誓绝不做对不起她的事。他还认为，一个不能实践自己誓言的男人，是个比狗都不如的男人，是个让他永远都鄙视的男人。像他这样的年纪，这样的身份，这样的风度，是最能博得美人心的时候，做个俗气的比喻：他就像花，而女人们像蜜蜂，围着他嗡嗡转。他不能背叛心怡，又不能把一个个优秀的女性们拒之门外，就走中庸之道，跟她们做有礼有节的交往。他对她们的要求是：她们的漂亮是原装的、自然的。他拒绝经美容师的手组装过的漂亮。他给她们的回报是常送一些小礼物，比如香水、胸针、发夹等一些雅致的东西，送的时候做到亲切自然，恰到好处。

丁零零——他拿起话筒，是菲菲。

文总，有时间吗？

没有。什么事？

不就想跟你聊天嘛，好久没见到你了。

不对吧，我没记错的话，跟你见面还不到一个星期呢。我正忙呢，我再约你。他挂了电话。忙完手中的活，已是下班时间，他不想这么早回家，就约了小晓。小晓是他招聘导游时认识的。他看她的履历表，旅游学校毕业，二十岁，是应试者中学历最低的一位。面试时表现最轻松，好像并不急于得到这份工作。

如果你不被录取，你会怎么想？他问。

我会想：不录取就不录取，我还年轻，继续找呗。小晓回答。

从她的表情看，没有丝毫的沮丧。你这是第几次应聘？他又问。

第一次。小晓坦言。

这么年轻就这么坦然、有定力，不多见。他没有录取她，但把她的表留下后把她介绍给一家规模小一点的旅游公司。

文总。小晓招呼。她站在肯德基专卖店门口等他。

我知道你喜欢吃这些洋味。坐吧。他奇怪自己竟为这小女孩费心思。跟他交往的女人，多数是富足、美丽而又有贵族气，她们衣着品牌，服饰讲究且自感不凡，跟她们交往，他要调动自己所有的智慧，要注意自己的形象、言行，不敢太马虎。而小晓短发，眼睛细长，眉毛淡淡，笑的时候，露出两排颗粒小小的整齐的牙，很无邪的样子。跟她交往，他很放松，这种感觉，让他新鲜、舒服。

吃什么，自己点。他说。

知道。小晓熟门熟道，挑自己喜欢的要。

他看小晓吃。小晓不化妆，连口红都不抹，所以吃的时候无所顾忌。那边的工作怎么样？

还行。

领了第一个月的工资，打算怎么花？

我回请你一次，在这儿。小晓很得意的样子。想想你还很够朋友的，帮了我的大忙。小晓补充。

他心里一阵感动。这么说你是把我看作你的朋友了？

那当然。

我比你大这么多，干脆你就叫我大朋友吧。

好，就叫你大朋友。

走出专卖店，他正打算送小晓回去，却意外地遇见了珂妮。珂妮的目光停留在小晓的身上。

你好！他礼貌而不失风度。

你好！珂妮回应。她的表情显露出对小晓的不在意。

你们聊吧大朋友，再见！小晓说着向他挥手，快步地汇入人流中。

大朋友？珂妮笑了。你这位小朋友很有趣。他不发表意见。

既然遇上了，就一起聊聊吧。珂妮建议。

他边看表边想托词。

难道我是一只老虎？珂妮说。

要是，也是一只温柔的、美丽的母老虎。他笑着说。

干脆去我家吧。珂妮又建议。他犹豫一下，好吧。

认识你那么久，你还是第一次来我家。珂妮开门。他进去，环视一番，赞叹：你不愧是广告公司的经理，布置出这么一个结构、色彩、情调都有独到之处的家。

那当然。珂妮自豪着。家是人生的港湾，自己的家不做到自己喜欢怎么行。

有道理。他坐在长沙发上，嘴里说，脸上露出一丝的茫然。

喝点什么？咖啡、红葡萄酒，还是茶？

随便。

那就喝红葡萄酒。珂妮往两个酒杯里各倒多半杯酒，把一杯递给他。请。珂妮说着，喝了一大口。

他喝了一口，把酒杯放回茶几上。你很时尚。他说。

喝红葡萄酒是一种时尚，但更重要的是喝酒能使你更快地得到热量和温暖。珂妮说，又喝了一大口，看他时，目光意味深长。他避开她的目光。她从对面过来，坐在他的身边。来，把这杯干了！他们碰一下杯，都干了。她倒酒，放下酒瓶时碰到他的手，她顺势抓住他的手，紧紧握着。他转过身来，她的身子也面对着他，他们的身子在相互靠拢，嘴唇在往前伸，正要碰着的那一刹那，他的嘴定格在了空中，随后迅速地往后缩。我要走了。他起身。

我只是想得到你的爱，哪怕仅仅一次。珂妮激动起来。

你知道我是个有家庭的人，我决不做对不起家人的事。他转身离开。

正因为你这样，我才更爱你。珂妮朝他的后背喊。

心怡站在阳台上，面向大海。大海的潮起潮落、大海的平静温柔尽收她的眼底。太阳一点一点地爬高，阳光得寸进尺地洒落在阳台，把她逼回屋里。她住的这套房，是海口新开发的西海岸一带的高级公寓楼，位于海边，面积 150 平方米。一流的空气，一流的居家环境，着实让她兴奋过一阵子。刚搬来时，文达欲请一位保姆，她不同意。一个专职太太，打理一个家就足够了，何必让一个外人住在家里，介入我们的家庭生活？她说。现在看来，请个保姆也没什么不好，起码有个人陪自己说说话。她叹了一口气，回到房中，现在陪伴她的，只有这台电脑了。

文达重新过上生意人的生活，早出晚归，但从不在外面过夜。我不知道他对我的冷淡是为哪般？我开始怀疑他在外面有女人，关注他的一举一动，甚至跟踪过他，知道他经常跟几个女人一起吃饭，但看不出什么破绽来。他很顾家，家里吃的用的，他都想得仔细、周到。给我的零花钱也不少，再贵重的东西，只要一提起，他就买回来，比如搭配晚礼服的钻坠，比如外出要提的鳄鱼牌皮包，这台电脑就是我吃晚饭时说想学电脑，晚饭后，他就从电脑城搬回来了。他养儿子、养我，把这个家弄得这么好，从这方面看，他是个很有责任心的男人。在物质生活上，我是非常的富足了；而在夫妻生活上，我是非常的沮丧。我不知道他在这儿方面出了什么事，问他，他不说。为了顾及他的自尊心，我没有逼他，更不想闹到分手的份上，我舍不得孩子，更不愿意失去他。我耐心地等待着，结果是他把自己包裹得更严密了，他的自控力更强了。我很矛盾，我很想知道这一切是为了什么，又害怕裸露的真相让我受不了。这时，我才知道自己的脆弱，自己的不堪一击。我盼望着有宴会、有应酬的日子，只有这时候，雍容华贵的我往人群中一站，所有的目光投向我，我慢慢地、像个模特似的在宴会间展示我的服饰，一一地迎合着那些赞赏我的目光，虚荣心把一切的沮丧都湮没了，当文达的太太的这个名分就这么的不可抗拒。我犹如走进一片沼泽地里出不来，往里走越陷越深。我拿他跟周围的男人比，比来比去还是觉得他是最好的，我爱他，这最令我痛苦。日子就在时而虚荣时而痛苦中行走，暂时达到平衡。直到那天晚上，这种平衡才被彻底地打破。

晚会是旅游协会办的。晚会的前半段时间，我当然是贵宾席上的焦点，可晚会快结束时，一个女人出现了，她吸引了所有人的目光：魔鬼的身材，优雅的举止，高贵的气质。她直接走到文达面前招呼：你好，文总！

你好！文达点头致礼。

这位是……

这位是我的太太心怡，这位是我读 MBA 时的同学珂妮。文达的表情恰到好处。

我握了握她伸出的手，感觉到她盯着我的目光隐藏着另一种含义。

她招手让服务员在文达的身边加了张椅子，坐下，目光在我和文达之间瞟来瞟去，当我与她的目光相碰时，她笑容暧昧。凭女人的直觉，她是在故意主动出击，向我挑衅。我看文达，他毫无表情，似乎对这一切视而不见。

文总，别这么严肃嘛。平时，你可不是这样的，尤其是不工作的时候。她的身子向文达靠拢，声音轻柔，脸露娇态。

看到珂妮的神态，我的想象力增加了无数倍，想象文达和她在一起时的千姿百态，而我却独守空床，我怒目相向。

文达瞄我一眼，站起来，点头致意。对不起，孩子独自在家，我们先走一步。说着，挽起我的胳膊，走出会场。

为什么急着要走？我问。

文达只顾开车。

是怕我知道你们的内情？

文达加快了车速。

这是这么多年来你不跟我同房的原因吗？我再也控制不住自己，我感觉到我的心已被撕裂一个口子，疼痛尖锐，流出的血正湮没所有的内脏。你说呀你说呀！我拍打着车坐，眼泪和声音一样肆无忌惮。车在滨海大道上飞奔，我甚至听到了文达的喘气声，但他就是不出声。回到家，我看到他铁青的脸，关门时，门"砰"的一声，震得屋子像是地震似的。

我回到卧室，坐在梳妆台前，看着镜中红着眼的自己，浑身发冷，我双手抱着自己的身子，自己抚摸自己，眼泪无声淌下。这么多年，我就是这么过的，值得吗？值得吗？我突然心灰意懒，觉得所有的一切却毫无意义。

一连几天，我和文达都不照面，我只是从开关门声中判断他的早出晚归。家里依旧是死气沉沉，只是去接儿子回家时，在外面透透气。

妈妈，爸爸说要把我转到国科园去。

那你想去吗？我问。海南国科园实验学校是海口市最高档的寄宿学校，一星期五天在学校，文达早想把儿子送去就读，又觉得儿子还小，舍不得。现在突然转学，什么意思？我不解地问。

我不知道。但我听同学说，那学校有花园，是有钱人的孩子才能去的。妈妈，咱们家是不是很有钱？儿子仰着脖子问。

咱们家不算有钱，爸爸妈妈都很爱你，愿意让你受最好的教育。你明白吗？我蹲下来，搂过儿子。我很清楚，文达要儿子转学，肯定有他的打算。

妈妈，你怎么哭了？儿子的嫩手，擦拭我的眼泪。

妈妈舍不得你。我把儿子搂得更紧了。我知道自己是在为与文达感情的终结而哭泣。

文达开车送儿子到国科园，把一切都安排好后，终于松了一口气。他跟心怡的关系紧张，不愿意让儿子受到影响。可一想到儿子那怯生生的样子，心里还是很难受，毕竟他是第一次离家，独自生活。他看坐在后面的心怡，眼睛也是红红的，心里肯定也很难受。他无声地叹一口气，很无奈的样子，把心怡送回家。车到家门口，心怡下车，他没有回家的打算。

你不想跟我谈谈？心怡问。

他下车。回到家，他们坐在沙发上，面对面。

我知道这样对你不公平。我们离婚吧。他低头，嗫嚅道。

是因为那女人吗？心怡盯着他，声音颤抖。

不是。他的语气坚决。

那是为了什么？心怡的语气里有了些愤怒。

这么多年了，难道你还不能察觉到一些什么吗？他的头越弯越低，声音越来越小。

这么多年来，我是太相信你了，我没想到你会负心。心怡的嗓门大且变调了起来，五官也变了形。

我们离婚，儿子归我，其余的条件随你。他声音急促，一口气好像上不来的样子，头低着身体却直挺挺地立起来，不让她看见他的表情，匆匆向门外走去。

你不说清楚，我是不会离的。心怡朝着他的背影，恨恨地喊。

文达开着车，有点漫无目的。回公司吧，没那份心情；找朋友倾诉，又无从说起。他开着车，环绕海口市一圈，还想不清把车泊在哪里。他觉得自己真是糟糕透了，有生以来他从没像现在这儿样六神无主，心底苦海无边、黑暗无边。记忆中监狱里的那个场面，浮现出来，镶在脑里，那种武打片里才能见到的血腥而恐怖的镜头，现实而逼真，他甚至听到了拳头与拳头的碰撞声，肉体与地板的撞击声。鲜血如绽放的花朵，为人体涂抹鲜艳的色彩。身体里某个器官的断裂声和锥心的疼痛，全方位地袭来，他浑身抽搐，牙根紧咬，脚紧刹车，车一下子停在路边。他呻吟一声，虚脱似的从幻象中回来，发现握着方向盘的手湿湿的。他举目四望，突然觉得自己是只游荡在这儿城市的没有归宿的甲鱼，缩在金属的外壳里，在一条条水泥道上乱撞。办公司没意思，赚钱没意思，人生没意思。他现在的唯一牵挂是他儿子了，儿子是他的未来、他的希望。一想到儿子，他的精神一爽，对，找儿子去！他调了车头，准备往国科园的方向走时才记起儿子是几个小时前他把他送到学校的。他沮丧。这时，手机响了，他一看号码，是珂妮打的。他关上手机。此刻，他最不想见的就是珂妮。此后，珂妮每隔十分钟就给他发短信息，重复着同样的内容：我想你，我想见你！他知道，珂妮已经陷入她自己为自己挖的泥潭里，难以自拔。而他又能怎么样？他早已承担不起爱情。他牵动一下嘴角，不知算何种表情。他把车停在附近的一个停车场，待在车里，掏出掌上电脑，点击电话簿，看看自己还愿意与谁通话。点到小晓，他停下，也许只有小晓对他没有爱意。他打开手机，给小晓打电话。随后开车到肯德基专卖店。身着 T 恤衫、背带裤、松糕鞋的小晓出现在他的面前，她的青春、活泼，让他的心里透出一缕的阳光。如果我没记错的话，你还欠我一顿饭。他说。

没有你这么贪吃、记忆又这么好的人了，想赖掉一顿饭都难。小晓大大咧咧、无拘无束地坐在他对面，他想板着脸都难。

要我请你也行，但你要付账。小晓的双手叠压在桌上，歪着头说。

为什么？

因为我第一个月的工资早花没了，再说了，你搞突然袭击，人家身上没带这多钱嘛。小晓嘟着嘴，面露难色。

他无声笑了。好了，好了，想吃什么，去端吧，谁叫我是你的大朋友呢。

是。小晓立正，朝他敬个礼。

他看着小晓俏皮的样子，心想：真是少年不知愁滋味啊！他喝可乐，看小晓把一根又一根薯条往嘴里塞，就把自己的那份递给她。薯条就这么好吃？

那当然。小晓嘴里应着，眼睛早就盯着他递来的那份。

慢慢吃，吃完了可以再要。

听他这么说，小晓反倒不好意思了，吃相斯文起来。

我喜欢看你吃东西的样子。

小晓抹嘴的手停留在嘴边。

你吃东西的样子很像我儿子。

小晓抿嘴嘻嘻笑，两个浅浅的酒窝映得满脸生动。

你跟我交往，就不怕我骗你？文达说。

不怕。小晓说。

嗯？他的语调发出问号。

你是我的朋友呀，朋友怎么可以骗朋友呢。小晓装成很老练的样子。

那朋友有事想请你帮忙，你愿意帮吗？

当然愿意了。小晓想都没想，话就从嘴里蹦出，尔后，又补了一句：该不是叫我帮你杀人吧。

有可能。一个想法在他的脑里形成。

文达把离婚协议书放在我面前后，就搬出去住，周末才接儿子回家。看他对儿子的呵护，我清楚地意识到了他的软肋。晚上，我跟儿子单独待在一起，见这个眉目像我的漂亮的小男孩在我的跟前晃来晃去，我立即谴责自己：他是我儿子，一个母亲怎么可以把自己的儿子当作一个筹码呢？我怀着悲苦的心情，看着儿子平静地入睡，儿子的表情是那么洁净、可爱。我回到自己的卧室，无法入睡，我甚至感觉到时间的脚步正踏着我的身体向前迈进。天大亮的时候，儿子跑来告诉我，爸爸要带他去热带海洋公园，然后去吃肯德基。我睁着发涩的眼睛，看着这个漂亮的小男孩蹦蹦跳跳地离去。从那一刻起，我身上的每一个细胞如被火烤似的，奇热无比。我坐立不安，不停地在房间里走来走去，好像得了多动症。走到腰酸腿软，日落西山时，我听到汽车喇叭响，跑到阳台，见儿子从车上下来，回头跟车上一位女孩挥手告别。文达载着女孩离去，儿子一人上来。

天赐，你怎么一个人回来，你爸爸呢？我沉着脸问。

爸爸送小晓阿姨回家了。儿子的脸红彤彤的。

小晓阿姨是谁？

是导游，她跟我一样喜欢吃薯条。

吃、吃、吃，你就知道吃。从我嘴里吐出的每个字都带着火，且音大调高，把儿子吓得不轻。他傻傻地望着我，眼泪在眼眶里打转，一转身，跑到自己的房间，砰地关上门。我没心思去理他，心里被搅成一锅粥。小晓？菲菲？还有那个叫珂妮的女人？难道自己的位置就被这些女人代替？难道他不愿与我同床就因为这些女人？自己哪点比不上她们？很强的挫败感包围着我，让我窒息。这个花心的、负心的、良心被狗吃了的臭男人！我在心里狠狠地诅咒，所有的情感都变成了仇恨。

送儿子回校后，文达回来。

小晓又是你的新猎物？一口气哽在我的喉咙里。

你不是想让我说清楚吗？看比说更清楚。文达说话的时候依旧没看我。

要是我不愿意离呢？

那就这么过吧。文达拿起公文包，要走。

回想这几年所受的冷遇，我心寒。你别走。我喊。

文达立定，看了看我，目光柔了些，对我说，其实，我是为你好，真的。

好个屁，你这个感情骗子。我骂道，用尽全力，扇了文达一巴掌。

我们扯平了。文达抚摸着挨打的脸，冷冷地说，快步离去。

我坐在沙发上，号啕大哭，悠长的哭声泄出了一切愤恨、委屈、不幸、悲哀，等眼睛再也流不出泪的时候，我起身，在离婚协议书上签了字。

办完了离婚手续，文达和心怡走出办事处。

你去哪？我送你。文达说。

不用了，我自己走。心怡拒绝。文达把房子留给她，给她一笔钱，她还随时可以去看孩子。她此刻就是不想回到那个宽敞、冰冷的家。她甚至不想待在这儿座城市，至少是现在。我现在是自由人了，想去哪就去哪。她突然意识到，随手拦了一辆的士，直往海口机场。她没想好去哪，去哪都一样，哪个航班有票补就上哪架飞机。她打定主意。她走入机场大厅。心怡。有人叫，她回头，一看，是老家的一位朋友，看样子是刚下飞机。

我们差不多有八年没见面了吧？朋友一脸的惊喜。

有了吧。她肯定。

怎么样，现在还一个人？朋友的口气很关切。

嗯？心怡不明白。

你不是早离了么？朋友反倒奇怪。

怎么说？心怡脸露不快。

你要不离，不是活守寡吗？

你什么意思？心怡越听越疑惑。

你不知道呀，文达在牢里时，牢里人打架，他劝架，命根子被误伤，废了。你不知道……朋友的话戛然而止。

啊？心怡仰着头，张开嘴，一时回不过神来。

目光里的对峙

　　女人的目光很执着，盯着正在外出的少妇不舍眨眼。她喜欢盯着少妇，不管少妇出去还是归来。少妇住在八楼，天天从她的店门前走过，行色匆匆，总有干不完的事。少妇骑单车，全副武装：越南帽、墨镜、袖套。少妇肯定是上班一族。女人做如此地肯定。少妇不事粉饰，连口红都不抹。女儿就坐在她单车的后架上。少妇一跨上单车，身体随着车子往前冲。女人想象不出自己带着孩子骑上单车是怎样一种模样。少妇消失在女人的视线内。没有了优越感，女人登时百无聊赖，二十几平方米装修得很是气派的时装精品屋里，几尊石膏模特套着名贵的台湾时装，毫无生气地立在门口及屋角。屋中央，挂着两排各式时装，时装精品屋鲜有人光顾，她的表情毫无为生意冷淡而发愁的迹象。她走到衣镜前，瞧镜中的自己，面容洁白光滑，眉清目秀，鼻正唇好，青丝如瀑，没有一点少妇的痕迹。自己是少妇吗？她把长发散开披下转了一圈。在她的男人眼里，她就是少妇了。她想起了那位有孩子的少妇。

　　少妇经常感受到那女人的目光，目光有意味且长久。她必须花很短的时间去回应那目光。一次、二次、三次，无数次，她被那目光扰得浑身不自在，以至她每一下楼就感觉到那女人的目光在她身体的任何部位游离。我很丑陋吗？女人那堆灿烂的白，对她有压迫感和危机感，自卑也乘虚而入，理由很多：比如天生没丽质，后天是操劳的命。她与那女人过的是两种截然不同的生活。女人肤白肉嫩，装扮刻意，举步慵懒，神态悠然。低头看自己，那女人是在天上，自己在地下，愤怒也随之而来：女人为什么总盯住自己？也许，盯着自己，那女人就更具优越感了吧？少妇感觉到自己受到了侵犯，肝火呼啦往上升，目光恶狠狠地射过去。她们的目光在空中碰撞。少妇用力一踩，单车飞过精品屋。

女人守着商场，没卖出一件衣服。女人伸着腿，搁在一条凳子上，手里拿着一瓶大红色的指甲油涂，涂完后，伸展双手，尖长的指甲在指端灿烂着。这是她经常重复的动作，她经常用鲜艳的色彩装饰来点缀她的生活，尤其是在她最寂寞的时候。现在，她显得心不在焉，她脑子里，一直被那少妇的目光困扰着。少妇的眼眶极力撑到极限，眼珠黑白分明，瞳仁透亮，怒气就从这样灵气的眼珠子里喷射出来。她们的目光在空中碰撞，她看见了少妇恼怒中带有锥子，刺得她的眼睛一片茫然。少妇的身影在她面前模糊起来。她明白，那一刻，她们相互仇恨着。她从少妇的眼光里分解了出多层意思：那目光是一时的愤慨，那目光忌妒她、蔑视她，她最在意这种解释，它刺穿了她最隐秘的地方，它是她内心的疼痛，它令她自傲不得，尽管她过着养尊处优的生活。她的男人做很大的生意，男人包下她，给她开这个时装精品屋，并负责从台湾进货，赢亏她不管，只以此来证明她有事做，以安心守候来证明她的忠诚。男人要在生意、家室与她之间奔波，每月属于她只有两三天，这两三天就是她的节日，隆重而缠绵。她积蓄了一个月的激情与思念，就消化于这两三天中。男人热情回应，然后是慷慨地许诺慷慨地给予，条件是她只属于他。她实在是很留恋男人的，她实在是不想劳苦奔波过穷日子的。要想生活有保障，她只能这样。她被男人养着，代价是短暂的风花雪月和长久的等待、煎熬。少妇的目光扰乱了她的心安理得，那是轻蔑的目光，她认定。她知道对自己而言，肯定有这种目光存在，她没有权力阻止这种目光的存在。唯独少妇以这种目光赤裸裸地射向她时，让她心底感受到重重一击。

少妇送女儿到幼儿园。少妇试图解读那女人的目光。那是优越的居高临下的目光，目光含有怜悯，怜悯损害了她的自尊。她们的目光在空中碰撞，碰撞的结果是她越来越愤怒。

少妇到单位，她的愤怒没有得到遏制。没有人知道她的愤怒。同事个个跟她打招呼，一律的微笑，但都没有认真地注视她。她是单位里的一个小头目，单位经济效益不好。上级指示，准备裁员，消息一传出，人心浮动，原本比较松散的人际关系骤然变得紧张和微妙，谁也不愿意自己下岗。这几天，人们个个对她面露笑脸，工作积极主动。"假积极。"她心说，然后扫他们一眼，对他们不注视自己敏感起来。他们面容微笑，目光散乱。难道延迟还没有值得他们瞧的地方吗？换了那女人，女人会被他们的目光刺死无疑。想到那女人能被目光刺死，她的嘴角浮上了一丝恶毒的笑意。哼，平时他们工作吊儿郎当，每干一件事，都是她推一下，他们才动一下，她心里早已把他们炒掉十次八次了，现在要动真格的了，个个都学乖了。他们的情况在她的脑里放映：老王一脸的忧愁，声音竟有些颤抖，说这工作是他的命根子，他上有老下有小，一家人的柴米油盐，全靠这份工资了。她听老王说时，眼前显现的是老王对工作的斤斤计较：上班迟到是常事，下班迟走一分钟都不行，几分钟就干完的活，也要留到下次上班才干。"要不，给加班费啰。"这差不多成了他的口头禅。大林表情暧昧。"这么好的工作，哪找去？不好好干，真是说不过去。我现在才发现，这工作对我太合适了，啧啧。"她马上想说的是这弯也转得太快了。大林平时最牛，觉得干这份活最没劲，时常出去兼职。主管批评他不安心工作，他说我会辞职的，大不了下海。小李是单位最年轻的，一脸的坦诚。"我工作不到两年就下岗，多没面子。"这倒是实话。年轻多好啊，年轻多有激情啊！什么没面子，年轻就是资本。年轻还怕闯荡吗？她突然觉得小李不愿下岗的理由很可笑。她被单位人员下岗的问题搅得太阳穴一跳一跳的，疼痛也一阵一阵的。干脆自己下岗得了。她为这个念头激动起来。想象自己下岗，就不用天天骑着单车在太阳底下跑来跑去了，就可以从从容容地安排生活，打扮打扮自己，像那个女人……想到那女人的悠闲，那女人的目光，她就马上把想法变为行动。她去找顶头上司，"单位要减员，就减我吧，我带头下岗。"

上司很惊愕，盯着她的脸研究，"什么时候让你下岗也带头啦？"

"不是让，是我自愿。"

"单位里谁都可以下，就你不能下。"上司觉得她在胡闹。

她顿感没劲。她怀疑自己下岗的真实性。

回到办公室，小李、大林、老王都在忙。这景象真少有。没到下班时间，女儿就打来电话，让到幼儿园接她。

"不是说好三天接一次吗，今天才第一天。"

"不嘛，不要待在这儿，我要回家，哇——"女儿一哭哭啼啼，她就心烦意乱。

"这孩子中午不肯吃饭，哭闹着要给你打电话。"幼儿园老师说。

她放下电话，就赶往幼儿园。女儿跟她太黏，她试图把她送去全托。看来此前的千般哄劝都白费了。她满腔怒火赶到幼儿园，一见到女儿那张被泪水冲洗的脸，怒火马上熄了下去。她牵着女儿的手走出幼儿园。她没有很多话对女儿说。她没有回家煮饭的心情。"咱们不回家吃饭，在这儿吃。"她把女儿带进一个小餐馆，她不想做饭的时候就喜欢在这儿吃，女儿也高兴不在家里吃。从餐馆出来，她的心情大大好转，跟女儿慢慢往回走。路过精品屋，"那位阿姨很漂亮。"女儿拉她往屋里走。连女儿都懂得那女人漂亮。她现在最不愿见到那女人。那女人不在，她登时放松下来。

　　"这套套装是刚进的货，看合不合适。"一位姑娘笑脸相迎。

　　她一个衣架一个衣架地看衣服。姑娘跟在后面。

　　"怎么不见你的老板娘？"她对那女人有一种窥视欲。

　　"哦，她下午没来。这连衣裙您穿很合适。"

　　她一看标价 540 元，摇摇头，继续往前走。"你的老板娘很年轻，很能干。"

　　"嗯。"姑娘答得很含糊。

　　"不是老板娘自己经营的吧。"她对自己这种诱供式的问话感到厌恶。她抑制不住自己想知道那女人的隐私的勃勃兴致。

　　"不是，真正的后台老板是她的男人。"

　　"是她的老公？"

　　"不是。"姑娘吐出两个字后，马上闭嘴，表情也暧昧起来。

　　她从姑娘的表情里读出了她们的共性。她觉得自己已找到了捍卫自己的东西。

男人回来的日子，女人是不去精品屋的。她待在家里，等候着男人从老婆那边赶回。这个套间是男人买下送给她的，包括家具，一派的西洋格调。男人为她安排好一切，条件也说得很明白，他已有家室，她跟他不能有结婚的念头，也不能要孩子。他的生意有老婆的家族背景撑着才有如此地发展。男人没有骗她，她接受了，不觉得有什么委屈。她是愿意做寄生虫的女人，跟她一起南下的姐妹们，还继续在歌舞厅里坐台。她穿着真丝睡袍，慵懒地在屋里走来走去，一会打开电视，摁着遥控器，换了十几个频道；一会坐在梳妆台前，修眼睫毛，涂指甲油，在镜前转来转去，把头发盘起，又散开，散开，又盘起，然后在卧室里走猫步。她曾当过模特，模特的生涯最令她怀念。她走在 T 型台上，充当着衣架的角色，向人们传递着服饰的美。那是她最辉煌的日子。男人不支持她重新回到 T 型台，不许她在社交场合抛头露面，甚至不许她与昔日一起坐台的姐妹再有交往。她看墙上的挂钟，知道他是不会准时的，她习惯了，这就是她付出的代价。要想保持这种生活状态，就要忍受寂寞，忍受他的不准时，忍受他们情感关系的不名正言顺。

　　"丁零零……"

　　"喂——"

　　"家里有事，脱不开身。"男人说。

　　她无语。

　　"我——"男人想说什么，似有什么动静，赶紧挂了电话。

　　她"啪"地把电话扔下。她空前地对这种等待产生了仇恨。她把摆在梳妆台、床头柜上的男人的照片扫到抽屉里，坐在梳妆台前，在脸上化了浓浓的妆，再打开衣柜，选了一套最华贵的套装，打扮完毕，托起下巴，瞄一眼镜中的自己，奔出家门。

她踏入今宵歌舞厅。她曾在这里坐台。她就是在这儿与男人相识的。那天，五六位客人前呼后拥着一位客人相中了她，她坐在那儿客人的左边，神情高傲冷漠，任客人握着她的手捏来捏去，然后跳舞，然后唱歌，她唱了一首《知音》，声情并茂，令那中年人惊讶，这跟她的年龄不相符，她这年龄的小姐，多点一些轻浮的情情爱爱的流行歌曲，中年人对她产生了兴趣。第二次来，他要了她。那晚，娱乐过后，他请她吃夜宵，从此，他们有了交往；从此，她视他为她的男人。……生意不好，小姐比客人多。很多新面孔。很厚的脂粉，很浓的颜色，遮盖着本来的面目。"哟，你回娘家了。"荣姐一手端着啤酒，一手捏着香烟朝她走来。荣姐是这里的大姐大，她坐台，是荣姐介绍的。"你的男人呢？他把你扔了，跟别的女人跑了？"荣姐一身黑白分明，白白的肉深嵌着黑带裙的两条带子。

　　"没有的事。"她不喜欢荣姐的粗俗与放荡，她从不把这视为娘家。不管你心情如何恶劣，在客人面前，你得强作欢颜。想起坐台的日子，她战栗。有客人进来，所有小姐的眼睛一致投客人。客人直向她走来，她急忙奔出歌舞厅。"哼，只不过被男人包养着，还假正经。"荣姐阴冷地笑着。

　　她到了另一个歌舞厅。这是专跳迪斯科的歌舞厅，音乐震天地响。舞池里是密密的身影。这是一种情绪发泄的方式。她需要发泄的时候，总是直奔这里，跳入舞池，疯狂扭动。灯火闪闪烁烁，瞬间，她想起了少妇的目光。少妇那令她懊恼的目光使她的意识里常常把少妇当成一个对立面。她知道少妇的目光里有一种精神的优越。你瞧不起我吧！你嘲笑我吧！我就是他的姘妇。从前的皇帝三十六宫七十二院，道德吗？在从前的社会，他们遭遣责了吗？

她闭上双眼，鞋跟太高，动作太疯狂，脚扭了一下，她干脆脱下鞋，扔到一边，穿着袜子的脚与地板摩擦，很痒的感觉。男人爱你吗？他现在正在干什么？他正在家里对孩子和蔼可亲；对老婆亲亲热热，让模范丈夫的戏演得足够。而我是什么？我什么也不是，还活得鬼鬼祟祟，与别人谈起他还不能坦坦然然，这种生活何时是尽头啊？一曲接着一曲，汗水从身体的各个部位泌出，四肢从酸软到麻木，体内仿佛都被掏空，意识里是一片空白。她累得腿肚子打战，终于支撑不住，踉跄着退出舞池。回到家门口，电话铃响声不断，她没有急着去接。响了八声后，沉寂了。十分钟后，电话铃又响起，她知道是他的电话。他没来，还要遥控她，她对此愤愤然。响声不屈不挠。她知道自己会去接的。她知道违背他的后果。只要她还愿意过这种生活，她就不属于自己。

"你去哪了？打这么多次电话都没人接。"

"出去了。"

"干什么？"

"跳舞。"

她听到的是沉默，然后是很粗的喘气。她为这声音恐惧着，然后是一种快感。

少妇弄不清自己要捍卫什么，确切地说，那女人在她的生活之外，不，应该说那女人只在她路过时的视线内。自从她们的目光在空中碰撞，她把那女人当成了她生活中的敌人，她明察秋毫的本事，在那儿女人身上表现得淋漓尽致，那女人的穿着、发型、口红、指甲的变化，尽收在她眼里。那女人变化最多的是服装和口红，有一天竟把嘴唇涂为黑色，这种前卫的"酷呆"了的打扮，很令她的感觉不顺畅。她下决心要挖出那女人生活中黑暗的东西。她揣摩那女人的年龄、血型、属相、文化程度，她沿着自己的思路慢慢延伸着，渐渐地从中得到极大的乐趣。她想象着女人脱光了是怎样一种体态；想象着脱光的女人勾引男人的千姿百态。她为自己阴暗的心理感到惊讶与激动，觉得此刻讲文明和优雅是那么的虚伪和毫无意义。她甚至进行了角色互换，想象女人跟的是自己的丈夫，她对女人的愤怒更为具体更为逼真，对女人的道德谴责更有力量。她要让目光把自己的思想传达出去，让剑似的具有杀伤力与穿透力的目光刺得女人鲜血淋漓、无地自容。这天下午，少妇接女儿归来，路过精品屋，见其门已关，那女人正钻入一辆黑色"宝马"。她瞟一眼车内，有位穿戴得体的中年男人在内。这对偷情者如此般配很出乎她的意料，在此之前她曾做过无数次的想象：那男的是秃顶的耄耋之年的台商、侨商，是粗鲁俗气的包工头，是大腹便便金绳套脖全身闪亮的暴发户。没想到那男人的气质、风度，属温文尔雅的儒商，外表比自己的丈夫强十倍。女人处处比自己强，自己永远都比不过她。嫉妒又在少妇心中活蹦乱跳。

少妇回到家，就闻到了一股浓烈的死老鼠味。她实在想不通老鼠怎么窜入家里，还死在家里。腐烂的鼠味熏满屋子，随着晚风吹来，一阵又一阵，咸臭咸臭。她伸长鼻子，沿着臭味寻找，觉得哪个角落都有可能有死老鼠。一想到腐烂的鼠肉有可能蠕动着无数的蛆子与潜藏着鼠疫的隐患，她不寒而栗。她从一个房间走向另一个房间，又从房间走向客厅、厨房、卫生间，她把家里翻了个遍，就是找不到死老鼠的尸首。臭味时浓时淡，萦萦绕绕。她拼命喷洒空气新鲜剂，把家里有可能成为老鼠出入的出口都堵住。她拖地板，抹桌凳，抹到衣柜的镜前，她驻足，打量自己，从头到脚。衰老是从双手开始的，手上的皮肤松懈，皱纹横七竖八且细密，是全身皮肤衰老的急先锋，所有的劳作都是从这手开始的。悲观自己的手不堪目睹，马上想到那女人的手，白皙、凝滑、纤长，是"女人的玉手"的最形象体现。她敢肯定那双手绝少劳作，还时不时涂名贵的护手霜。那手令她回想起了流逝的岁月。婚前，她的手绝对可以与那双手媲美。而这个家，没有我这双手行吗？她用力搓了搓双手，觉得自己的手是那么结实有力。她把家都清洗了一遍。女儿在看动画片。丈夫的生意转移到外地，她忙里忙外，像一辆满载的战车，沉重地行走在日子上，要是她像那女人那么清闲——该死，又是那女人！那女人就成了她的参照系，女人的一切，充塞着她生活的空间，女人那优越的目光安在屋里的每个角落，傲视她、检验她。她受不了了。凭什么？为什么不来一个贞操大检查？贞操大检查的时候，女人的目光还这么居高临下吗？她神经质地在客厅转来转去。收拾好屋子，安顿好女儿睡觉，她的脑子还在转："我什么时候变得如此细腻起来？"她平日风风火火，声音直来直去，动作干脆果断，穿着打扮男性化。单位里的男同事，极少跟她开玩笑，更没奢望她给他们抛媚眼。她是个粗线条的女人，可她对那目光那么穷追不舍，那么女人化的细致……她在飘散着茉莉花味道的空气新鲜剂与隐约的鼠臭味中入睡。迷糊中，听见女儿喊："妈妈，我渴。"她起床，给女儿倒水，见女儿的脸红扑扑，她摸女儿的额头，滚烫。"乐乐，告诉妈，你哪里不舒服？"

"我很难受，很渴。"女儿接过杯，低头便喝。

她翻箱找药，发现药瓶都是空的。不行，我得送她到医院。她给女儿穿衣服，女儿两眼无神，病恹恹地任她摆布。她抱起女儿往楼下冲。从八楼下来，她气喘喘的。午夜的街市，寂静无人，她心急火燎，站在街中，好不容易拦到一辆的士到市医院急诊室。打完点滴，天已微亮，她抱着女儿上楼。她的胳膊有力腿健美，就是抱女儿爬楼梯练就的。今天的楼梯爬得很吃力，爬到自家门前，她已上气不接下气，虚汗淋淋。放下女儿，倚在门框上，才想起单位今天有个很重要的会。怎么办？去上班吧，女儿无人照看。不去吧，今天的会关系到下岗分流的问题。她把女儿托给谁看？他们是五年前从内地移民过来的，在这儿个城市没有亲戚。找朋友吧，上班时间，谁有空闲？去幼儿园，老师要照看几十个孩子，哪有精力专门照顾生病的孩子？她一边做早餐，一边想怎么安顿女儿，她甚至闪过把女儿放在精品屋的念头然后又马上否定。"乐乐，妈今天有很重要的事，不能请假陪你，你自己在家看动画片，好不好？"

"不。"女儿马上泪眼汪汪依偎在她身旁。她心一酸，蹲下替女儿擦泪，"妈带你去单位。"

男人与女人厮守了两天，又走了。临走前，男人许诺要给她买一辆轿车，在她生日的那天。这让她觉得生活的前景又灿烂起来。她明白，是天生丽质使男人对自己这般依恋。男人的依恋使幸福充盈她的心间。她把灯光调到很柔和的亮度，又把男人的照片从抽屉里取出，摆在梳妆台、床头柜，让照片上的男人的目光对着自己。她的心里对那少妇说：你知道我现在有多幸福吗？我很快就要有一辆轿车了。你生气吗？你嫉妒吗？可我高兴。你的目光像锥子、像刀片吧，把我切割得支离破碎吧，我管不了了。婊子也罢，情妇也罢，第三者也罢，我不在乎，我在乎的是，我将有车！

女人到精品屋，比往常早。她坐在门口，看着街市，期盼少妇的出现。少妇牵着女儿，大步流星，女儿跟不上，大手小手，成了直线。女人对少妇不骑车生出好奇。女人今天心情好极，目光里尽是快乐的光芒。少妇一夜没睡好，眼睛干涩，目光无神，无暇去回应那女人的目光，拉着女儿直奔一辆的士。

女人的目光与少妇的目光没交接上，心里很失落，转身回屋里。她诅咒这精品屋设得不对地方。她不喜欢做生意，而男人不喜欢她做别的。她没有自主权。她把自己给卖了，男人就是她的买主。男人给她的一切，就是她的价码。她的价码让那些还在坐台的姐妹们羡慕得很。她们多么希望这种事发生在自己身上。荣姐一直为此为夸口，认为如果她不坐台，就没机会认识那男人。女人能有今天，她功不可没。女人不敢让她们知道男人不准她与她们交往。她们时不时呼她，给她打电话。她常不回话。偶尔，趁男人出差或跟男人赌气，她约她们喝茶。她去喝茶的时候，打扮得雍容华贵，让她们的目光齐刷刷地盯她，夸她命金贵。"管它什么名分，有人愿意养你、惜你、舍得为你花钱就行。"她和男人成了她们交谈的话题。这是她最满足的时候。想到这些，她觉得欣慰，决定约她们喝茶。

她在本市最高档的宾馆请荣姐她们喝茶。听了她将有轿车的消息，荣姐瞟了她一眼，低头喝茶，表情复杂。其余几位少不了啧啧称好，她们夸奖的程度比她预期的有距离，她顿觉这茶喝得没意思。她后悔违背男人的意愿约了她们。气氛沉闷。荣姐心神不定。她找个借口结束了聚会。荣姐让几位姐妹先走。

"现在生意不好做。"荣姐抱怨。姐妹中，荣姐最早在歌舞厅坐台。她近距离看荣姐，发现荣姐的皮肉开始松弛，眼圈发黑，眼尾的皱纹也清晰起来。"日子不好过，我手头有点紧。"她明白荣姐的意思，从钱包里抽出三张百元钞票给荣姐。

"我知道你不是个忘恩负义的人。"荣姐眼尾的皱纹聚拢，又粗又深。她不忍目睹，说："我走了。"

"再联系。"荣姐拿着钞票的手在街中招了招,一辆的士停在荣姐面前。

女人早早坐在精品屋,依旧看着街景,依旧百无聊赖。男人没有如期送给她一辆轿车,只是在她生日的那天来电话,说生意上出了点事,不能回来。此后,她呼他、打他的手机也没回应。荣姐频频打电话,向她要钱。她二百三百地给。昨天,荣姐又给她打电话,向她要五百元。"荣姐,我现在手头也紧。这些时装不亏本就卖不出去。"

"怎么穷,也穷不到你。况且,钱也不是你挣的。你准备好,我过去拿。"荣姐撂下电话。

给个屁,当我是印钞机呀。荣姐的霸道很令她气愤。不一会,荣姐进来。好几天没见,荣姐又见憔悴,深陷的眼睛缺乏神采。"我实在没有办法了,只有你能救我。"

"我也没办法,男人最近都没回来。"

荣姐在精品屋转一圈,"这么名贵的时装,没有穿在人身上,可惜了。"荣姐驻足在一套时装前,量尽寸,眼睛突然来了精神:"没有现金,我拿这套时装,行吧?"

这不是明火打劫吗?女人沉下脸,"不行。"

"知恩不图报,别怪我不客气。"荣姐的声音恶狠狠的,眼露凶光。

女人生气了,"你这是什么意思?"

"你知道是什么意思。我知道男人的老婆住在哪里。"

"你……你给我出去。"女人指着门外。

"要人走容易,但不能空着手。"荣姐动手去脱套装,女人上前制止,两人扭在一起。时值傍晚,员工去打盒饭了。两人拉拉扯扯到门口，荣姐揪女人的头发，女人痛得嗷嗷叫。这时，少妇正从门口经过，见此情景，停下脚步。眼前的一幕让少妇惊诧不已，两个女人斗鸡似的纠缠在一起，头发凌乱，衣衫不整，女人的右腮上还被抓出几条细细的血痕。这个平日傲慢的居高临下的女人，终于被她看到了这不光彩的镜头，一种被称为快感的东西从她心中升腾。她一步一步地走向她们。她第一次这么近这么长久地盯着女人，女人被另一女人揪痛时那张龇牙咧嘴的脸真难看，她该用录像机录下这张脸，在精品屋门前不停地播放。女人不是很优雅么？现在却干着泼妇才干的勾当。文明与野蛮伴随着两个女人的推来搡去相互抵消了。她站在她们旁边。女人见她，停止了动作。荣姐见状，也停了下来。她们的目光再次相遇，少妇感觉到女人目光里的惊慌与无助。无助的目光击退了她好斗、欲与女人决斗的心理，快感被那目光搅得荡然无存。荣姐见有人来，整理一下行头，"你会后悔的。"她边走边说。少妇与女人默默注视着，目光复杂。女人欲言不言。少妇转身，向家走去。发现或没发现女人生活中黑暗的东西于自己有什么意义呢？她突然觉得索然无味。

女人整天揪心地想着男人。有没有轿车并不重要，重要的是男人别出什么事。她心里七上八下，眼皮频频跳动，思维异常活跃。少妇的目光不合时宜地在她脑中一闪，她打了一个激灵。她这才觉得，她对与少妇的如期相遇是那么的渴望与依赖。少妇，咱们和解吧，我的心里是多么害怕。其实，我的内心深处是很羡慕你的，羡慕你有家庭、有孩子、有工作，过着一种正常人的生活。哦，孩子，我曾有过一个孩子，我是那么渴望要孩子！我与男人怀上了一个孩子，本想瞒着他偷偷生下，没想四个月大时被他发现了，他大发雷霆，要中断与我的关系，而我是那么害怕失去现有的一切，我在孩子与他之间做了选择，最终还是选择了他。我爱他也恨他，我爱自己也恨自己，我恨这种生活又害怕失去这种生活。女人在心中倾诉，以此来缓解她孤独无援的紧张心理。正想着，少妇带着女儿，闯入她的视线。她扫了少妇一眼，目光固定在女孩身上，如果我有孩子，如果我的孩子像那女孩一样可爱……

　　少妇心情豁亮。女儿蹦蹦跳。丈夫打来电话，说是周末到家。他这次离开已有两个来月。丈夫回来的消息，一扫她因单位有人下岗所闹的不快。单位最终下岗的是老王和小李。老王的年龄离退休最近，可办内退。小李二十来岁，干什么都来得及。小李受挫，脸色不好看，但没有大吵大闹。老王则又是诉苦又是发脾气又是流眼泪，缠得她头脑发胀耳根发疼，直想跳楼。少妇见那女人坐在门口，女人扫她一眼的时候，那目光很友善，紧接着目光盯着女儿，渐渐，眼里竟有一层亮，女人在欣赏自己的女儿。没有什么比别人欣赏自己的孩子更令母亲自豪的了。少妇的心热乎起来。女儿挣脱她的手，朝女人跑去。女人对女孩的到来露出惊喜，她拥抱着女孩，然后吻了吻女孩的额头。女儿又回到少妇的身边，少妇朝女人望去，心想也许她那男人与老婆没有感情，也许她与那男人真心相爱，也许她没有想象中的那么令人可指责。这么多的也许，说明自己仅仅是个局外人。女人朝她笑，她积极回应。她们的目光在空中碰撞，交汇在一起，如一股汩汩的溪流。
　　"我跟阿姨说，她很漂亮。"
　　少妇不作声。
　　"阿姨跟我说，我更漂亮。"
　　少妇心里很得意，抱起女儿，在她脸上吻了一下。

依旧没有男人消息。女人度日如年。荣姐又来电话，她一听是荣姐的声音，就放下。她从另一女友那知道，荣姐是个瘾君子。

"丁零零……"她急忙提话筒，希望是男人的声音。

"我不会再给你打电话了。我跟他老婆联系上了。你的忧伤就是我的快乐。哈哈……"

是荣姐。她知道等待她的是什么了。

少妇决定要买一套连衣裙，五百四十元的那一套，在女人的精品屋。她去机场接丈夫，丈夫的眼睛没有流露小别胜新婚的欢喜，令她心里不舒服。丈夫对她独立自主撑起一个家感到很自然。男人都是些忘恩负义的家伙，你操劳到死，他不感激你，还嫌你是个黄脸婆。联想到平日男人们的目光极少在自己身上游览，她检讨自己。她平时太不注重自己的外表。她为什么要放弃美丽的权利？她要让丈夫惊喜，也要让那女人惊喜。她到精品屋。眼前发生的一切让她震惊：精品屋的牌子被砸烂了，里面的时装没有了，石膏模特残肢断臂，一片狼藉。她没有见到那女人，只见一硕壮的男人在玻璃窗上贴商场招租广告。她不想问那男人什么。

这儿曾经是一个精品屋，女老板靓绝了。她指着空荡荡的房子对丈夫说，心里隐隐有些空缺。

是吗？丈夫不知道是真的没印象，还是假装没印象。

从此，她再没见过那女人。

城市无梦

　　浩走出车站，站在高楼间仰视，城市的天空很仄小；放眼平望，城市的建筑重重叠叠。街市是人的隧道，城市的人流肉体挨着肉体，亲密无比。浩对城市有很久的向往和强烈的陌生感。以往进城，浩只是个匆匆过客，对城市的认识无异于看风景画册，有关城市的种种传说，于他，也仅仅是梦中情人。此刻，他站在城市的心脏，城市的崭新与城市的繁忙闯入了他的视线，兴奋了他的神经，连血液也在身体内赛跑起来。城市是什么？他走入城市，渴望了解城市、立足于城市。他提着简单的行囊，汇入城市的人流，肤色深深浅浅、神色各异的人们，从他身边流过，他与这些面孔毫不相干。他觉得自己是个真正的外乡人。过了一个天桥，走了一段路，又过了一个天桥。城市是个大杂烩。这是他对城市的最初感觉。

　　浩住在一个从小巷进去要七拐八拐才见着的档次很低的旅馆里，外省民工占据旅馆住宿的绝大多数。用木板隔起来的一个房间，住着六个人。房间简陋、潮湿、阴暗、不通风。一把布满尘灰的老式座扇，把汗味、霉味以及说不出名的味道在极小的范围里扇来扇去，把空气扇得更混浊。民工三三两两地倒在床上，衣着肮脏，面容愁苦，像卢旺达难民。浩一把行李安顿好，就赶紧往外逃。

街上，是永远的人流。沿街，宾馆酒家歌舞厅一间接着一间，它们的豪华，与浩住的旅馆的简陋相比反差竟如此之大，把浩长久以来对进入城市打工的信心刹那间摧毁。他怀疑自己的选择。刚进城时的兴奋顿时被焦虑所替代。他想起了进城之前母亲那忧郁的面容及父亲的不放心。他无心去观赏都市的景观。他必须尽快找到一份工作。可人海茫茫，哪里有他的立足之地呢？

浩站在广告栏前。浩加入了求职者的行列。

在杂志社，招聘办公室乱糟糟的，来应聘的人一拨又一拨，大多是上岛没几天的外省青年。浩在其中。浩很矮很瘦，粗糙的棕色皮肤，在一群高大白胖的人之中，立马显出了地域给人打下的烙印。

"你是本地人？"主编很严肃的目光奔向浩。

浩慌忙点头，把证件交给主编。主编看浩的身份证、毕业证，目光又一次射向浩，从上到下，最后，停留在浩因小儿麻痹症遗留下的萎缩的左脚上。浩浑身不自在起来，双手不自然地垂着，头也垂着，心速加快。"完了。"他想。十几天来，他去应聘了不少单位，别人一看见他的左脚，就很客气地把他打发了。

"你先填表吧。"主编把表交给浩。

浩感到意外，接表的时候，手指冰凉且有点发抖。

"三天后你再来看看是否被聘用。"主编的目光依然锐利得像支利剑，一刺向浩就使浩自卑得五脏都颤抖，仓皇走出办公室。

三天后，浩没有勇气去看，又不甘心这样不了了之，他太需要工作了。他从家里带来五百元钱。开头几天，为了节省，他免去了早餐，天天吃方便面，从碗装吃到袋装。今早起来，数数钱包里的钱，决定，再找不到工作，从今天开始，中餐与晚餐并成一顿吃了。

浩站在公用电话亭，拿起电话。接电话的是位女子，声音嘹亮。"你是吴浩吗？你被聘用了，请来办手续。"

浩手拿话筒愣了。

"喂，喂，你听到我说的了吗？"

"哦——嗬，我听到了。谢谢……"浩不知道对话筒说了几个谢谢。对方已经挂了，他还在拿着话筒傻站着。忽然间，他意识到自己有工作了，撂下话筒，扔下一块钱，说不用找了，就缩起左腿，独脚地在人行道上向前一步一步地跳动。

杂志社在一栋很不起眼的楼里办公。浩的工作在办公室。办公室在三楼。原来办公室仅有两人，即办公室主任杨和科员米。杨很高很瘦，长长的脖颈好像支撑不住头的重量，使头常常歪着。杨的背很有弧度，一副总被什么东西重压着的样子。杨脸上的皱纹很深很密集，他的每一根皱纹都让浩觉得里面隐藏着一段故事、一个秘密。杨的表情经常是严肃的，严肃起来，两颊很像两块大陆板块，让浩看了，常常要心里发毛。

"你来了，好好干吧。不容易呀，不容易，为让你进来，我可是费了不少口舌呀。"杨摇着歪头，咿呀感慨着，声音有很多的杂质，好像是被硬器撞碎后才从喉咙里冲出来一样。

"感谢，太感谢了。"浩喃喃说，表情表现着感恩戴德。

"米，你先带他去安顿安顿。"

米就是接浩的电话的那位声音嘹亮的女子。米是个个儿不高、细嫩丰满的川妹子，性格泼辣，喜欢说话。说话时两片薄唇一动，吐出的音节，就如砂锅炒豆，哇哇啦啦，又响又亮。米的表情很丰富，对于那种好笑的事情，她就笑弯了腰，甚至笑到流泪；对于悲惨的事件，她就抽抽泣泣，悲不自胜。

"你跟我来。"米很热心，带浩到他住的房间，帮浩打扫房间，把行李安顿好，告诉浩这告诉浩那，仿佛浩是她的亲兄弟，仿佛浩啥事也不懂。

浩一天心里暖融融的，整个一天都过得恍恍惚惚。

浩是有大专文凭的、国家承认的函大毕业生，浩有很不错的文学功底。由于自身的残疾，浩的心底深深地烙着一种自卑。浩性格孤僻，极少发出声响，在大庭广众面前，尽可能让别人感觉不到自己的存在。浩的话，很多时候是自己对自己说。自己对自己说得太多太累的时候，浩就把自己的思想、感情用文学的语言使之变成符号。把方块字框在方格里是享受，方块字飘着油墨味更是喜悦。浩对语言这种符号怀有特殊的感情，这使浩对来杂志社干活怀有神圣般的虔诚。

浩的家在农场，父母都是割胶工。当晚，浩给父母写了一封信。

办公室的窗户，从来没有人擦过。窗玻璃上的灰尘厚过窗帘，阳光绝对透不过玻璃射到屋里。办公室长久地阴暗着。

"浩，这窗户……"杨的话没说完，浩就已走向卫生间。

浩提着一桶水、一块抹布上来。"浩——"编辑部主任老K的公鸭声高得瘆人。

"叫什么叫。"米双手捂着双耳。

"浩呢?"

浩正用抹布往玻璃上擦，玻璃的一方露出了透明，阳光正通过透明处，射在老 K 的鼻子上。浩注视老 K 的鼻子。浩喜欢看老 K 的鼻子，他的鼻子集中了东西方人种的优点。

"我有急事，你十点前把这些稿送去电脑室。"老 K 把大信封交给浩。

"这……"浩指了指手中的活。

"杨，你看……"老 K 面向杨。

"先去送吧。"杨没有什么激动的事情的时候，那张纹路清晰的脸像版画。

浩接过大信封。

"还是老兄你有远见，用了浩这样的人。"老 K 拍着杨的肩膀。杨得意起来，脸上的皱纹顿时弯弯曲曲地蠕动起来。

浩厌恶地抬起头，看墙上的钟，"迟一点不行？"

"人家赶着要照排呢。"老 K 的眉头蹙成两个小尖点。

"去电脑室要转三次车。"

"抓紧点，还是来得及。"

"你不是有摩托吗？骑车多省事。"米看浩的脚。

"有急事嘛，拜托了。"老 K 走得十万火急。

"浩，快去快回，这里还有一大堆事呢。"杨指示。

米不满地瞧杨，杨快步走出办公室。

"浩，这又不是你分内的事，凭什么呀？"米把办公桌敲得笃笃响。

浩不出声。

"什么世道。"米一脸的愤愤不平。

1 路车是市区最拥挤的公共汽车。城市人口的密度在车上表现到了极致。阳光不屈不挠播着热量，热气贪婪无比，时刻用人体滋润的液体充实自己的焦渴，余留的气味在空中盘旋。浩拥着各种气味挤上了公共汽车。挤压来自四面八方，他把稿抱在怀里，身体不时被车震得东倒西歪。车到站，浩扒开人群往下冲，又在另一站牌下等待。这时，时间是9点45分。时间毫无情面，仿佛每走一秒，就在他的肌体上刺上一针似的。他对等待连同他手中的稿件极其厌恶。他注视着街市，目光懒散，一辆摩托车从他眼前驶过。他眼睛猛然一闪，看到老K骑着摩托车，一女人坐在身后，双手搂着他的腰，脸扒在他肩头。浩的目光汇聚着所有的注意力来追踪。摩托车绕了一环行道，最后驶入浩身后的人行道，停在一咖啡厅的停车场。老K下车时面向浩，浩正想招手打招呼，老K假装没见着，拉着女人的手，很亲密地走向咖啡厅。

　　9路车来了，人不多，浩跨上去。就在车门"咣当"关上的那一刹那，浩看到老K回头一望，面露笑容。这笑容彻底地把浩激怒了，怨气从心底泛起泛滥了浩全身。这个人满口黄牙，永远对女人眉来眼去的混账东西，这个浑身肉嘟嘟的充当揽枕都嫌软的令人恶心的杂种，还有那个身材像撑杆脸皮像腌菜声音像破锣，整天对他以功臣自居，以允许别人对他呼来唤去做人情的杨，还有杂志社那些貌似正人君子实是人模狗样的爱支配别人的懒汉，都统统地王八蛋……浩在心中恶毒地咒骂一通后，仍觉得不解恨。车门"咣当"一下开了，下去几个人，又上来几个人，车门又"咣当"一下闭了。浩坐在靠近车门的一个位置上，往事并不如烟，记忆是浮雕，立体而清晰。

　　第一天上班，社长把浩介绍给大家，大家的目光无一例外地射向浩的脚，目光如坚冰，刺得浩的心寒冷起来。

　　"这么多人应聘，怎么……"老K叫了起来。

浩的身子一抖。

米使劲地拉老K的胳膊，他才把要说的话咽回去。

会议室里静得只听到喘气声。

"欢迎你，浩。"米一口整齐的颗粒很小的白牙在浩的眼底闪烁，浩顿觉得喉咙坚硬，头埋得更低了。

"杂志社目前不太景气，但多了一个人，就多一份力量嘛。"社长打破这沉闷的气氛。

"对，多一个人多一份力量。"杨接口。

"这份力量，也应该让我们来共产共产才对。"老K阴阳怪气的。

"好说好说。"杨表态。

从那天起，浩就被共产了。

浩就住在办公室，用纤维板隔一个六平方米的角落，就是他的栖身处。浩最主要的工作是搞杂务，一早起来就打扫办公室，煮送开水，收发信件……

"浩，去邮局把这封快件发了。"主编不经常在办公室，一来总是夹个公文包，匆匆忙忙，一派的责任重大。一见到浩，总有快件要发。浩毕恭毕敬地接过快件就马上转身。浩最不愿意看主编那永远都威严的样子。

"你跑哪去了，让我好找。"杨一见浩，老远就嚷，脸上的皱纹被气冲胀得浅了一些。

"寄快件，主编的。"

一听是主编叫，杨紧绷的脸才松弛下来。"快，拿这报告去复印三份，上午要送上去。"

复印回来，交给杨。杨看了看表，"哎呀，米办事去了。浩，你送去吧。"

浩没说二话，就抬起了那只残疾的脚。送报告归来，浩屁股刚坐稳。

"浩，我下午没空，能帮我校几篇稿吗？"编辑部的王说。

浩接过稿。

"我下午来取。"王又说。

"能有什么事，不就炒股去。"米不满。杂志是综合性杂志。杂志社曾经红火过一阵子，红火的时候，杂志社为每位编辑记者购置一辆摩托车。杂志社的人，脸上也油光滑亮。现在，杂志社不景气了，编辑记者们的心已不在刊物上，但行动依旧匆忙，腰上别着的 BB 机，骑着摩托车满海口市乱钻，炒股、经商、当中介人或干别的什么。

浩中午没休息，买盒快餐，在办公室吃。校稿时，居然把原稿上的错别字直接在上面改正了。王来取稿时，还正色地告诉王，把王准备感谢他的话抵消在肚子里。

"浩，帮帮忙忙把这期的杂志寄走。"很快，隔壁的大胖那老太婆似的声音又响起……

一天下来，浩累得不想动弹，躺在床上，脚隐隐地痛。能帮上别人的忙，没有什么不好。浩自我安慰着。可现在……

汽车停停开开，浩的身子也随之摇来晃去。街市在他的眼皮下晃过，于他犹如梦境。"哎——，终点站了，下车下车。"乘务员吆喝。他回过神，发现他错过了该下的站。"我往回坐。"

"那买票。"

"买票就买票嘞，我没钱么。"浩的声音骤然提高。乘务员受惊，白他一眼。他恶狠狠地把钱递过去。乘务员被他的表情吓住了，把票递给他的时候，动作很温柔。当他下了车，进电脑室的时候，瞅见墙上的挂钟，指针正指在 11 点 30 分上。这是他第一次不准时到达。从电脑室出来，他瘫坐在路边的椰子树下，风格迥异的高楼，使城市成为风景，使都市变得辉煌、令人向往。而城市的内核是什么呢？是智慧的、诡秘的、鲜活的、具有强劲生命力的人。是人在主宰着这一切。面对虎视眈眈地注视着自己的楼群及使辉煌呈现出勃勃生机的人流，他感觉到了自己轻微得像张破碎的纸片，随时都有被踩破与碾碎的可能。他陡然生出了一种恐惧，冷汗浸过皮肤往外冒。冷漠、残酷才是都市的最真面目，挣扎与抗争才是都市人最初的本质。他想起了他刚来时住的旅馆以及旅馆里住着的像卢旺达难民的民工，想起了他现在住的一脚踏入就要倒在床上的蒸笼似的小房。城市的生存不是一首诗，不是梦，不是他在农场时常常面向胶林一隅想象外面世界的精彩时的那种幻想。城市不需要软弱。他想。他感到自己受到了伤害。他满心想哭泣，并为自己的软弱而羞愧。

　　远处，一位双腿截肢，一手拿着板凳代足，一手托着铁腕的乞讨者正沿街乞讨。浩仔细观看，乞讨者衣衫褴褛，蓬头垢面，污垢的皮肤像是堆在红泥里烤出来的番薯皮。他目光呆滞，形容猥琐，乌黑的手托着凹凸不平的有点变形的铁腕不断伸向行人，有不少行人不屑一顾，也有不少行人往碗里扔下三五毛或一块钱。乞讨者的生存方式是利用自己的伤残来获取别人的同情、怜悯，他利用的是人们的善良；反之呢？邪恶可以欺压弱小、无能。浩运用了逆向思维。浩发现了人性中丑陋的一面。他下决心从自身来改变这些。这时，乞讨者挪到浩面前，浩的手已伸进口袋掏钱，突然又抽出手，挥了挥，示意乞讨者走开。他的目光越过乞讨者，在逼人的阳光下冷峻地仰视着对面的高层建筑群，然后转身，坚定地、一拐一拐地行走在都市最繁华的大道上。他决定步行回去。

"浩，电脑室来电话了，你那么迟才到。"老K兴师问罪。

"迟就迟呗，能怪我吗？"浩盯着老K那杂种的鼻子，说得慢条斯理。

"迟也不能迟这么长时间呀，他们都发火了。"

"想不迟，你干吗不送？你干吗去了？"浩故意把因行走而红肿的残脚伸到老K眼底下。

老K不敢注视，说："我干吗用得着你管吗？"

浩看见老K鼻子里的几根毛在抖动。"那你也别怪我去迟了。"浩的口气充满着快意。

"浩，杂志来了，帮着搬一下。"发行部的大胖伸出脖子喊，又缩回办公室看电视去了。发行部的一胖一瘦都是足球迷，他们的心早就在烽烟四起的世界杯足球赛场上了。浩下楼，拎着两捆杂志，直起腰来，发现只有他自己。他把杂志放下，上楼，站在大胖旁边。他不喜欢看足球赛。每当看足球赛时，赛场上一双双健壮有力的双足会踢痛他的胸。他转身欲走。"浩，杂志搬上来了？"大胖问。浩不作声，走出办公室。大胖跟着出来，往楼下一看，杂志还在。"怎么回事？"大胖浓眉倒立。浩又把那只残疾的脚裸露出来。大胖边看边倒退，"瘦子，搬杂志去。"瘦子出来，瞟一眼浩，浩示威似的抖动残脚。瘦子假装没瞧见，低着头，跟着胖子下了楼。

浩呆坐在办公桌前，心头被什么坚硬的东西顶着，他已习惯于听别人的使唤，习惯于把一切不满压抑在心底。他最愤怒的时候，最佳的反抗方式是边干活边在心里用文学的语言把他所厌恶的人描绘一番，他曾这样描绘过大胖：大胖其实长得很难看，五官都被脂肪充塞得很袖珍，眼睛努力撑开的时候，还让人感觉到他永远在睡觉。大胖的每一个细胞都充满着女人味，皮肉细嫩的程度，令人想起了一个老太的返老还童，手捏着香烟的力度，很容易激发人想象他是个同性恋……

"浩，你太不像话了，怎能这样对人说话。"杨像竹竿似的立着，脸上的皱纹又浅了些。

浩怀着恶意，把双脚撂在办公桌上，神情好斗。"请你告诉我，我能说什么话。"

杨被噎，说不出话来，坐着喘气。"别到处显示你的脚，你的脚很美丽么？"

"就是不美丽，才让你看。"

杨气得哆嗦，"哼，不是因为你的脚，谁要你呀。"杨铁青着脸走出办公室。

浩的双脚无力地垂下地。旁边是一桶酱油似的污水，里面浮着抹布。玻璃窗水渍块块，斑斑点点，像风景国画。从进杂志社的第一天起，浩就受到了随时被炒鱿鱼的威胁，他尽力地去干好每一件事，迎合每一个人，企图使每个人满意。他把一切弄糟了，他已经到了无可逃避的地步。他心里像塞着一团麻。他把额头支在桌上，久久不愿抬头。

"浩，怎么啦？"米进来。

"没事。"浩依旧没抬头。

"要是不舒服，就进去休息，窗户我来擦。"米关切地说。

"真的没事。"浩抬起头来。在杂志社，浩只跟米话多。这里，只有米不随意支使他，只有米在他动手干活的时候，米自己也在旁边干。米让他感到温暖。

"今晚有舞会，你去吗？"米问浩。

浩愕然。从来没有人请他去参加舞会，他不愿意去参加舞会。他有生以来不曾跳舞。"我……不会。"

"不会，就去感受感受那里的气氛。"

顿时，浩的体内的每个细胞都膨胀起来。

浩心情恶劣地踏入舞厅。他来舞厅是为了米。在他的生命中，他最关注的女性有两位，一位是他母亲，一位是米。母亲是地道的农家妇女，黝黑、瘦小、干瘪，脸上的皱纹结成网。他对女性最始的认识，源于母亲，依恋最深的是母亲，他的心底，已烙上了母亲的形象，母亲是他生命的一部分。米是他遇到的与母亲的形象截然相反的女性，是他第一次遇到最城市化的使用任何一个褒义形容词都显得俗气的女孩。米叮叮当当的声音敲着他的心坎走过的时候，他身上的每个器官都轻松无比、舒坦之极。只要有米在的场合，他都会调动所有的情绪来注视她，然后心里千百次地想象着拥有很结实的圆滚滚的白肉的她，想象着把头埋入她的高耸的双乳间那种滑腻腻的温暖如春的感觉，想象着把唇贴着她的唇如焦渴土地遇春雨的那种滋润感。工作之余，米塞满了他的时空，压迫得他喘不过气，感觉自己如一只暴跳的公牛，随时都有扑向米的可能。舞厅很大众化，熙攘得像个菜市场。他坐在最显眼的位置期待着米。米进来了，身后还有一位男士，他欲站起来打招呼，米被男士引向另一方向。米没有看见他。男士很不一般，属于让任何一个陌生女孩一见就喜欢的那种，与米在一起，般配是没得说的。他低下头，瞧自己的脚，自卑感从心底泛起，他无法反击他的感情被侵略，来参加舞会变得绝顶的没意思。他傻坐着，看别人成双成对地进入舞池，看舞池里粗粗细细长长短短的腿。旋律像一只忧伤的小鸟，在他心海撞来撞去。米搂着男士的脖子，男士搂着米的腰，两人像只摇篮在他的视线里摇摇晃晃，他退到舞场的一个角落。

"嗨，你来了。"米瞧见浩。

"嗨。"浩的声音响在喉咙里。他连看米的勇气都没有。

米坐在浩身边。男士坐在米身边。

"你跳吗?"米问浩。

"不。"浩答。

"我带你?"

"不。"

"试一试,好吗?"

"不。"

米对他很耐心,男士的脸上写着不愉快。

一支舞曲响起,男士拉米去跳。"你怎么跟这等人交往。"

"他的脚有残疾,怪可怜的。"

没有什么能比这两句话更能坚定地占据浩的大脑,"怪可怜的,怪可怜的……"声音从大到小,又从小到大。自他懂事以来,他无数次听到人们这类的话,口气与人们眼光里发出的怜悯是一致的。连父母也如此。他害怕这些,躲避这些,他常常被这些逼得无处可逃,他以沉默来反抗。他以为米是唯一没有把他视为弱者的人。米给了他自信心。可米却说他可怜。米确实说了,仅仅因为他的脚,米看到的也只是他的脚。人们只注重他的脚。他的脑、他的心、他的所有健全的部位却被忽略了,还有他的思想、他的感情、他的人格、他的品质,也不存在了。人只要把他的最高部位去掉,人还是人吗?他感觉到自己正被撕裂。生活是碎片。米姣好的面容是碎片。他的心也是碎的。一直在支撑着他的东西骤然坍塌,舞场是一堆废墟,他只是一个亡灵。他仓皇走出舞厅。

浩一人坐在一个档次很低档的名叫"四方客"的小酒馆里,自斟自啜。他怀里还揣着刚领来的工资，每个月三百块钱的工资是全杂志社最低的工资。他决定不像平时那样去限制每餐花多少钱，他要了很多的菜。他要让自己的每个细胞都浸泡在酒精中。一瓶56度的白酒火辣辣的穿肠而过后，他感觉自己的体内在燃烧，头沉重地扒在饭桌上，菜汁顺着脸颊，流进脖子，浸入皮肤。不知过了多久，他被一只手推出小酒馆，趔趔趄趄地走向了夜的街市。城市是一片荒野，灯火是流动的萤火虫。夜里有台风，呼啸的风横扫着一切。他的一只脚作为支撑身体的重心已不够，他的身体随着风无意识地摇晃，又一阵风刮来，他被刮到路边的椰子树下，他顺势双手抱着树干；椰子树是干瘪的高老头，什么挺拔、伟岸的椰子树呀，都是胡扯蛋。阵风过后，粗糙的雨点噼噼啪啪就砸下来。他仰起头来，让雨水灌进他焦渴的喉咙。风由远而近，风雨交加，气势凌厉，尖啸的吼叫如利器刺人心骨。他把树抱得更紧。雨点从各个方位撞击他的肉体，消散他的热量，寒意乘虚而入，他浑身战栗。他艰难地移动着双脚，一拐一拐地沿着街寻找可供他躲避风雨的骑楼。路上已无行人，高楼在黑暗中又竖起层层黑暗，只有昏黄的路灯下，依稀可见灯光下的雨，如层层飘忽的白网不断地罩下……

当他醒过来的时候，台风已越过城市，漂洋过海。城市狼藉于寂静中。他躺在一办公楼的骑楼一角，思想浸在潮湿与冰凉中，他意识到自己已被自己打倒。他突然觉得自己像只无家可归的狗，蜷缩在建筑与建筑之间。他觉得自己又像一堆被人们废弃的城市垃圾，正等待着环卫工人来清理。思绪像一个滚下坡路的轮子，在他脑子里不停地滚动。杂志社众多的人随意支配你，因为你是个弱者。米同情你，也因为你弱。你是一个被认定的彻头彻尾的弱者。他抬起自己那只伤残的脚，萎缩、变形、丑陋的脚，他从来没有勇气这么仔细地看过这只把他与健康人分开的让他变得坚强又让他体验着脆弱的脚。看着看着，愤恨从心底蹿起。他爬起来，双膝跪地，他企图使自己跳起来，他没能跳起来，倒下去的时候，肉体与水泥地板发生了撞击与摩擦，膝盖上浸出的是点点血珠，使他产生了一种快感。他更加起劲地跳，一次又一次。地板上的血迹斑斑驳驳，身上汗水淋淋，他咬紧牙根，强迫自己一定要以这种姿势站立起来，并且站稳脚跟。他把这看成是一次自身与自身的搏斗，是向命运的挑战，终于，他成功了。

浩双手用力地搓着脸，展开双臂，做一个深呼吸。他走到路边，抬头仰视，城市的天空依旧仄小，但蓝得很纯粹。

浩沿着有广告栏的方向走去。

卫生班的女人

　　在此之前，香兰做梦也没想到自己干的是这样的活，她不仅要搞大堂里的卫生，还要站在卫生间的门口，对进进出出的客人点头，还要哈腰。她第一次站在那里时，感觉别人眼里都带着针，扫她一眼，就是刺她一下。此刻，她最怕的是遇见熟人，如果有熟人见了，熟人的目光不是针而是刀了。扫地、抹家具、冲洗厕所，这些活她在家里也干过。在来应聘酒店清洁工的时候，她把所有与搞卫生有关的工种都想了一遍，都觉得自己能干，唯有这件没想到。看看站在门口身着旗袍年轻貌美的迎宾小姐，再看眼前的自己，她恨不得即刻就钻进地底去。她是去过一些四、五星级酒店吃过饭、见过一些世面的人，她知道那些酒店的卫生间漂亮、宽阔、设备先进而又有专人伺候。而这间不过是间三星级的酒店，设备、空间都不如人，至于吗？她心里有些委屈，有些愤愤不平，但又不敢表露出来。

　　一位刚从旅游车上下来的客人急匆匆地往卫生间走，他体积大，步子快，险些撞上香兰。去、去、去，站在这儿挡道。客人挥手。她低头，鞠一躬：对不起。客人进去，回头，见她站着，吼道：不是叫你走开吗？你站在那儿，让我不自在。她退到一边。客人出来，又见她，直瞪着她的目光盛满不满。她低头，又鞠一躬：这是我的工作。

你别吓我，就这酒店？几星级啊！客人嘲讽。

她窘迫，进入卫生间，把手伸到水龙头下，边洗手边看镜中的自己：眼睛有些赤红、温润，双唇紧闭，嘴角下垂，悲情、愠怒混杂的表情，使这张四十五岁的脸比实际年龄要苍老。她何曾遭遇过如此地尴尬？她低下头，双手扑水，猛洗脸，让水渗透她脸部的肌肤，清醒她的头脑，她已经没有别的退路！她慢慢地抬起头，用手一点点地揩去脸上的水珠。虽然岁月在额头和眼尾刻下了些道道，但美人的痕迹还是依稀可辨的，腮下鼓鼓的两块肉，是曾经雍容华贵的遗证，她享过的富贵已是烟消云散，但那种经历过的积累、扬弃还是可以从她的气质中缕缕散发的，那种曾经拥有过的骄傲从她的神态中是可以感觉到的，也正是这些顽强驻守的东西，时时还怂恿着她，她是不会甘心就这么过了。

大姐，吃饭去。玉椰抹完电梯，唤香兰。

香兰将一将头发，重重地吐一口气，说，吃饭去。这时，刚吃完饭的何姨来接班了。何姨。她礼貌地叫一声。其实，何姨比她小五岁，只是别人都这么叫，她也就跟着叫了。

何姨是 PA 卫生班里资格最老的，这酒店开业有多久，她就在这里干了多久。对香兰的招呼，她只是嘴角牵动一下，算是回应了。在扫大堂地上的烟蒂时，她没有往日利索，缓重的脚步，显得很有心事，这一切都源于她收到一封信，即从老家寄来的她儿子生病的信。她有两个儿子。因为家里穷，她把孩子留给公婆照看，与老公一起到海口打工，她当清洁工，老公在一建筑工地当小工。打工在外，再苦再累，她都能承受，唯有孩子生病的消息最让她不能承受，这种隔山隔水的牵肠挂肚真让她尝到了思念的磨人。这时的想象力总是活跃而且丰富，她想出不止一百个儿子生病的理由和结果，并被这些结果吓得冷汗淋淋，然后是无休无止揪心揪肺的想念。能够使她心神安定一些的，就是她倾其所有地往家里寄钱，钱寄走后，身无分文的她，心里又空荡起来。钱对她从来就很重要，她的吝她的啬都是为了积攒钱，积攒钱都是为了她两个孩子。酒店包吃包住，除了每月只买一些生活必需品外，她是绝不乱花一分钱的。老公住在建筑工地，只有轮休日，她才到工地与老公相聚，帮他洗洗涮涮，顺便检查他口袋里的钱，决不允许他口袋里多装超过十块钱，并时刻提醒他钱对于他们家的重要。老公的收入不可观，酒店的清洁工工资太低，我得再找一份工作。从老公那里回来，她想。一夜的焦虑，使她的头有点重，脚有点轻，孩子生病难受，疼痛却在她心里，她身累心也累。扫完大堂，她正想去喝一口水，歇一下。主管秀椒快步走来给她吩咐：下午上级要来进行卫生大检查，你去把门口扫一下。

玉椰吃饭回来，见何姨脸色不好，就说，何姨，这里我来扫，你到里面歇歇。

主管说了，下午上级要来检查，这门面一定要干净。我去买药，就回。何姨见秀椒走远，中午事也不多，跟玉椰说。何姨不是真的要去买药，她是到附近的劳务市场看看能否找到一份兼职。中午的劳务市场显得有些冷清，三三两两地聚在一起的，是些没找到雇主的外省民工，只要有一雇主来，轰地就围上去，唯一的希望是有活干。何姨站在那儿有点落寞，三两分钟就瞧一下表。她是工间溜出来的，最多只能站二十分钟。她心里默念着能给她工作的雇主快快出现。二十分钟就好像只有叹一口气的时间，短而仓促。她有点失望，又有点无奈，抬腿往回走。迎面走来一装扮入时的妇人，眼光在人群中扫来扫去，像是要雇人的样子。她快步上前：老板，要人干活吗？妇人从头到脚把她扫描一遍。你是找活干的？她点点头。你能干什么呢？妇人问。你需要干什么的呢？

她反问。我需要一名钟点工,专门接送孩子上学。这活我能干。她迫不及待地把自己的情况如实告诉那妇人。妇人也中意她,让她晚上带上自己的有效证件到家里具体商谈。

玉椰扫完酒店门口,又把大堂里的家具抹了一遍,洗了抹布出来,在门口望了一下。这何姨去买药也太久了吧。她心里嘀咕。午饭时间已过,客人渐渐稀少,她又巡查一遍,觉得暂时没事可干。思想一松懈,睡意就袭来了。昨晚为了儿子的事,她一夜没睡好。儿子是她的心头之肉,又是她的心忧之源。儿子是她的一个不慎重的结果,她必须对这个结果负责。儿子今年九岁,上小学三年级。儿子从一出生起就营养不良,体弱多病,乖巧听话,一受委屈,就紧抿双唇,水汪汪的眼睛盯着她,让她心痛,顿生怜爱。如果他调皮一点,如果他霸道一点,她心里还好受一些,那样,也许他将来独立性就强一些。可他是那么弱小,那么无助,晚上不敢一个人待。以往上夜班,她就把他托到邻居赵伯家,赵伯的儿子发了财,买了商品房,赵伯举家搬迁。儿子又没人照看了。昨晚上夜班,儿子就在小巷的路口等到她下班。往后上夜班,儿子怎么办?这成了她的心病。

何姨呢?秀椒问。有意无意,她总喜欢在僻静的地方远远地盯着何姨。

她不舒服,去买药了。

上班时间不准外出,她不知道吗?秀椒的表情严厉,声音尖厉。

她实在是太难受了。

你别为她辩护了。她回来让她来找我。秀椒挥手,很不耐烦。

这时,何姨回来了,气喘吁吁,额头是细细密密的汗珠,本来是一脸的喜色，一见秀椒，就褪了下去。

你不是去买药了吗，药呢？

我是去了药店，到了后才发现钱不够，就又回来了。

讲假话都不用编了。秀椒高昂着头，只用眼尾瞟着何姨。何姨低头捻衣角。

不想干就别干，没人拦着你。

主管，您别……您怎么骂我都行，就是别让我失去这份工作。何姨的声音带着哭腔。我敢骂你吗？我呀，管不了你，就让制度来管你。秀椒毫无表情，边走边说。

香兰来接班的时候，见何姨眼睛红红的，她猜可能是何姨被罚了款。果然被罚三十元。三十元对于月工资只有三百元的何姨来说，当然是心疼得似被挖了一个洞。"人穷就是气短。我跟她说，我出去多长时间，我就补干多长时间，或者轮休日我不休，只要她不上报办公室，她不上报，不会有人知道。可不论我怎么求她都不行。"何姨迫不及待地向香兰倾诉，"都是女人，你说，她的心咋就这么狠呀！""是呀。按说，你们还是同乡呢。"香兰附和。"别跟我提什么同乡了。"何姨的眼眶又红了起来，那刻骨铭心的场面又在她眼前浮现：那是酒店开张的那一年，酒店招聘清洁工，先到海口打工的表妹捎信让她过来，她因路上转车不及时被耽误了两天，赶到酒店，清洁工的位置已被别人占去。这样的结果登时让她傻了眼，疲累的身子一下子就瘫坐在行李上。她是第一次出远门，钱带得不多，在这几个陌生的城市，两眼一抹黑，吃住马上就成了问题。一想到吃，饥饿的感觉马上袭来。她晕船，从登船起，她就不曾吃过一点东西。表妹见她愁容满面、虚弱不堪的样子，便安慰道：先吃饭，然后再去找住的地方。表妹把自己的饭卡交给她，让她先去。她拿着饭卡到员工食堂打饭。当她端着饭菜找座位时，一女人站在她面前，指着她喊：她不是酒店的员工。大伙儿的目光齐刷刷地投向她。"我……"她举着饭卡，不知所措。这饭卡只供酒店的员工就餐用。那女人说的时候，食堂的承包人愤怒地冲过来，"我叫你冒充，我叫你冒充！"他一手把她的饭菜打翻在地，热腾腾的饭菜白花花油腻腻地撒落一地，覆盖在她脚上的饭菜让她觉得温热、滑腻。这差不多就入口的香喷喷的饭菜呀！她的胃强烈地痉挛着，热烘烘的脸上有许多针芒在刺，屈辱的泪水在眼眶里打转然后才一滴一滴地落下，她推开围观的人群，夺路而逃，走到食堂门口时，表妹才匆匆赶到……后来，她才知道，那女人叫秀椒，就是这位秀椒先来一步，干了原本她要应聘的清洁工这份工作。从此，秀椒这个女人，在她心里留下了一个疙瘩。"人与人呀，不一样啊！"何姨感慨。"你就想开点。"香兰劝慰，脑里却在想象着何姨的饭被打翻在地的狼藉的景象，想象饭菜被打翻那一刻周围的人的表情的冷漠。你能说他们错了吗？他们没错，他们是在维护酒店的规章制度。为了维护这些制度，他宁愿把饭菜打翻在地也不能让饥饿的违反制度的何姨吃。可制度不是人制定的吗？制度难道比人重要吗？想到这，香兰的心像被抽打了一下，不由地抖了抖身体。我该到卫生间站岗了。香兰走开了。

你站什么站，卫生间门口根本就不需要专人站着。何姨嘀咕。

香兰回头。你说什么？

我在酒店干了几年，从来就没见过有谁像你一样专门在卫生间门口站着。

那……我……

还不是欺负你是新来的。

为什么？

何姨摇摇头。

香兰觉得体内的血正往头上冲，这实在是太意外了，它比那客人的嘲讽更让她震怒。自己才来酒店几天呀，有什么地方得罪过秀椒吗？她检讨自己，确定自己没有干过对不起秀椒后，悲又从心中来。这不过是份酒店里最低微工资最低的活，自己怎么就混到这个份上了？人生太无常了，自己也是曾经待过好单位，曾经坐在办公室上班的。办公室的勤杂工望她也曾是可望而不可即的。外贸进出口公司，在当时来说，是多么响当当的单位，她是这个城市里最早一拨拥有进口彩电的人，也是最早一拨不是处级干部却可以像个处级干部一样坐着公司的进口轿车在这儿座城市的大街小巷穿行的人。那时候她每隔三五天就要签名领钱，年终奖至少都是五位数以上；那时候她最常去的地方是时装专卖店和美容院，她尤其喜欢衣着得体地从美容院出来的那一刻，那是她感觉最好的时候。美容，不仅意味着她有钱，而且还意味着她懂得生活，善于美丽自己，怡悦别人。她绝不是守财奴，她的钱总是花得很对地方。有钱舍得花又花得对地方，与有钱舍得花又花不对地方和有钱舍不得花是不同的，这是个层次问题，自己是上了层次的，她以为这就是她这辈子要过的生活，这样的日子会永远都伴随着她。殊不知，这是她所在的公司最后的疯狂，在她把钱大把大把地甩出去的时候，这钱里头已经弥漫着腐朽的味道，这味道意味着一种体制即将寿终正寝，可惜她没有这种敏感性，甚至还以为这只是好日子的开始，真正的荣华富贵还在后面等着她。结果，事与愿违，公司做一桩大生意赔了，从此一蹶不起，负债累累，最后竟连工资都发不出；再后，是经理贪污受贿被捕；再后，外贸系统改革，全体人员一次性买断工龄。人到中年的她，再次被推向了社会。刚下岗时，靠丈夫的收入，还养得起家，她就待在家里当专职太太。年初，丈夫的公司破产，一家人的吃饭也成了问题，儿子明年要参加高考，她在家里待不住了，出来找工作，在人才招聘市场上转了一圈，才发现，自己几乎是个废人，没有单位需要她；更让她沮丧的是，她连填表的资格都没有，别人只瞧她一眼，就把表格捂得紧紧的，她那一手一直引以骄傲的漂亮的钢笔字，一直没有展露的机会。她所有的自信几乎是在那儿一刻丧失殆尽的。她回到家的第一件事，就是站在梳妆台前照镜子，拍拍自己的脸，自言自语：你是一个四十几岁的老妈子，你就是天天去美容，把皮肤拉得紧紧的，也抵不过那些年轻的女孩。你怀揣一个二十年前的中专学历，电脑不懂操作，English，如读天书，让你再学十年也赶不上。哈哈，你简直不知天高地厚！她恶狠狠地把自己嘲笑一番，然后一脸的茫然。日子总是要过的，一日三餐是不可少的，丈夫拿回给家用的钱越来越少，存折里的数目一月比一月少，她心底慌慌的。这样下去，家里揭不开锅的日子为期不远了。焦虑时时煎熬着她，她整天站也不是，坐也不是，夜里长夜难眠，心头被烦闷压迫着，她躺下又坐起，坐一会又躺下，不断地用深呼吸来排解心中的郁闷。人到中年才遇到这个坎，恐怕要把自己压垮了。夜夜的失眠，除了使她变得憔悴、衰老外，于事无补。"不行，我不能就这样坐以待毙，我必须出去找工作。"她再次出去找工作，不再去人才市场，也不去职业介绍所，她专看广告栏或电线杆上贴的小广告，然后按广告上的地址直接找到用人单位。整个劳动力市场供大于求，这种僧多粥少的状况在很长时间内都不会改变，个人是很无奈的。她称了自己的斤两，给自己定的目标是：只要有活干就行了。实现这个目标也不容易，她一连找了四天的工作，不知走了多少家单位，找工作的艰辛被她体会得淋漓尽致。到了第五天下午，身心疲惫的她在回家的路上，路过这家酒店，见酒店的人正往门柱上贴红纸，她凑过去看，是招聘清洁工的启示，她激动，跑过去对贴纸张的人说，我要应聘。贴纸张的人打量她一眼，毫无表情地说，跟我来吧。她就当上了这酒店公共卫生班的清洁工。这份得来不易的工作，她很珍惜。她站在卫生间的门口，对客人的嘲讽，能够隐忍，是她对现实做出的妥协姿态，这种姿态是暂时的，因为她骨子里就不是个隐忍的人。她个性张扬、明朗，充满欲望及爆发力。何姨的话，给了她当头一棒，她大步冲进卫生间，把自己反锁在里面，脚对着塑料卫生桶一阵乱踢。我碍着她什么了，欺负到老娘的头上？她仍觉得不解气，把水龙头开到最大挡，对着里面的门猛踹几脚。笃笃，有人吗？外面有人敲门。她忙扶正塑料桶，做出刚解手出来的样子，把门打开。她就是从那时起，对秀椒怀有恨意的。

玉椰在轮休日，趁着夜色，带着一只文昌鸡、一罐奶粉，和儿子一起，到秀椒家。她牵着儿子的手，穿行在马路上，心里却感觉是儿子在牵着她。她的内心是懦弱、无望的，为了儿子，她才有拎着薄礼去求人的勇气和力量。她一直都生活在社会的底层，干着卑微的活，拿着最微薄的工资，无所谓求不求人的。最无望的时候，也曾想浪迹天涯，一走了之，但一触摸到孩子的手，孩子又是她的生命线，挣也挣不开了；她生活的希望在儿子身上延续了，她的苦她的累她的所有的不如意，都被儿子点滴的成长化解了。她每天要操持的就是柴米油盐这些最基本的生存需要，别的都顾不上了。

秀椒的家，离酒店不远。所谓的家，其实也就是与别人合租一套二房一厅的套间，她住大房。其实，她是可以住酒店安排的集体宿舍的，但为了方便与男朋友约会，就只好租一间房了。其实，她并没有真正意义上的男朋友，她只是虚位以待，期待有一位男朋友出现。她的内心是很渴望有男人走进她的生活的，她的外表却很拒绝男人的进入。那个场景，那些经历，纠缠着她，压迫着她，让她痛苦、绝望，并使之龟缩在内心里苦苦挣扎。玉椰的来访，很让秀椒想不到，她表情怔怔地立在门口。秀椒的性情有点冷，表情生硬，为人做事，一是一，二是二，不苟言笑，使人觉得她难以接近，甚至觉得有点神秘。除工作之外，她把自己包裹得很严密，没有人能窥视到她的内心、她的情感。

我来是想请您尽量安排我上日班。玉椰说。

为什么？秀椒问。

因为我儿子晚上不敢一个人在家。

秀椒看兵兵，见他怯生生地偎在玉椰身边，心里动了一下。家里人呢？

他父亲常年不在家。玉椰压低声音说。听声音，觉得她吐出这几个字很艰难。

哦——是这样——秀椒沉吟片刻。好吧，我尽量安排你上日班吧。

月底安排下个月的班次的时候，秀椒并没有安排玉椰全上日班，而是一个星期上日班，一个星期上夜班。"让你全上日班，别人会有意见。"末了，秀椒对玉椰冷冷地扔下一句。这让玉椰心里感到别扭，她那晚对秀椒生出的那一点点好感顿时消失。

秀椒从玉椰的表情看出了她对自己的不满。她知道手下的员工都对自己不满，但她没办法改变。以往的生活像梦魇一样缠住她。她逃离家，一路流浪到海口，流浪的过程就是品尝世态炎凉的过程。几经辗转，她刚在酒店找到清洁工这份活，何姨就出现了，她怕何姨抢了她这份活，做出了本能的反应，即在食堂指证何姨不该打员工餐的事。她是在女人堆里长大的，她深知女人间的钩心斗角是很有杀伤力的。她很快适应了酒店的工作和生活。打工之余她读了不少的书，见识了城市的灯红酒绿，见识了富人的一掷千金，一顿饭就吃掉了她一家人一年的生活费，这是她以前想象都想象不到的。城市的生活对她充满了诱惑，仿佛城市就是她前世的情人，相见恨晚。那个贫穷、闭塞的山村，她是打死也不想回去了。欲望就像一匹野马，在她心里横冲直撞，拉也拉不住，她决心与城市长相厮守，而酒店是她发展的平台。在这儿个平台上，她仰视职位比她高的，她对他们毕恭毕敬；她俯视手下的几位清洁工，大声呵斥她们，看见她们低眉低眼的样子，发现原来自己也是可以发布命令，让别人对自己毕恭毕敬的。她在仰视与俯视之中找到一种平衡，尝到一种乐趣。

何姨当了钟点工，每天学校上、下课的时间都要去接送孩子。她也想在酒店上班的时间尽量不与接送孩子的时间相冲突，但很难。她只字不跟秀椒提这事，她想象如果让那女人知道了，还不知会怎么刁难呢。她只好经常跟香兰换班。香兰倒也体谅她的难处，能帮就尽量帮。何姨去接送别人的孩子上学，见识到了城里孩子的金贵，就很为自己的孩子感到不平，就更发奋要多赚钱，改变自己孩子的命运。上日班的时候，晚上的时间是很难打发的，员工的宿舍没有电视，老公干活的工地离酒店不近，她心里揣着心事，睡也睡不着。这天晚上，吃完饭，洗完澡，天气闷热，她溜达到街上，心想要是晚上也找点事来做就好了。夜晚的街市，有些斑驳，有些别样的生气，有些欲望在张牙舞爪。何姨此时的欲望是要在这儿个城市有一个自己的窝，天天都能跟老公见面，而不是像现在这儿样一个星期才见一次面，行房事要支开同伴，而且还慌里慌张，比偷情的男女还要狼狈。再就是找一份工钱多的活，让孩子受到好的教育……欲望越膨胀，现实中的她痛苦就更深重。这是一个移民城市，她这个外省的乡下人，一踏入这个城市，就被同乡人来一个下马威，这种事态在她心里留下了深深的一个伤口，她时不时翻出这个伤口来舔一舔，每舔一次，她的伤口就更粉红细嫩，新鲜如昨，更坚定了她要活得好的信念。走到一个街边公园，她觉得脚底发痛，就坐在公园的石凳上。此刻，来此乘凉的人不少，公园中心的小凉亭里，还聚集着一些琼剧票友，正悠悠扬扬地唱得很投入。琼剧，这海南的地方戏剧，她虽然听不懂，心里却很羡慕这些中老年人，他们活得那么悠闲、快乐。这种生活是她可望而不可即的，她是每天都要为一家人的一日三餐而奔波、劳作的。一想到这，她血管里的血就沸腾起来，再也无心去欣赏、享受这良辰美景。她站起来，正要离开，迎面走来了一男一女，迫不及待地坐上了她刚坐过的石凳。她细瞧，原来那女的是擦皮鞋的，男的是她的顾客。这地方晚上还有擦皮鞋的？她心喜，围着公园转一圈，发现擦皮鞋的不少。这活，我不也能干？她用心观察，记住了擦皮鞋方法和所需的工具，当晚，就去找老公，让老公钉了个手提木箱，然后再添了些刷子、鞋油、布条、拖鞋等。第二天晚上，她就拎着木箱，到街边公园，找个光亮的地方坐下，摆出了擦鞋工具。人渐渐多了起来，不少人从她身边走过，却没有人停下行走的步伐。不知坐了多久，还是没有顾客，她憋不住了，拎起木箱边走边问："擦皮鞋吗？""你是新来的吧？"一位六十几岁的干瘦老头向她走来。"你怎么知道？""这里擦皮鞋的，我都认得。""你要擦吗？"她提了提手中的拖鞋。"擦。"老头说得很干脆。她欲把他带到她刚坐过的光线好的地方。"你往人多的地方走干吗？这里有的是好地方。"老头熟门熟道地把她领向一个僻静的地方，坐在一石墩上。她把拖鞋放到老头的脚下，脱下老头的皮鞋，拿出刷子、布条、鞋油，准备刷鞋。"你坐在这儿刷呀，蹲着多辛苦。"老头指着石墩上的空位说。这老头还很体贴人的。她想。于是坐到石墩上，往皮鞋上抹鞋油，刷子在皮鞋的表面轻快地运动。这时，老头的身子往她的身上倒，一只手搂住她的腰，一只手往她的胸部移动。她一惊，站起来："你要干什么？""我给你按摩呀。""我不要按摩。""你不要按摩，我凭什么擦一双皮鞋给你两块钱呀？""我说过收你两块钱了吗？""那你收多少？""一块。""我有病啊，需要花一块钱来擦这双皮鞋？我不擦了。"老头从她手里夺过鞋穿上，怒冲冲地走了。她一时反应不过来，愣在那儿半晌。这老色鬼，怪不得要找这么偏的地方。两块钱，哼，你以为老娘是干什么的？是鸡吗？她离开石墩，越想越生气。沿着花园又转一圈，发现所有擦鞋的女人的顾客都是六十岁以上的老人，而且都是在偏僻的树丛下或光线暗淡的地方。走到公园的假山处，她居然看到刚离开她的那老头又找了另一名擦鞋女。这无耻的老家伙，他的左手在那儿女人的胸前摸摸索索，那女人左手拿着一只鞋，右手拿着刷子，不动作，任凭那老家伙的手在她的上半身摸捏。大约半个小时左右，那女人装模作样地把皮鞋扫了一遍，站了起来，那老家伙也站了起来，掏出两块钱给她，然后各走各的。这一切都被坐在另一隐蔽处的何姨看得一清二楚。那一晚，何姨一分钱也没挣到，还为那老家伙倒贴了几滴鞋油，她心里窝火；接下来的一个晚上，她又去了街边花园，她知道，这里所谓的擦鞋，只是个幌子。做与不做，她的思想斗争已进行了一夜一天。

不做吧，挣钱的愿望又落了空；做吧，这多少与"色"沾了边。她坐在那儿发呆。"要擦两块钱的皮鞋吗？"昨晚遇上的那个老家伙又来到她面前，"来这里找擦皮鞋的都跟我半斤八两。你也不想想，像我这年纪的人，在黑乎乎的夜里要那么亮的皮鞋干吗？现在下岗的人多，有两块钱挣也不错啦！"老家伙一说起来没完没了。"这么说你是个大救星了。"她白他一眼。"救星不敢，但这交易是公平的。"老家伙咬文嚼字的，肚里还有几滴墨水。她仔细打量他：外表干瘦，但还算斯文。"你擦不擦，不擦我找别人去。"老家伙转身欲走。"擦就擦吧。"她咬牙切齿地说，一副豁出去的样子。他们又到那块石墩上坐下。"好了。"她把皮鞋扔到他脚下。他掏出两块钱给她。"昨晚擦皮鞋的钱，你还没给。""好，好，再给你一块。明天再来。回去晚了，要挨老婆骂。"老家伙急忙走了。"呸，这老色鬼，老流氓，你老婆就该把你剁了。"她恶狠狠地咒骂着，离开石墩。有了第一次，第二次就容易多了。那一晚，她赚了九块钱。

香兰送走阿梅，就瘫在沙发上，心情沮丧到极点。何姨自从有了晚上擦皮鞋这工作后，接送孩子这份工，就有些顾不上了，因为一换班，晚上就不能擦皮鞋，擦皮鞋的收入比接送孩子的高，因此她跟香兰商量轮流着干。香兰觉得接送孩子也不是什么辛苦的事，就答应下来。香兰一下班，就去学校接孩子回家，她把孩子送到家门口时，开门的竟是中学同学阿梅。"你……不是香兰吗？"阿梅一脸的惊奇。"这……"香兰看阿梅，又看孩子。"这是我妹妹的孩子。我刚好路过，进来看看。""你怎么……？"阿梅不解。"哦，送孩子的阿姨突然有事，我替她。"香兰擦拭额头上的汗。"这真是太巧了，这送孩子的阿姨也在你家干。"阿梅想当然。香兰一脸的尴尬，嘴里唔唔地应着，含义模糊。"我还有事，先走了。"她告辞。"你去哪？"阿梅的情绪还停留在重逢的喜悦中。"我回家。"香兰一秒钟都不想待。"我送你，我有车。我们这么多年没见面，不能就这么让你一走了之。"阿梅背起挂包，挽着她的胳膊走。阿梅现在是某证券公司的部门经理，开着一辆米色的本田，开车的神态自信而自得，让坐在旁边的她心里有一团气，时上时下，就是发不出来。中学时，阿梅是班里最寒碜的，一家人的生活，全靠父母在一个巷口卖冰棍维持。而她的父亲，是当时的市商业局局长。计划经济时代的商业局局长，是神通广大的，没有什么紧俏的东西是拿不到的。她当时的衣着用品，是班里最好的，她一直是女同学中的金凤凰。没想到，二十年后的今天，她和阿梅之间一切都翻了过来。"你现在过得怎么样？"阿梅问。"还不是那样。"她的回答是笼统的，没有具体所指的。她不想让阿梅知道她目前的生存状况，所以她只能用这一句话就轻描淡写一语带过地把她的窘况掩盖过去了。跟阿梅道别的时候，她心里就发誓，再也不要跟阿梅见面了。阿梅的离开，没有带走她心理的不平衡，阿梅的成功刺激着她。阿梅像是一面镜子，照出了她的形绌，照出了她处境的险恶。她只字不提她已经下岗，让阿梅踱着方步在她的房子里考察，让阿梅相信她的日子过得富足。房子及房子的装修是她骄傲的最后资本。阿梅一踏出家门，她的表演随之结束，神经松懈下来，自尊心又感觉到受到了伤害，失败感从没有像现在这儿样强大地压迫过来，然后向全身扩散，渗入骨髓。她蜷缩在沙发里，一动不动，任屋里的光线一点一点地暗下去，任外面亮起的光线一点一点地照射进来。她的肚子饿了，但她就是不想动弹，儿子在寄宿学校，丈夫也少回家吃饭，"生活就是这样无望和了无趣味吗？"她睁开眼睛，望着黑暗、冷清的家，自问。也许，这样是最好不过了。她决计要让自己挨饿，决计要以这种姿态来惩罚自己的失败。第二天到酒店上班，她跟何姨说，她不能去接送孩子了，如果孩子的家长问何姨是她的什么人，就说是她家里请的阿姨。何姨听她这么说，脸上马上有了怒意。哼，我是你家请的阿姨！你家要是请得起保姆，你还干这活？何姨用眼角瞟她，一脸的不屑。

香兰不干，靠何姨一人准时去接送孩子，肯定不行；叫玉椰干，她又不愿意。玉椰那晚提着礼去找秀椒，被人看见了，传到香兰的耳里，让她很气愤，她觉得玉椰没志气，一份扫地洗厕所的活，也要送礼巴结，身价都跌到地底下了。再说了，巴结谁都行，巴结秀椒就让她气不顺。她正想着，玉椰带着儿子来了。玉椰上夜班，就把儿子安排到员工宿舍，让他趴在床铺上做作业。玉椰见她，欲与她打招呼，她假装没见，把头扭到一边。他们走后，她才回过头看他们的背影，这娘俩都那么干瘦、孱弱，仿佛阵风一吹，即被刮倒。她心里有点酸，觉得玉椰也不容易。玉椰来接班时，她问玉椰：有个接送孩子上学的活，咱们轮流着干，你干不干？当然干了。玉椰的眼睛闪亮闪亮。她这才发现，玉椰的眼睛其实很漂亮。

玉椰生性话少，跟何姨更无话。何姨长得粗壮，嗓门大，底气足，跟她的瘦小、说话柔声细语截然相反。何姨最近不愿意搭理她，她是知道的，她也不生气。不理就不理吧，干吗一定要别人理呢？她从来就不想让别人注意到她，人多的时候，她的不吭声，常常让人感觉不到她存在。何姨主动与她合作，很让她惊喜，不是因为何姨的态度，而是多了一份活干。她梦寐以求的是多干一些活多挣一分钱，单靠在酒店当清洁工，是很难维持她与儿子的生活的。每到轮休日，她就做一些用椰子、花生米、糖等做馅的億粿，放在两个用铁皮做的有盖的铁桶里，挑着它们，身上斜挎着一个布做的小包，走街串巷，沿街叫卖。她第一次挑着担子走街，第一声发出去时，颤抖的声音轻飘飘的，显得紧张和没底气；平时汗少的她，手心也变得湿湿的。她推高遮住大半个脸的越南帽，四周看看，发现没有人注意她那怪声怪调的喝卖声，她松了一口气，抓起挂在铁桶边的矿泉水瓶，喝一口用甘草自泡的水，定一定神，又喊了一声，感觉比第一声要好一些，胆子大了起来，喊得也自然了。她在这儿城市的大街小巷中游走，炙热的阳光烤得她全身湿漉漉的，额头上的汗越过眉头往下滴，甩在地上，洇成花瓣大的痕迹。走到阴凉处，汗湿的身子又发起凉来，感觉同样的不舒服。但她不能休息，她必须赶在天黑之前把粿卖完。多苦多累多不舒服，她都必须忍耐，这就是她不得不过的生活。她就这命，她认定。从她把孩子生下来、男人对她不管不顾起，她就咬紧牙根，发誓不管是什么日子都过下去。她的生活从来是被动的。她初中毕业以后，家里无力供她上高中，她只得在家务农。务农就务农吧，她心里没有很多的抱怨，是村里几位想到城里打工的姐妹硬拉她，她才跟着出来的。城市于她是陌生而新鲜的，她的心也就被这繁忙的活力四射的城市生活激活起来。她最先在一发廊当洗头工，包吃包住月工资三百元。对此她已经很满足了，最初的想法是存点钱好回家找个男人结婚生子。当她把洗头工这活干得很熟练并能给客人做一些简单的头部按摩后，她的想法开始有了些变化。"我为什么就不可以留在城里结婚生子？"这想法一冒出，连她自己都吓一跳。但吓归吓，把它收回去却很难。这时，她遇到了这个男人。男人高高瘦瘦白白，穿着不怎么样，对发型却很讲究，三五天就来洗一次头，头发常常被摩丝定得服服帖帖的。他一双眼睛眯眯的，目光飘忽不定，看人的时候似看非看。她莫名地就被这男人这迷茫的目光弄得心神不定，见到他时，她有意无意地躲避这目光；没见到他时，她又渴望这目光。男人也喜欢让她洗头、按摩，有时顾客多，他宁愿多等一会，一定要让她洗，他几乎成了她的固定顾客。有一天，男人向她发出了邀请，请她到露天剧场看电影。她受宠若惊，把自己打扮得很光鲜，艳丽的衣着使她显得土气也显示了她如花的年龄。男人没有对她的着装做任何的评价。电影开映后，黑暗中，男人的手在她的身上任意地游走……就这样，紧闭着的少女心扉被打开了，嫁给城里人的想法更坚定了。男人是地道的海口人，跟母亲一起住在居民区的一间平房里，男人住的房间窄小阴暗，跟这座城市上空的灿灿阳光有极大的反差。男人在织造厂上班，工厂时开工时停工，效益不是很好。男人家境贫寒，但一心想做城里人老婆的她顾不了那么多，搬到男人的家里住，为男人洗衣做饭，缝缝补补，俨然已是男人的女人。男人的母亲对她很满意，觉得儿子找她做老婆是祖上积了德。男人对她就像家人，对她为自己所做的一切心安理得。她觉得嫁给男人是早晚的事，直到她证实自己怀孕的那一天。"我有了。"她拿出化验单，对男人说。"你有什么啦？"男人很迟钝。"我们的孩子。"她摸摸肚子。"哦，孩子，"男人的目光掠过一丝的恐慌，然后是一片迷茫。"孩子，我们的孩子。"男人喃喃着，走来走去。"我们什么时候结婚？"她问。"结婚？"男人似乎又被吓了一跳，"再说吧。"男人快走逃离房间。这一刻，她才明白，男人根本就没有做好跟她结婚生子的准备。也就在这儿时，她才发现自己其实对这个男人也不是很了解，男人那迷茫的目光就是一个谜，她对谜很感兴趣却永远也猜不到谜底。想到这，她瘫坐在床上，六神无主，尔后，绝望地趴在枕头上哭起来。哭声惊动了男人的母亲，得知她哭的原因后，竟嘿嘿笑了起来。"我们符家有后了，这是喜事，你哭什么呀？我很快就有孙子抱了！"男人的母亲轻快地拍拍双掌，就地转了一圈。见此情景，她的哭声更大更悠扬了。

男人知道她怀孕后，既不提出跟她结婚也不提出跟她分手，只是有意地躲避她，晚上也少回家睡觉，说是上夜班。他母亲却对她照顾有加。她好几次都到了医院的门口又转身走回，从来没有什么事让她像现在这儿样觉得抉择的艰难。"女人终归都要走这条路的。"男人的母亲说。"孩子出来了，就能拴住男人的心了。"男人的母亲又说。她的事，从来都是别人为她做主。这次，是男人的母亲为她做主。

玉椰生孩子，失去了工作。那一段时间，男人见是个男孩，怎么说也是自己的骨肉，对她们母子还算尽心尽力；只是好景不长，孩子大了些，交给男人的母亲带，她出去工作，男人又像以前那样，常常不回家，也不再碰她。后来工厂破了产，没有了固定工作，男人说是外出打工，十天半月不照面是常事。儿子上学后不久，男人的母亲突然心脏病发作去世。此后，男人干脆对她和儿子不闻不问了。现在，她只能自己为自己做主了。

何姨晚上去擦皮鞋的时候，老公到酒店找她。她有好些天没去老公工地的住处了。她不当班，不在宿舍，会去哪？他们之间没有通信工具，老公只能在她的宿舍外傻等。10 点过后，没见她的踪影，老公心里开始不舒服，各种猜测在脑里纷纷闪过：她去找我，两个人走岔了？她一般都在轮休日去。跟别的男人好上了？都徐娘半老了。去老乡家聊天了？这时候也该回来了。10 点 30 的时候，他有些烦躁了，在楼道里走来走去。这个臭娘们，该不会真的去找野男人了吧。再往下等，一秒钟似一分钟长。10 点 40 分的时候，他焦急了，该不会出什么事了吧。他走到路口伸长脖子四处张望，十多分钟后，何姨才出现在他的视线里。何姨一见老公，表情一怔，"你……怎么来了？""想不到吧？"老公一脸的怒气，"你干什么去了，让我等这么久？""你没见我擦皮鞋去了吗？"何姨把木箱提到老公的眼前。"你不是说这活不好干，不干了吗？"老公瞪着的眼珠子似要滚出来。"是准备不干了。后来想，晚上闲着也是闲着，就去干了。""你一般在什么地方擦？ 我有空也去帮你。"老公把木箱提到手里。何姨一听，吓出一身冷汗。"没有固定的地方，你白天干活累，免了吧。"何姨形色惊慌，声音发抖，让老公疑惑，他欲言又止，跟着何姨往寝室走，但何姨的神态，已在他心中留下一个问号。第二天晚饭后，他早早就在酒店附近候着。何姨提着木箱子从寝室出来，他悄悄地跟着，见何姨径直走进街边公园的偏僻处，心跳更明显了。他既害怕他的疑问被证实，又急于得到答案，矛盾的心情支配着他的脚，步子迈得很不均匀，不停伸缩着的手指关节咯咯响，手心也沁出汗来。见何姨走到假山处，与旁边的一老头坐在一起，老头的手还在她的身上乱摸，他身上的血往头上涌，心脏似乎要飞出体外。他快步冲过去，一把揪起老头，冲着老头就是一拳，把老头打得跌在草地上，然后转过身来，叭叭抽了何姨两巴掌。老头趁着他打何姨的时候爬起来，一路小跑，跑到大街上，蹬上一辆公共汽车。

何姨一下子就被眼前这突如其来的情景吓呆了。她以为是遇到抢劫的了，挨了两巴掌后，她才看清楚打自己的是老公。"你们这对狗男女，擦皮鞋还擦到身上去了！"老公骂着，又一脚踹过来。何姨啊了一声，重重地跌倒在草地上。她一脸的委屈，眼泪汪汪地抬起头，想说什么。老公见她还想争辩，瞪着一双血红的鼓圆的眼睛，挽起袖子，挥起他那硬茧丛生肌腱发达青筋怒暴的双手狠狠地往她的身上擂。刚被打过的脸还辣辣的疼，现在，胳膊、身子又被老公拳击，先是麻麻的感觉，然后是疼痛。她不再吱声。她觉得自己该打。反正自己命贱，不是被这个男人摸就被那个男人打；反正她这样做不是为了自己。她可以忍受老公的打，就是不能忍受孩子没有好日子过，自己这辈子是没有希望了，但不能让孩子像自己一样没希望。一想到孩子，她的嘴角竟露出一丝的笑意，脑里闪现的是孩子像城里的孩子一样背着书包上学……老公打了几拳，见她不动弹，以为她昏过去了，蹲下来细看：她上齿咬着下唇，两眼闪闪的，在黑夜里向他发出最亮的光。骚娘们，还这副倔样，要不是看你是孩子他娘的份上，老子宰了你。老公跳起来猛踢旁边的一块石头，恨恨地边说边离去。

　　这一天，对香兰来说，简直是暗无天日，生命中不能承受之重，全部压来，人世间的一切，在那儿一刻都变了形，她不敢相信这个事实：丈夫在外面一直有相好的，在她的眼皮底下，而她却浑然不知。她太自信了。下岗之前，她要钱有钱，要貌有貌，家里也经营得温馨、怡人。儿子健康、聪明。丈夫极懂人情世故，对家人、对自己，都是什么节庆送什么礼，极其尽心尽责。他们算得上是一对模范夫妻，她的家是一个幸福的三口之家，引来周围多少人的羡慕。下岗后，虽然生存有了些问题，但她一直庆幸还有这样一位丈夫而依赖。这天下班后，她拖着疲惫的身子，一进家门，就倒在沙发上。"笃笃。"有人敲门。她开门，见是一穿着入时、体面的陌生妇人，说："你敲错门了。"

　　妇人笑盈盈地。"你是香兰吧？"

　　香兰疑惑地瞅着妇人，点点头。妇人没等香兰请，就自己进了屋，站在客厅中央，环视这个家。香兰有点不高兴，生硬地问："你是什么人？"

　　"我是跟明清有关系的人，我来就是想跟你谈明清的事。"妇人坐在沙发上。香兰听她说出丈夫的名字，紧张起来。"我丈夫出了什么事？"

准确地说，是你和明清之间有了问题。妇人答。

你胡说。你是谁？香兰警惕起来，厉声问。

我是明清的爱人，我们一起已经有十年了。妇人说这话时，有些颤音。

你不是。你无耻。香兰震怒，嘴唇发抖，发疯似的在屋里走来走去。

我知道你很难接受，可这是事实，现在明清已和我住在一起。我来是想跟你好好谈一谈。妇人反而神情镇定，口气平静。

我跟你没什么好谈的！要谈，王明清自己来谈！香兰又气又急，心里乱了方寸。

我想，我先来跟你沟通一下好一些。

你这破鞋！你这狐狸精！你给我滚！香兰手指着妇人，又指着门，歇斯底里，声音高亢而尖锐。妇人铁青着脸，直往门外走去。香兰跟在后面，重重地关上了门，然后依在门后，放声哭泣。丈夫一脸的憨厚相，平时看不出半点的风流样，竟然在外面有外遇，她的整个世界轰地坍塌。这是怎样的一种生活呀！虚伪。欺骗。无耻。愤恨占据她整个身心，心被撕裂似的一阵一阵地疼。二十来年的同床共枕，他表演得天衣无缝。她哭哭停停，一心等待着丈夫回来讨个说法。那一夜，丈夫没回家。此后的几天，她一直在等待中度过。等待令她憔悴，等待令她思考，令她仔细地品味着各种思绪。她的前半生从没有像现在这儿样孤寂无助，长长的回忆像一部长篇纪录片一样在她的脑里播放，映到感人的镜头，她身心温暖，然后是百感交集，喉咙哽咽，眼泪像溪流一样慢慢地流淌，幽幽的恨在眼泪的滋润下疯狂地生长，她恨他的背叛，他的负心，他的言行不一。她在爱与恨中挣扎，独自咀嚼着丈夫给她制造的苦果。这苦果让她感到窒息，摆脱它的办法是去上班。她把自己收拾得精神一些，早早就到了酒店。她比以往更卖力地扫地、抹窗户、洗厕所，身体的劳作能暂时地减轻她心里的痛苦。

何姨的脸有些青肿，上班不雅，让香兰顶班，香兰二话没说就答应了。她宁愿待在酒店里，也不愿意回到那个冰冷的、感伤的家。连续上十六小时的班，透支了她的体力。玉椰来接班，见她神情恍惚，虚汗连连，步子踉跄，就叫来何姨，由何姨护送她回家。

何姨一进香兰的家，就对她家的宽敞和装修的精美赞叹不已：哇，房子好宽哦！卫生间里的大理石比我们酒店的还高级。怪不得你让我跟别人说我是你们家的阿姨，你真的是有钱人啊。

香兰苦笑一声。我要是有钱人，还干这活？

有这样房子的人不算有钱人，那谁是有钱人？我要是有一间这样的房子，我就不愁了。在何姨的眼里，这房子比她接送去上学的孩子的那家好得多。她这辈子，除了进酒店外，还没进过这么高级的私人住宅。等你有了这样的房子，你会发现还有别的东西比房子更让你发愁。香兰这话，何姨根本没听进去，她这里摸摸，那里瞧瞧，表情满是羡慕。她走到梳妆台前。她家没有梳妆台。她嫁给丈夫时，他们除了一张床外，没有什么像样的家具。她看镜中的自己：脸上的肿正慢慢消退，青紫的瘀血印痕一时半会还消不了。打我，能打出钱，能让我和孩子过上好日子吗？她心里埋怨丈夫。

玉椰下班后，带着儿子回家，顺便去看望香兰。走进香兰的家，她同样为香兰住房的优越而惊诧：原来香兰曾经是个富婆，怪不得她有那么好的气质与风度。神情落寞的香兰见玉椰来看自己，心里顿时热乎乎的，翻箱倒柜地，想给玉椰的儿子找出一点零食，结果是什么都没找到。这个家早已不是从前那个衣食无忧的家了，这个家现在不但没有吃的，而且还危机四伏，摇摇欲坠。绝望又袭来了，但她已没有先前那么敏感、直露。她觉得自己的心正一点一点地变得坚硬。家里的零食都被儿子带到学校去了。她若无其事地说。

没关系，我儿子晚上一般不吃零食。玉椰和儿子坐在沙发上看电视。你身体没什么病吧？

只是累了，休息一晚就好。香兰一直觉得自己比她们优越，现在觉得自己快一无所有了，优越感没有了，她跟玉椰的距离一下子就拉近了。带着孩子上夜班，真是难为你了。

没事，我们都习惯了。

干脆，以后只要你我不是连班，你上夜班，我就跟你换。

那怎么行。玉椰嘴上这么说，心里像烫过的丝绸样帖服、流畅、温暖，这种感觉一路伴随着她。回到家，见屋里亮着灯，猜是男人回来了。她已经有半年没见他了。开门一看，果然是他，他睡在床上，旁边还睡着一女人。见她和儿子进来，都坐了起来。男人没有跟她打招呼，目光直奔儿子。"兵兵，半年不见，又长高了。"男人的头发依旧是抹了摩丝的，眼睛依旧是眯眯的，一点都不见老。"这是我从东莞给你买回来的。"他拿出一个书包和一个电动玩具车，交给儿子。儿子怯生生地接过，小心翼翼地摆弄着车。"这小妹是我在东莞打工时认识的，是我的朋友，在海口期限间就住这儿了。"男人指着女人对玉椰说的时候，眼睛并不看玉椰。玉椰看那女人，是一个个头不高，长得结结实实的妹子。屋里就这张大床，他们睡了，就意味着她和儿子没地方睡了，也就意味着他要把她和儿子扫地出门了。这些年来，她的眼泪已经哭干了。

她对男人已不抱任何的希望。他是可以对自己不理睬，但他一点都不念他跟儿子的骨肉之情，令她所料不及。她心底失望至极。她决不能让自己在这几个男人面前活得毫无尊严。"兵兵，我们走。"她简单收拾一些衣物和日用品，拉着儿子走出家门。

走在大街上，玉椰有些茫然，低头看儿子，儿子的脚步沉重，眼皮往下垂，很困的样子。想想儿子一个晚上都被她挪来挪去，她的心像被什么揪住一样，紧紧的，疼疼的。她觉得自己太对不起儿子了，让他跟着自己受罪。"妈妈，我们要去哪里呀？"儿子摇晃她的手。她把这城市有可能让她们睡的地方都在脑海里搜一遍，只有香兰家的房子够宽，能容得下她娘俩，只是就这样去太唐突了，且不知人家愿不愿意？她思想斗争了一会，去酒店的寝室。她最后决定。

酒店的一间寝室放着三张陆架床，六个铺位，玉椰的床位在下铺。她和儿子挤在只有九十公分宽的单人床上，她只能侧着身子睡，且翻身很困难。同一姿势睡久了，身子有点麻。为了不影响儿子，她只好起身坐在床沿上，一会，才换一个姿势侧身躺下，几经折腾，一夜都没怎么睡。早上起来，给儿子买早餐，送他上学，又接着上班。刚好这天酒店的餐饮部举办美食节，过往的客人较多，她在大堂里不停地扫地、抹地。中午吃饭的时候，她累得吃不下饭，随便扒拉几口就赶回寝室睡觉，躺在床上却睡不着，她觉得长久这样下去，不是个办法。可在这几城市，她举目无亲，自己的那点收入，维持她和儿子的温饱都成问题，更不要奢望去租房住了。不行，我得去找他谈谈。不看僧面看佛面，他可以不要我，却不可以不顾及孩子。她爬起来，去找那男人。她回到家的时候，男人和那女人刚刚起床，男人在刮胡子，女人在梳头。见她回来，男人的表情一怔。"回来取东西？"

不，回来找你谈谈。玉椰坐在家里唯一的椅子上。

谈什么？男人很警惕。

谈兵兵。

兵兵怎么啦？

我那床太小，兵兵睡得不好，影响他的学习和生活。玉椰的语气很焦急。

床小就买一张大的，找我干什么？男人很不耐烦。

我住的是集体宿舍，大床放不下。

放不下就放不下，难道找我床就放得下啦？男人摇头晃脑的，口气还有点讥讽的意味。

找你是为了解决兵兵住的问题，你不是兵兵的爸爸吗？

你还是兵兵的妈妈呢。这问题我解决不了，别来烦我。男人下起了逐客令。玉椰一听，火了，声音也高了起来。你真是太狠心了，连自己的儿子都不顾。

我就是狠心，你能把我怎么样？当初是我妈留你，我不好反对。现在她不在了，你还想赖在这儿不走，没门。

"赖在这儿不走"，这几个字像一把匕首，刺进玉椰的心尖，疼得她全身颤抖，话被噎在喉咙里，发不出声。她跟这男人的关系是冷漠的、游离的、不照面的，他们之间的冲突，从来不曾正面交锋过。"赖在这儿不走"这几个字当着她的面从男人的嘴里吐出，使她觉得自己受到了莫大的侮辱。这么多年的隐忍，这么多年的独自承受，顷刻间在她体内堆积成了一座活动着的火山，从她的胸腔、她的五官、她的身体的每一部分喷发出来：你这个没良心的、不负责任的混蛋，你这个剁千刀的废物。……喷着火的尖锐的吼叫在屋子里震荡着。男人被她这突如其来的怒吼震惊了，他从没见过她这副模样过。你疯了，真是疯了。男人边搓着手掌边说。

我疯了，我就是疯了，我是被你逼疯的！玉椰边说边朝男人冲过去，双手往男人身上乱打。男人用手臂边挡边往后退。"哟哟，几个月不见，就变成母老虎了。"男人退到墙角，再没地方可退。"你当我真的怕你呀，你再过来，我就对你不客气了。"男人挥手，正要打过去，那女人冲过去，拉下他的手，站在他们之间。"够了，闹什么闹。"女人放声制止。场面一下子静了下来。"大姐，要知道强扭的瓜不甜。"女人最先打破了沉静。

"这么说，你是吃到一只甜瓜啰？"玉椰冷笑一声。"哼，强扭的瓜，呸，是我瞎了眼。"玉椰又坐回椅子上。

事情已经是这样了，大姐，你说怎么办？女人见玉椰退到原位，揶揄地说。

小妖精，呆一边去，没人要跟你说话。玉椰厉声喝道。

女人狠狠地剜玉椰一眼，坐到床上去了。

我来的目的，不是要跟你和好，而是要你尽到做父亲的责任。玉椰面对男人说。

我都下岗了，现在又没工作，不住家里，住哪里？兵兵回来有地方住吗？除非我们又到外地打工。男人还是那副茫然的模样。玉椰知道他目前这种状况，就算他承诺什么，也是白承诺，也懒得再跟他伤神，起身就走。在回酒店的路上，虽然心里还有些难受，身体却舒服多了。从来谨小慎微、低声下气的她，竟这么淋漓尽致地把多年郁结在心头的愤恨喷发出来，连她自己也想不到。虽然没解决什么实际问题，但想起男人被逼到墙角和那女人被喝到一边，她心里很快慰。没什么了不起的，自己靠自己，用不着看谁的脸色行事。这样想，她周身畅快。她甩甩头，挺挺身，步伐轻盈地往前走去。

　　何姨最记住的日子是每月的5号，这一天是酒店发工资的日子，也是老公发工资的日子。那天被老公揍一顿后，她与老公一直在冷战。现在发工资已经好几天了，仍不见老公来交钱给她，心里很不踏实。她每月一般都是这个时候给家里寄生活费的。她去工地找老公，老公正与工友们在建筑工地的工棚里搓麻将。老公见她进来，嘴里仍旧叼着烟，手依旧搓着牌，连头都没朝她点一下。老公平时是不抽烟的，麻将不经她允许是不能打的，现在是与她对着干了。她心里不快，但也不想一波未平又起一波。她一声不吭，坐在老公身后闻衣领。老公的运气很背，一圈下来都不曾胡过，散场的时候，是三个人赢他一个人输。回到住处，何姨向他伸手：拿来。

　　拿什么拿。老公朝何姨瞪眼。

　　孩子的生活费。

　　没了，都输了。老公眼睛朝下，小声说。

　　不是才输一百多块吗？何姨的口气很急促。

　　每天都一百多，几天下来不就没了。老公的声音越来越小。

　　何姨一听，血往上涌，心速加快。"这日子没法过了。"她捶胸顿足，大声哀号。她可以忍受老公的拳打脚踢，就是不能忍受她的孩子没有生活费。六百块钱，等于她在酒店干两个月，等于她擦三百双皮鞋并让老头们摸三百次。这样算下来，输了这六百块，犹如剐了她的肉。尤其是她想象着家人弯着指头数日子，眼巴巴地等着汇款单的表情，她更是心如刀绞。"都几十岁的人了，你怎么可以这样？"何姨指着老公，骂道。她的哭叫，惊动了工友，大家都进来围看。"你这骚货、贱货，又不是死爹死娘，哭什么哭。"见有人来围观，老公的脸挂不住了，吼。何姨不理会，跳到老公跟前，指着他的鼻梁大声叫骂。老公一怒，一把抓住她的手。"我让你骂。"老公一巴掌扫过去，巴掌拍在何姨的脸上，发出啪的一声清脆的响声。"你打我？你除了打我，还有什么本事？"何姨觉得委屈更大了，哭声也更大了。"我不想活了！"她看见床头旁的木箱上有一把水果刀，冲过去，抓起刀，往左手腕处一割，鲜血霎时渗出，滴在地上。老公一惊，赶紧夺过她的刀，托着她的左手。众人手忙脚乱，快速地把她送往医院。在医院，看医生为她包扎手腕，看老公忙着交这费那费，急出一身汗，她后悔了。一时冲动，自杀没死，还倒贴医疗费，本来就没剩几个钱，这回更是雪上加霜了，她更愁肠百结了。

何姨又让香兰顶班，很让主管秀椒不满。酒店每周进行一次的质量检查，PA班因大堂里的两棵发财树的叶子上有灰尘，总经理在周一的例会上提出批评，并罚了她二十元，让她心里觉得窝气，不是因为钱，而是因为荣誉。她是一个把荣誉感看得很重的人，她觉得在大会上被批评和受处罚，很丢她的面子。她是一个好强的人，她进这个酒店，也是从扫地干起的，她不满足仅仅当PA班的主管，她的下一个目标是客房部经理。她上夜大，读工商企业管理专业，为的是将来能出人头地。她不允许自己有差错，她不允许自己给经理留下不好的印象。她对质检报告中的批评很介意，她痛恨手下的清洁工没擦叶子，自责自己的疏忽大意，地板、玻璃橱窗、卫生间，她是检查了一遍又一遍的，唯独没注意到树叶。

"何姨干什么去了，老让你为她顶班？"秀椒的脸实实的。

"她的手受了伤。"

"受伤就请假。"秀椒的口气很生硬，"瞧你们干的活，让我挨批。"她有点瞧不上她们，觉得她们下半辈子只能做清洁工，她有意跟她们保持适当的距离。当清洁工的日子是很难熬的。她当上清洁工后，每天从早到晚扫地、抹橱窗、洗厕所，每天看到享受的人流在她眼皮底下招摇，不平衡的心理日渐凸现，难道自己这辈子就干这活？她那颗不安分的心躁动起来，她越努力工作，对这份工作的厌恶感就越严重。想象放大了她的痛苦，心里的窒息压得她透不过气来。一天中午，她在大堂扫地，见一位客人边吃水果边把果皮扔在地上，见她跟在后面扫也无动于衷。她扫着扫着，突然有一种冲过去把那客人揍一顿的冲动，扫帚在她手中抖动，她赶紧跑到卫生间，佯装小便，猛掐自己的胳膊、大腿，掐得青一块紫一块的，用疼痛来控制自己的情绪。从此，一有客人当她的面扔垃圾，她就有这种冲动。这种情形令她很难受。内心急于改变工种的急切使她像只饥饿的困兽，时刻寻觅着猎物，最后把目光锁定在客房经理上。客房经理是个三十多岁的已婚男人，她想尽一切办法接近他，昨天刚向他提一个建议，今天又向他报告情况。她的越级报告，很轻易就让客房经理看出她的伎俩。你连怎么讨好男人都不会。客房经理对她说。

她窘迫地低头，眼睛盯着自己的鞋尖。

客房经理走到她跟前，用食指托起她的下巴，认真打量：一张纯朴与野性混杂的脸。说吧，想求我什么事？

我、我、我想换一下工种。她的话音刚落，眼睛就大胆地死死逼视客房经理。客房经理招架不住，忙把目光移到别处。"这事……我会考虑的。"

等待客房经理考虑的期间，她尝遍了时光的煎熬。她的欲望已经被燃烧起来，熊熊的烈焰想彻底扑灭已极其艰难，豁出去的想法在她心里已经占了上风。他要什么就让他要好了，只要能改变目前这种状况。她怀着一种献身的悲壮，再去找客房经理。

客房经理再面对她时，似乎已胸有成竹。天下没有免费的晚餐，只要你答应我干一件事，我就给你换工种。

什么事？

愿意的话，就跟我走。

她跟他到了某宾馆十一楼的一个房间，房间里有一张双人床，一对沙发，茶几上有一盘水果拼盘。客房经理边叫她吃水果边打开电视调频道，最后调出一个咸片，有了些色情的镜头。她第一次见到这些画面，害怕得不敢看。片刻后，才眯着眼偷偷看。

看见了吧，我要你像那女人一样……客房经理边说边脱衣服。

我……不懂……她浑身哆嗦。

我教你就懂了。客房经理赤裸着走向她，剥开她的衣服。

两个月后，PA班的主管辞职，她被升为主管。

……

你看看，这叶子又有灰尘了，你用抹布把灰尘擦了。她命令。拥有权力和支配别人的快感又在她心里荡漾。香兰抬眼瞟一下她，拿着抹布小心地擦叶子。

秀椒去寝室找何姨，见何姨的身子懒洋洋地倚在床头，手腕上裹着绷带，满腹心事的样子。何姨，不想干就提出辞职好了，别占着位置又不安心干。秀椒厉声道。她知道她是注定要与何姨水火不容的，何姨太像一个人了，以至她一见到何姨就情不自禁，身体上好斗的部位都做出了冲撞的姿势。

我什么时候说不想干了？你没见我的手受伤了吧？何姨莫名其妙地被秀椒吼，心里不服气。

你最近隔三岔五地就受伤，老让香兰顶班。

那是我跟香兰之间的事，只要不影响工作就行，你管得着吗？何姨觉得秀椒是故意找茬，本来心里就烦，现在更是火上浇油了，口气里都是火。"什么东西。"她咕嘟。

"你说什么？"见何姨敢跟自己顶撞，秀椒的火气也升了级。

"我说你是什么东西。"何姨大声喊起来。

秀椒上前，右手一把揪住何姨的衣领，左手举起，正要扫过去，何姨更是挺起胸贴近秀椒。"你打呀，我看你今天敢动我一根汗毛。"何姨的大嗓门在屋里嘹亮地响着。秀椒被何姨的声音震住了，她怕事闹大了，不好收场，就松开手，隐忍了下来。

"你辞职吧。"

"不。"何姨态度的坚决，让秀椒一时无话，她的手举起来要扇在何姨的脸上时，她的心咯噔一下，一种无形的力量使手定格在空中，她第一次那么贴近何姨的脸，这张脸跟她的母亲那么相像。自童年就积累起来的粗暴、压抑而又沉重的生活，沉积得太多，压得她喘不过气。她出生在一个贫穷的山区，母亲生下三个姐姐后，才生下她，在家里她最小却没有像平常人家那样，最小的最受宠爱，而是最讨嫌，因为没有男丁，父母一心想要个男孩。父亲就是见她又是女孩后，觉得失望，才开始酗酒的。父亲经常因没钱买酒而打母亲，母亲一挨打，就对她没好脸色，动不动就训她、罚她，挨打挨冻挨饿是常有的事。记得那一天，她在灶旁不小心使一个鸡蛋掉地，黏滑滑的蛋清蛋黄溅在她脚上。母亲愤怒，从灶里抽出一根火棍，往她左手腕一烫，吱的一声，她痛得全身冒冷汗，满地打滚……那一刻，母亲在她心目中是一个恶魔，所有温情的东西都离她而去，她的童年生活也被扯得支离破碎。时至今日，每每她抚摸腕上的疤痕忆起那一幕，她都浑身战栗，泪流满面，她甚至闻到火烧皮肉的焦味。现在一有机会，童年所受的苦难就从潜意识里一点一点地向酷似她母亲的何姨释放出来。她心底痛苦地呻吟着。

不辞职，你明天就上早班。半晌，秀椒恼怒地扔下这句话，扬长而去。

我呸，不就是个主管么，整天阴着脸对我们指手画脚的，一副天下人都欠你的样子。何姨对秀椒的成见更深了。不行，万一我被炒了，吃什么呀？我必须出去挣钱。何姨坐起来，从床底下找出被冷落了一段时间的木箱。她决定晚上出去擦皮鞋。

看见玉椰带着孩子挤在寝室里，香兰心里不是滋味，仔细打听，知道玉椰的遭遇，很为玉椰抱不平，联想到自己的境况，有了种同病相怜的感觉。自从那女人见过她后，丈夫一直没回家，也没跟她照过面，有关他的信息却点点滴滴地从同学、朋友、亲戚那里源源不断地传来，形成一个完整的故事：那女人是在他自办公司时认识的。那时，那女人刚从内地到海口找工作，经别人介绍，到他的公司应聘，他没有录用她，却和她有了来往，在她最困难的时候帮了她，并借给几万元起本做租书生意，两人一来二去的，就有了些感情。那女人为报答他，显得更主动、更风情万种。一向在高高在上的妻子面前规规矩矩的他半推半就地尝到了偷情的乐趣，那种又紧张又缠绵又有快感的感觉，很刺激他，慢慢回味，真是妙不可言。他们之间的相处，变成他不可缺少的生活的一部分。这期间，那女人的生意从出租书到卖书、卖文具，生意红火。而他的公司却因经营不善而关门。找不到工作，没钱交回家，自己的温饱不保，他索性就住进那女人的家。那女人一心想跟他结婚，对他百般服侍，供他吃供他穿，他觉得这样过下去也没什么不好。那女人要他离婚，跟自己结婚，他也不反对。香兰听到这些的时候，心里翻江倒海，他们之间的交往听起来很美好但却是建立在她的痛苦之上的。那女人找她后，气愤的时候，她想出不止一百个对付那女人的办法，她甚至要拿起刀片去划那女人的脸，或是去咬那女人的耳朵、鼻子及舌头，以此来捍卫她和丈夫之间的感情。现在看来，她和丈夫之间的感情从根子里就烂掉了，她已经不需要去捍卫什么了。道德是什么？道德是人性的自我立法，而不是他律。他承担不起这份责任，要逃避这份责任，别人是无能为力的。看透了这一点，她对此做了冷处理，让时间慢慢来消磨她的痛苦。她一点一点地审视丈夫，她从心里瞧不起他，一个男人靠吃软饭过活，是多么悲哀。她为自己有这样的丈夫感到悲哀。一个人不怕跌倒，就怕跌倒了爬不起来。她也为自己感到悲哀，回想起来，结婚多年，自己从来不曾走进丈夫的内心。走不进他的内心，就无法在他的心中占有一席之地，他们的生活就似雁过无痕，除了儿子之外。这样想来，这么多年她是在跟一个陌生人在一起生活，承认这一点，等于否定了以往的生活，这比体验过的各种情绪更致命。渐渐，她对丈夫从失望到憎恨，她甚至害怕再见到他。

你带孩子到我家住吧。香兰对玉椰说。

玉椰很意外。

我那里宽，空着也是空着。

那你家人……

儿子周末才回，他这段时间不在。你来正好与我作伴。香兰说，见玉椰举棋不定，又补充：你不为自己着想，也要为孩子着想。

一提起孩子，玉椰的心隐隐地痛。

先这么定着，等你找到更合适的地方再搬走。香兰拍板。当天，玉椰母子就搬到香兰家住下。这两位感情有创伤的女人住在一起，知道对方的境况，有了共同的话题，相互理解，相互安慰，相互鼓励，日子虽苦，精神却日渐振作，心情也日渐开朗起来。

一场突如其来的"非典"，让所有的人都措手不及。因酒店不能接旅游团队，客人很少，酒店决定给三分之一的员工放长假，放假期间，只发一百五十元生活费。PA班有一人要放长假。何姨、玉椰、香兰心里都不安，她们都需要这份工作。等待公布放长假的期间，感觉时间是很漫长很难熬的。何姨觉得自己跟秀椒的关系不好，放长假的可能是自己。从知道这消息起，她一直在想放长假期间，她该干什么。受"非典"影响，人们尽量少去公共场所，她擦皮鞋的那几个老顾客也不露面了。现在，只剩下接送孩子上学这活了。放长假了，接送孩子的活，由她一人干就足够了。她在考虑要不要向玉椰开这个口。见香兰让玉椰母子住进自己的家，她很感动，自己要是有能力，也应该帮帮她。

何姨从公布放长假人员的名单上，看到自己的名字时，虽不觉得意外，但心里还是把秀椒狠狠地咒骂一通：这个遭天杀的，该是上辈子欠她的，这辈子才莫名其妙地成了冤家，处处与自己作对。我不相信，不在酒店干，我就会饿死。她心里窝着一股气。明知道晚上没多少人外出，她还是提着木箱子，出去找活。路过一单位门口，见两位衣着破旧的女人在垃圾桶前你推我搡，她驻足。"这两桶垃圾是我先来拣的，你不能在这儿拣。"高个子女人说。"那桶上又没写你的名字，怎么说是你的。"矮个子女人不服气。"那我不管。"高个子女人用力一推，矮个子女人跌坐在地。何姨见状，上去拉她，劝道："垃圾桶多的是，这里不让拣，咱去别处拣。"她见斗不过那女人，也就挑起桶，跟着何姨，边聊边走。聊的过程中，何姨知道，她们以捡垃圾过活，即把别人扔掉的剩饭剩菜拣到桶里，卖给养猪场，一桶三块钱。原来捡垃圾也可以挣钱！何姨心头一亮，垃圾哪个住宅区没有？何姨花一块钱买一个熟玉米给矮个子女人，让她仔细介绍这些饭菜泔水怎么卖后，当即决定沿街一个单位一个单位找，看看哪个垃圾桶还没有人分拣，她就来干。

玉椰知道何姨放长假，紧揪着的心松了下来，接着，又为何姨担心起来。香兰让自己和儿子住进她的家，让她很感动，觉得人与人之间的关怀是最滋润人心最给人长精神的，它比任何的补品都顶用。何姨放长假，如果找不到事做，生活会更加困难。玉椰想把接送孩子上学这活让她一个人做。玉椰三番五次到寝室找她，都不在，玉椰焦急起来，生怕她出什么事。玉椰不知道自己为何对何姨这么牵肠挂肚，她与何姨的关系不见得很好。那香兰呢，不也是与自己非亲非故？想到这，就更坚定了她找到何姨的决心。何姨好像故意躲她似的，一连几天，何姨一走，她就到，或是她一走，何姨就回。找次数多了，何姨才让人给她捎口信，说她找到工作了，接送孩子的活让她继续干。

何姨是一个生存能力很强的人，她总是很快就找到工作。玉椰对香兰感慨。

天道酬勤啊。香兰附和。因为"非典"，心情才开朗几天的她，又有点郁闷起来。

下班之后，香兰不急于回家，毫无目的地沿街行走。这个城市正进行卫生大扫除，空气中，弥漫着消毒水的气味。街上行人稀少，SARS这个还不为人类所知的病毒，害得人心惶惶。可见，人其实是很脆弱的，很恐惧死亡的。未来是不可知的，你根本就无法预知什么时候会发生什么事。比如十年前，你绝不会想到自己会是今天这个样子。这样想，她悲观起来。她决定到学校看看儿子。去公交站时路过一住宅小区，她往里扫一眼，见小区的垃圾桶前，一个女人的身影很眼熟。她停下脚步。是何姨？她不敢肯定，遂过去，只见那女人戴着一个大口罩，双手套着塑料手套，坐在一只生满锈的空铁罐上分拣垃圾，拣到的饭菜扔到左边的铁桶里，纸片、塑料瓶子扔到右边的纤维袋里，饭菜的馊味夹杂着各种异味直刺鼻孔。她用手捂着鼻子嘴巴。"何姨。"她小声叫。那女人抬头。她一看，果真是何姨。

你怎么在这儿？何姨奇怪。

我路过。这就是你找到的工作？

是啊。何姨一五一十地把怎么干分拣垃圾的过程告诉给香兰。现在不是"非典"时期吗？都注意环境卫生了，我来这儿干，小区巴不得呢。何姨很乐观很坦然的样子。

香兰突然很敬佩何姨。

我正要找你。何姨一本正经。

什么事？

就是接送孩子那份活，我在这儿干，不巧被那家长撞见了，不让我干了，不知你……想起香兰曾让自己说是她的阿姨，何姨不好意思往下说了。

连捡垃圾都竞争，这个社会已经全方位地竞争，自己不以竞争的心态去谋生，生存将会很困难的。悲观有什么用，生活不也得过下去。过好每一天，那才是最要紧的。香兰身心震撼。说："接送孩子的活，我干！"

"那你赶快去找那家长。"

"好的。"香兰放弃了去看儿子的打算，立即去找同学阿梅的妹妹。

阿梅的妹妹并不认识香兰，当年的局长千金根本就不屑于跟阿梅交往，更别说认识她家人了。

"我是何姨介绍来的。其实我还干过几天。"香兰介绍自己的时候，各种滋味涌上心头。

"有印象。"阿梅的妹妹仔细打量香兰：她虽然有点憔悴，眉宇间透着忧伤，但风度、气质还在。"是下了岗？"阿梅的妹妹问得小心翼翼。

"是。我现在需要这份工作。"香兰觉得有无数支小针从各个方位在刺自己，眼光在屋里游离，片刻，她鼓起勇气，把目光定格在阿梅妹妹的脸上。"我跟你姐是中学同学。"

"是吗？"阿梅的妹妹热情起来，忙给她端茶倒水。

香兰长长地吐了一口气。她终于越过了一道心理障碍，自己战胜自己。她坚信从今往后，自己不管遇到什么，都没有跨不过的坎。

"非典"疫情终于被控制住了，警报解除后，何姨被通知回酒店上班。PA班的女人相聚在一起，都觉得有幸，海口市是无疫区，有了这有惊无险的经历后，更觉得生命的可贵，更珍惜生活的每一天。何姨捡垃圾的收入比在酒店干的工资高，但她更愿回酒店干。"酒店包吃包住，更主要的是我舍不得离开你们；捡垃圾嘛，算兼职吧。"这是何姨的原话。

玉椰的男人又出岛打工去了，捎来口信让她母子俩回去住，她拒绝了。她一直幻想那男人能接纳她，让她靠一靠，让儿子有一个完整的家。她甚至准备为儿子牺牲自己的一切，包括自己的感情生活。现在想来，她从来都是自己靠自己，她也有权力靠自己的努力去追求幸福生活。她决定跟那男人彻底断绝关系，重新去寻找自己的感情生活。想开了，心里就豁然了，并开始考虑是否有男人能走入她的生活，如果有，条件是必须能接纳她的儿子。

香兰还在等待王明清的出现，只要他亲自把离婚协议放在她面前，她就毫不犹豫地在上面签名。

秀椒的外表看起来还是那么冰冷，内心却发生了很大的变化，是"非典"期间的一次感冒发烧让她改变的。那天一早，起床后，她觉得头有些沉，摸摸额头，有些烫。她照常去上班，走到酒店的门口，见门口一员工正拿着一红外线测温仪，对进入酒店的每一个人测体温。她下意识地摸一下额头，比刚才还烫。如果被测出是发烧，就会被送到医院检查，甚至被隔离。她害怕了，赶紧往回走。回到家，一头倒在床上，对"非典"、对检查、对隔离的种种顾虑，使她的心理负担很重。她不敢跟酒店请病假，不敢出去买药，午饭也不吃，体温一点一点地增高，喉咙干渴，头痛欲裂，身体越来越难受。孤独就像空气一样，绕着她，她想起了家人，想起了母亲。母亲也是个女人，她每天都像牛像马一样劳作着。她知道自己心底里不是真恨母亲，而是恨母亲的暴力，而母亲的暴力是父亲与世俗的偏见造成的，在那儿个偏僻的传统的男权统治的山寨，没有生男孩传宗接代，该受何等的歧视啊！暴力是母亲与歧视之间平衡的砝码……下午，客房部经理有急事找不着秀椒，大发脾气。玉椰想偷偷去找她，刚出酒店，遇见拿着两个拣来的玩具准备到邮局的何姨。"快，快去找主管。"秀椒对何姨说。

找谁？何姨没听清。

秀椒。

找天下所有的人我都替你找，唯她不行。

哎呀，我没时间跟你说了，快去吧。玉椰朝何姨喊，火烧火燎地走了。

何姨不理，继续往前走，走了几步，又停下，她少见玉椰这么焦急。找谁不好，找那个遭天杀的。何姨自言自语，极不情愿地转过身，朝秀椒家走去。到了秀椒家，才知道她病在床上。何姨和她的目光在空中相撞时，何姨原本杀气很重的目光刹那间失去了屠杀的对象，她看到的只是一双无助的眼。她最见不得别人难受，她二话不说，拿起风油精，就往秀椒的额头上擦，然后按摩。秀椒抓住何姨的手，第一句话是让何姨帮她请事假，帮她保密。何姨看她病得不轻，动员她到医院看病，她执意不肯。何姨只好去药店给她买治感冒的药。晚饭后，何姨又去看她，见她吃药后，烧没退，劝道："还是到医院打点滴，好得快些。"

"到医院发烧病人就要住院观察了。"她的眼光表达着不安与孤独，此刻，医院比疾病本身更让她恐惧。

观察就观察呗，去检查一下，对症下药，对身体有好处。

不，我不去，我害怕。她全身发抖，身体缩做一团。

有什么好怕的，我陪你去，好不好？何姨像哄小孩一样哄她。她的眼泪一下就涌到了眼眶。她实在太难受了，只好让何姨扶她到医院看病。医生诊断的结果是病毒性感冒。她坐在医院，看着何姨为她挂号、取药、交费时，她思绪万千，人与人之间真的是有一个情字的，人心与人心是可以相互温暖的，这就是那一刻她的真实感受。想想平日对她手下的员工，她心里百般滋味……

断　摸

　　我的名字叫将生，但非将门之子所生，因为这个"将"字不是"将帅"的"将"，而是"麻将"的"将"。"将生"一名，意味着我的出生，是在麻将桌边降生的。据说我出生前的几分钟，我的母亲还在我家的客厅里与人搓麻将。在打了一圈后，她举手要胡时，突然觉得肚子剧痛，下身湿热，肚子里的我正往下沉，母亲哎哟哎哟地叫唤着，还没等别人反应过来，我就已经来到了这个世上。外婆就给我起了这个名字"将生"，即麻将桌边生的意思。外婆以她小学三年级的学历，给我起这么个反映我出生情景的恰当的名字，可见外婆的才智和在我们家地位的显赫。外婆在我们家无上的地位源于她的精明、能干，她是我们家的主宰、我们家的灵魂、我们家真正的顶梁柱。她在我心目中的重要，使我的想象力极其贫乏，我甚至想象不出没有了外婆，我们家会是什么样子。因此，在这儿我不能不专门说说我的外婆。

　　我的外婆名叫琼香，生长在定安县居丁村，生性较野，断断续续上过三年小学，便无心再学。她十五岁那年有戏班巡回演出，住在村里三天，外婆就天天混在戏班里，凭着她俊俏的长相和嘹亮的嗓门，获得了班主的青睐。戏班离开时，她瞒着家人，把几件衣服同时套在身上，随着戏班出发，过上了戏班仔的生活。外婆是第一次离开她的亲人，第一次离开她生活的村庄，她离开时的心情是急切而欢快的，平原的开阔与高远的天空托着她想象的翅膀，外面世界的丰富多彩、自由与自在，都是她想单飞的诱因。她再不出走，就要嫁给父母为她定了亲而她仅见过一面的一个邻村的男人。一想到要嫁给那个干瘦矮个子的男人，走进那间用石头垒起的黑乎乎的房间，她就感到窒息、无望。从小就拥有的不安分在她的思想里活动得更激烈了，出走就是她唯一的出路。她跟随戏班流动在各个村镇之间，她从开始干杂活到学演戏，用了多半年的时间，初上舞台，多是演一些宫娥、小丫鬟等过场之类的角色。真正让别人见识她的演技，是有一晚演出时，演媒婆的演员突然发病，她临时被派上场，没想到那晚她把戏量不轻的媒婆一角演得惟妙惟肖，台下的笑声不断，很让班主大吃一惊：她的声线、外形，扮这类角色，绝了。从此，她被委于重任，成为戏班的骨干。

跟戏班走南闯北，让外婆长了不少见识，也让她的身体迅速地发育成熟，出落成一个大姑娘，前后拱起的部位，透出一股逼人的青春气息，撩拨得戏班里的男人们浑身发痒。班主的儿子家宝是演小生的，浓眉大眼国字脸，是当地公认的美男儿，许多女人看演出，为的是一睹他的风采，他一登台、一亮相，女人们的魂都被他勾走了。演出完毕，他在台后卸装，女人们都围着他暗送秋波，偷塞信物，使在一旁卸装的她一边笑这些女人们，一边春心波动。她想，像我们这样三两天换一个楼脚，他能记住你是谁？自己天天同他见面，何不近水楼台先得月？这想法一出，就再也收不回。家宝当时正与演旦角的丽英好，两人台上台下都亲密无间，她几次故意在家宝面前示爱他都视而不见，恼怒之余，更坚定了她得到家宝的决心。

丽英苗条、水灵，说话细声细气，一副深闺小姐样。她出道早，扮相好，演技不错，深得观众喜爱。和家宝一样，是戏班里的台柱子。班主一直希望他们俩好，这对稳定戏班有利。只是丽英跟家宝在一起时，没有像外人看到的那么温柔可爱。她心眼小，爱使小性子，特别是看到别的女人围着家宝或是家宝多看别的女人两眼的时候，她的脸就阴沉沉的，半晌都不说话。班主知道肯定是家宝惹她不高兴了，便找家宝训话。这家宝是个孝子，爹的话不敢违抗，只好加倍地哄，久了，便觉得累。加上戏里戏外都接触，再婀娜多姿再风情万种，也不新鲜了。外婆大胆的挑逗，让家宝意外惊喜，仔细品味，这女子在台上装得老气横秋，台下一脱戏服，原来是这般光鲜，别有一番风味。从此，外婆演戏时的出击，家宝都回应。有了这么一种心照不宣，外婆更自信、更大胆了，在台下也跟家宝眉来眼去，有事没事都家宝长家宝短地叫唤着，亲热得很。家宝没外婆那么明目张胆，只敢在没有旁人时偷摸一下外婆的双乳或拧一下外婆的屁股。而被摸或被拧了的外婆，脸上就会洋溢着幸福，整天都在回味被摸或拧的感觉，然后见谁都抿嘴轻笑，然后就把这当作一种资本，加以利用。比如在戏班里，讲话的声音比以前大了；比如跟丽英说话，态度没以前那么恭敬了；有时，甚至露出了戏班是我们的这样的口气。等别人问我们是谁，外婆才赶紧转移话题。丽英似乎从外婆的言行上察觉到了什么，把家宝寸步不离地盯着，让外婆恨得咬牙切齿。有天晚上，演出过后，趁大家忙于收拾东西之际，外婆偷偷拉一下家宝的手，家宝意会，反把外婆的手紧紧地捏在手心。这一动作被丽英看到了，丽英狠狠地剜家宝一眼，把手中的戏服甩向家宝，急步跑回住处。家宝知道坏事了，追了过去。这一次家宝从夜晚哄到第二天，不管家宝如何赔不是，丽英只说一句话：要么她走，要么我走。晚上的演出眼看就要开场了，丽英就是不让步，急得班主不停地来回走动，不停地搓着双手，让哪个走，他都舍不得。但外婆走，找个演员临时顶替一下，戏还可以演下去；丽英一走，戏班也就垮了。衡量利弊后，班主只好发话，让外婆走人。外婆走之前想见家宝一面，班主不让。琼香姑娘，你就行行好，赶快走吧，你还嫌这里不够乱吗？外婆倒也体谅班主，嘴角一翘，甩一下头，很潇洒地离开了戏班。

离开戏班的外婆没有回家，她带着在戏班挣来的一些钱，只身到海口。当时的海口市，也只是现在一个镇的规模，最高的楼就是位于得胜沙的五层楼。尽管如此，海口对外婆已经很有吸引力了，海口再简陋也比村里那些弯弯曲曲的羊肠小道和用黑石头垒起的低矮的房屋好，她是下定决心要在海口扎根了。她把海口的大街小巷都逛了一遍，正不知往下要干什么的时候，得知海南琼剧团招演员，她便去报名，结果被考取了，成了一名正式的剧团演员。

外婆是怀着一种衣锦还乡的心情回家的，在回家的途中，她还特意拐了一个弯去了戏班的驻地。在海口的这几天，尤其是在晚上，她心里最惦记的依然是家宝，家宝的五官，家宝的姿态，家宝的体温，都那么切肤可亲。她知道，家宝已经扎在她的心里。现在，她最想见的人当然是家宝，就算她不能得到他，也想把一些体己的、熨帖的话告诉他，让他知道自己对他的感情。戏班刚好没有外出演出，见到家宝时，丽英也在旁边，她跟着家宝寸步不离。丽英更瘦了，时不时还听见她干咳的声音。家宝情绪也不高，见到她时，眼里闪烁着亮光。对着这抹亮光，她以欣喜的语调说："我考上海南琼剧团了。""真的？"家宝惊喜的表情里带有羡慕。"你也去考吧，听说还要招人。""我……"家宝看了看旁边的丽英，一脸的无奈。谁都考剧团去了，戏班怎么办？丽英沉着脸，戗了一句。家宝紧闭嘴，不再吭气。

见丽英把家宝控制得那么紧，她把先前想对家宝说的许多话都忍回去，她心里有些难过，又有些失落。"打麻将。"家宝建议。家宝的建议很快就得到响应。她是第一次与家宝同桌打麻将。她坐在家宝对面，多少填补了她的失落。在戏班里，不排戏演戏的时候，日子是过得很无聊的，打麻将是最好打发时间的娱乐之一。她就是在戏班里学会打麻将的。但在此之前，她从没与家宝一起打过。她以一种受宠若惊的心情来抓牌、出牌，每出一次牌，看家宝一眼，这大大超出了来时想的只见家宝一面的心理预期。她从家宝的眼里也看到了他的兴奋，她甚至能感觉到了他心中的波澜。这时候，输与赢有什么关系呢？拥有这些感受，即使输得精光，她心里也像是浸在蜜糖里一样。而坐在她旁边的丽英却很计较每一局的输赢，计较她出牌对自己的影响，结果是越计较越输，越输脾气就越坏，时时把牌摔得跳起来，甚至怀疑别人出牌都是串通好的。看到丽英存心搅局，家宝把牌一推，说不打了。"我也该走了。"外婆起身说。趁别人低头收牌时，她把赢来的钱偷偷塞到家宝的口袋里，然后赶紧告别。这一别，也就意味着外婆的乡村生活永远结束了。

城市生活的新鲜感于外婆没有持续多久，因为海口人的生活总是那么的从容、淡定，没有什么大起大落，也就没有什么激动人心的事发生。加上剧团的驻地在红坎坡一带，从当时的海口的版图来说，算是郊区了，湮没在椰林与草坡下的几排平房，就是剧团人员生活和排练的地方。外婆每天的工作是在名家的指导下练功、吊嗓子、排戏，外出巡回演出时，也是要裹上包袱，在各市县演上一个月左右才回，这跟她在戏班时的生活差别不大，所不同的是，此时的她，在演技上突飞猛进，尤其是她演的媒婆一角，一举手投足，一唱一扭，都会博得满场喝彩，为整场剧增添一些有味的调料。她那下吊的眼角、高大的鼻子、宽阔的嘴巴，一进入媒婆这个角色，就变得那么生动、传神，真是个奇迹；就连那沙哑的声音，在这儿时听，也是恰到好处。在剧团里，她不是主角，但她演的媒婆，已让她享有盛誉，使她多少也有了一点成就感。

集体生活，是酝酿感情和滋长爱情的地方。与外婆同住一房的三位女伴都相继在演出的过程中找到了相好的，唯有外婆还孑然一身。她不是没有机会，她的机会甚至比那几位还多，只是她选择了逃避。她把自己心灵的一隅留给了家宝，她在心中与想象中的家宝对话，她使自己的内心生活丰富而多彩，她的心田因此而得以滋润。被升华了的一厢情愿的想象支撑着她的情感生活，日子过得还算有味道。一眨眼，三年过去，同房的三位女伴陆续结婚，搬出去住，后又陆续进来三位更年轻的。一天，她正在练功，有人喊她，她走出排练厅，简直不敢相信自己的眼睛：是家宝。她站着，不知该做何动作，眼前这位就是她日思夜想地占据自己全部身心的男人，她无数次的想象，无数次的祈祷，都是为了这个男人。"你好吗？"家宝往前走一步。"好，好。"她也往前跨一步，正视家宝。家宝面容憔悴。"你怎么样？"她问。"不好。"家宝身心疲惫的样子。"出了什么事？丽英呢？""她死了。"家宝的声音带有哭腔，"她得了肺痨病。"她心一惊，百感交集，一时说不出话来。片刻，她才出声："走吧，到我那里坐坐。"她带着家宝朝住处走去。家宝丢魂似的跟着她走，像个无家可归的孩子。她心里突然涌动着一股怜爱，她把一杯开水递给家宝后，顺势摸摸他的头发，说，你想哭，就哭出声来吧，这样好受一点。丽英没有了，还有我呢。家宝一听，放下杯子，双手抱住她的腰，把头埋在她的怀里，痛哭起来。她边听家宝哭，边拍家宝的背,心想,他果真像是个孩子。

丽英病逝,家宝萎靡不振,就等于戏班的台柱倒了。班主一看维持不下,索性把戏班解散了。家宝成了无业游民,整天不知道日子该如何打发。消沉了一阵子后,决定到海口走走。

你别急,先找个地方住下,我去打听一下团里招不招人。外婆安慰家宝。

家宝就在中山路的泰昌隆旅店住下,外婆一有空就去陪他。知道剧团暂时不进人后,家宝很失望。外婆极尽女人的温存,偎暖着家宝的身心,家宝对外婆有了依恋。对外婆而言,只要跟家宝在一起,就是最大的幸福了。他们在旅店里包下一间房,整天成双入对,手拉手地从中山路经谷街后,逛到西庙。西庙是当时海口市卖小食较集中的地方,比如九层糕、甜薯乳,或牛腩饭等,好吃又便宜。他们一天换一个口味,把海口的小食尝个遍。饱餐一顿后,就到位于长堤路的钟楼下,呼吸着带有咸腥味的空气,看渔民打鱼,看到夕阳西下,月露云端,好趁着月色贴在一起,任海风从身体上扫过,任皮肤发痒发麻……回到旅店里的房间,弥漫的依然是两位男女的缠绵与切肤的气息,他们的亲密接触,最直接的结果是有了我的母亲。

"哐啷"的一声,打断了我的叙述。我知道,那是外婆开启铁门的声音,她的到来,意味着这一天我们家的喧嚣从此开始。果然,外婆一踏入客厅,电话铃声马上响了起。快点,快点,人都来了,三角(脚)缺一,就差你了。外婆对着话筒叫。外婆放下电话,就有牌友到。"阿二,快倒茶。"外婆唤。阿二就是我的父亲。不用看我也知道他肯定手勤脚快面露笑容小心伺候着牌友。很快,客厅就响起了哗啦啦的搓麻将声。安顿好客厅这一桌后，外婆又出门去招第二桌牌友，这是她每天必干的工作。母亲的卧室里传来一阵桌椅的移动声，她是在挪出空间，为第二桌麻将的开打做准备。如果有第三桌，我就必须挪出房间了。因为我们家是靠这过活的，一桌麻将，每场收水十元。在这儿两房一厅的套间里，最多能摆三桌。见我失去自己的地盘，父母看我的目光里就有了些歉疚。外婆就会塞给我两三块钱去买零食。从我的内心来讲，我并不愤恨他们；相反，我喜欢听到麻将声。我从娘胎里就听到这种声音，我把它当作是一种特殊节奏的打击乐，它使我在做功课时觉得不是我一个人在干活，而是许多人在干活；它还使我思维活跃、灵感泉涌、想象丰富。我没有把我的喜悦表现出来。我同样喜欢父母看我时流露出的歉疚；喜欢外婆因歉疚而给我的零花钱。我从房间移到阳台。我不想到外面去，是不想看到院子里的人们对我的怜悯：那些自以为行为高尚的大人们会说真可怜，生活在这儿样的家庭环境里！而那些自以为生活在家境优越的孩子们会说，真是太不幸了，怎么活呀？而我，却不屑于面对他们。我不屑于他们优雅的生活背后的孤独与内心生活的贫乏。因为我，就是在此起彼伏的哗啦啦的麻将声中，自由自在地开始我的内心生活的，想象与联想就是这种生活的翅膀，它们能超越时空，使我的心飞翔，使我的生活有内容，这生活里的一部分，就有我的家族、我的外婆。

外婆和家宝，在泰昌隆一住就两个月，家宝更是乐不思蜀，直到他父亲亲自到海口来找他，告诉他县剧团招人，他才恋恋不舍地与外婆道别，回去应考。

家宝一走，外婆的日子空荡荡起来。识字不多的她，拿起纸笔，给家宝写信。家宝的第一封信是从县剧团寄来的，他已经被县剧团考取。而这时的外婆，发现自己已有身孕，就迫不及待地赶往县城，再次跟家宝如胶似漆，喜定婚期。

婚礼是在家宝的老家举行的。毕竟家宝的父亲曾是班主，还有些家底，婚礼办得热闹而体面。娘家人见新郎英俊，又是吃皇粮的，都觉得外婆有福气，当然也就不再计较从前，欢天喜地地接受眼前的一切。外婆与家宝牵着手，走进洞房的那一刻，幸福感溢满全身心，她觉得她这辈子最想要的东西，她得到了！那时的她绝没有想到，真正的苦日子正是从那一天以后开始的。

度完蜜月后，外婆回到海口，跟家宝，不，应该称外公了，过着两地分居的生活。两人都是演员，都常常外出演出，见上一面不容易。外婆的肚子日渐隆起，行动日渐笨重。家宝已是她的丈夫，这样的日子靠想象已不能维持，这时，外婆脑里所想的，是肚子里的孩子，他是他们的结晶，他在她肚子里的一举一动，她都写下来，寄给外公。而外公从不给她回信，她也不奢望他回信，兴许他正在乡下演出呢，她总是这样想。她终于不能随团演出了，留在机关里干一些杂事，可按法定的时间休息，到周末那天，她不通知外公，就直去定城。外公那天刚好没演出，见她来，有点意外。"来也不事先说一声，我好去接你。""怎么说呀，拍电报？打电话？那多贵呀！"她娇嗔道。"你没演出，也不去看我。我正想去，你就来了。口是心非。"两人温存了一阵子。她见外公气色很好，天庭饱满，风度、气质比以前更吸引人了。"最近演出多吗？""多。""你演出，是不是有很多的女戏迷围着你转呀？""这，你还不知道？"外公反问，一脸的得意。"有就好，说明你很受欢迎。"她淡淡地说，话锋一转，来，摸摸一下你的孩子吧。外公就双手摸着她的肚皮，然后耳朵紧贴肚皮，听里面的动静。她若有所思地盯着外公，感觉到他对自己的热情不似从前了。"以后，我每个周末都可以来。""你别……还是我去看你，只要不演出。"外公急忙说。她抿嘴轻笑，心想："家宝还是我的家宝，我的丈夫。"星期天下午，外公送她到车站，她与家宝依依道别，很满足地坐上了回海口的班车。

外公没有像他说的那样去看外婆，也不让外婆往定城跑。当然了，不去与不让来，都有很好的理由：他总在外演出。外婆不高兴，但也没办法，谁叫你嫁给演员啦，还是个主要演员。她心里在埋怨，脸上却露出自豪。有一个周末，她实在熬不住了，正收拾东西去定城，外公拍来电报了，说是剧团要到海口演出。她心喜，赶紧把屋里收拾得一尘不染，蚊帐、被套、枕套、床单都洗一遍，并且逢人就说我的那位要来海口演出了！那盼望的神态绝不亚于小孩子盼过年。

外公在海口戏院演出的第一晚，外婆早早就候在剧场，虽然她的身材已经走了样，她还是精心地把头发梳得亮一些，把脸弄得白一些、嘴唇弄得红润一些，再加上神态的欢喜，倒也有几分的雍容与祥和。她怀有一种幸福感看着舞台掀开那红色的平绒帘幕，她已有好久没看外公的演出了，她也是他的戏迷，她一直仰慕他，尤其是他在舞台上扮演小生的时候。外公亮相了，他的一举手一投足，他唱的一腔一板，是那么的深入她的心，他情绪的起伏，她也跟着波动，她的感情全被他调动起来，投入到剧情里。女主角也不错，扮相靓，声情并茂，尤其是他们重逢的场面，她看得热泪盈眶，她擦拭眼泪，慢慢地品着他们的拥抱，才发觉不对劲来：他们拥抱的时间过长、过紧，一般人看不出，她却深知其间的秘密。她也曾经在舞台上与外公这样调情过，她熟悉外公的这个姿态，她甚至能感觉到他的手掐住她时的疼痛，只有短短的几十秒的时间，你就能感受到他的力量、他的激情，让你难以忘怀，让你心怀期待，心甘情愿地一辈子被他征服，这就是她的当初。现在，她这么快就被这个女人所代替。她眼盯着舞台，脑里却乱了套，心里翻滚的是愤恨，根本不知道台上演的是什么。女主角出场了，她死盯着她，觉得她长相有点像丽英，身材与丽英差不多，但比丽英丰满，就连唱腔也有丽英的意味，怪不得外公对她动了心思。她从节目单，知道了演女主角的演员，名叫刘莉。演出结束后，她极力控制自己的情绪，到后台去看外公卸装，不动声色地跟外公说这说那，时不时地眼瞟一下刘莉，发现卸了装的女刘莉跟丽英长得不太像，她的五官比丽英更精致、更有灵气。刘莉的目光也在她和外公之间扫来扫去，一脸的傲慢。她有点紧张，全身发汗、发虚，身子一晃，靠在外公的身上。你怎么啦？这里太热了。外公帮她擦擦汗。这里空气不好，你到外面等，我很快就好。外公扶她出去。丈夫转身回去，她心里突然百感交集，眼泪涌了出来。他太招女人喜爱了，就算他想阻挡，也阻挡不了多久。他是个男人啊！她开始动心思怎么活动，把外公调到海口来。

明晚的演出，还有好票吗？她问外公。

好像没有了吧。

你去问问，怎么也要弄出几张来。

为什么？

我要请我们团长来看你演出。

外公赶紧去弄。接过外公递来的几张票，她一手搂着他的腰，边情意绵绵地依偎着他往回走，边在心里发誓：我决不会让别的女人把你从我身边夺走的。

团长等几位领导看外公的表演后，都很满意。只可惜目前没有编制，等一段时间再说吧。团长说。

那就先当编外人员。外婆很焦急。

他愿意吗？团长问。

我去问他。外婆一问，外公不同意，说，要调，就要当正式人员调。

不是暂时没编制吗？

那就等有编制再调。听外公的口气，一点商量的余地都没有。

外婆心里更不舒服了。你当然不急着来了，她又年轻又漂亮。

你说谁？

你心里明白。外婆的声音大了起来，藏在心底的猜疑、不满和委屈，如火山爆发，喷射汹涌。你以为我不知道么，等编制只不过是一个借口，你是舍不得离开那小妖精。

莫名其妙。外公往外走。

你别走。外婆上去拉住外公的胳膊。这个家你一共待过多少个小时啊？只离开一会剧团就这么神不守舍，急于去会那小妖精吧？够痴情的。

你闭嘴。外公一甩手，外婆一个趔趄，肚子撞在椅背上，喊了哎哟一声。外公回头，想扶一把。外婆推开他的手，扶着椅子，站稳脚跟，边揉着肚子边数落：你好狠心哦，对肚子里的孩子都敢动手。他要有什么不对劲，我跟你没完。外公一听外婆又开骂，扭头就走，走了好远，还听到外婆带有哭腔的叫喊：你走吧走吧，走了就别再回来。

外公在随后的演出期间，果然没回家住。

外婆哭过、喊过、恨过后，收起了眼泪，往红肿的眼皮上了些眼影，把自己收拾得整齐、鲜亮后，就去看外公演出。她觉得自己是前辈子欠他的，所以这辈子才这么死皮赖脸地去爱他，缠着他，没有他就活得日子不像日子、人不像人。她站在舞台的一角落里，悄悄地远远地看着他，她觉得自己比以往的任何时候都更想全身心地拥有他。她发誓决不放弃把他调来海口的努力，她发誓的时候，上下牙齿用力过度，牙龈都发了酸，可见她的决心之大。往回走时，她抚摸着肚子，说：宝贝，你快点出来吧，我就不信你拴不住你爸爸的心。她把希望寄托在未出世的孩子身上。

　　孩子没辜负外婆的期望，如期而至。那天一早，吃完早餐后，外婆的肚子就开始疼，因是在预产期内，外公就请了假，候在家里，听外婆捂着肚子哎哟哎哟叫，就赶快把她送到市保健院。外婆杀猪般地号几声后，孩子就出来了，是个女孩。当护士托着孩子给她看时，她从头到脚扫了一眼，当目光停留在孩子的脚上时，她惊住了，孩子的左脚比右脚小，且脚掌朝下弯曲。孩子，我的孩子！她撕心裂肺地叫，放声大哭。护士赶紧把孩子抱走。"都是你，都是你，甩我撞到椅背上。"她把气都撒在外公身上。"都怪我，都怪我啊！"外公满脸的内疚。从此，不管外公的那一甩与孩子的脚是否有直接的联系，她都把孩子左脚的畸形怪罪于外公，而此时的外公，总是要自责一番。孩子的脚，是他们之间共同的隐痛。孩子的脚，也成了外婆对付外公的有力武器，是外公对外婆有所畏惧的一个筹码。女儿的脚残了，你又离得那么远，我一个人照顾不来，你说怎么办吧？

　　外公嗫嚅：那我就过来吧。

　　当编外人员？

　　无所谓了。外公重重地吐出一口气。

　　外公就到海南琼剧团当了一名编外演员。

女儿日渐长大，脚的残疾也就越来越明显，脚趾向下，脚背拱起，左腿比右腿要短一些。毫无疑问，将来走路，肯定是一拐一拐的。孩子的脚，又成了外婆跟领导诉苦的缘由，她要求领导考虑她家里的实际困难，把老公正式调入剧团，使他安心演出，为剧团做出更大的贡献。她说时，表情丰富，感情真挚，眼泪、鼻涕一起涌出，话也入情入理，听得领导们都为之动容，无不对她流露出同情。不久，外公就成为海南琼剧团的一名正式演员。

"笃。"麻将牌拍在桌子上，很响的一声，像是古代公堂上拍的惊堂木，我的心都快被拍得跳出来了。我的思绪就这样经常地被打断，但还必须待在阳台里，还不能流露出任何的不快，它会影响我们家的客源，毕竟，他们是我们家的衣食父母啊！外婆为了拉他们来我们家，花费了不少的口水，赔了不少的笑脸，献了不少的殷勤，那也是一种劳动啊！别人都说我内向、早熟。少年老成的我，功课之外，最喜欢的，就是文学了，这就是我为什么可以总待在阳台里的原因了。我不断地看一本又一本的小说，我为小说里的人物的命运担忧、受怕；为他们的欢乐兴奋不已，我经常跟他们对话，自言自语。"笃。"又一只牌拍在桌子上，这一声，比刚才那声还响，出这牌的女人显然是真生了气，嘴皮动得很快，脖子上的筋迅速膨胀，我费了很大的劲才听清她是在骂另一个女人输了，却故意有钱不给钱，而是欠。另一女人也在竭力为自己的欠钱辩护，俩女人一来二去，一声比一声高，它使我身上的细胞变得积极、活跃，尖厉的女高音总比物体间单调的硬邦邦的没完没了的碰撞声更有意思些，它更使我对这些打麻将的人产生了兴趣。我知道，那位尖叫的女人是外号叫黄毛的我同班女同学的妈妈。

黄毛爸爸是经理，家里仿佛有花不完的钱。黄毛在我们班的女生里，总领导着时尚新潮流，每天都惹我多看她几眼。她们家有保姆，她妈妈不用搞家务，大把的时间用在打麻将上，连妆也没化，来我们家，总是穿着睡衣，这很让我不齿，尽管她的睡衣是名贵的那种。我想，母亲要是穿上那样的睡衣，该是何等的娇媚，可惜我们家买不起。都说穷人的孩子早当家，我是穷人家的孩子，但我不当家，我们家的真正当家人是我外婆，外婆在我们家劳苦功高。

外婆那脚有残疾的女儿，就是我的母亲。母亲开始牙牙学语了，也能够站立了，就是不能走路。这时，比母亲的脚更可怕的事情发生了。有一天，外婆去买菜时，发现街上突然热闹了起来，先是一些戴着红袖章的学生，后又有工人，号称这个派那个派的，在街上对骂起来，后来还动了手。外婆心慌慌的，随便买了两把青菜，就往家里赶。回到单位，单位也热闹起来，剧团里的几位名演员全是"牛鬼蛇神"，被揪了出来。她无心观看，一路小跑回家，见外公也戴上高帽，脖子上挂着一块牌，正被人从家里拉出来。"出什么事了？他犯什么法了？"外婆拦着带人的头目问，那人指着吊在外公脖子上的牌说你自己看。外婆一看，上面写着：大流氓王家宝。"不可能，他不可能干这种事。"外婆大叫。有人贴他的大字报，说他与破鞋乱搞。外婆到办公室前看大字报，并没有说外公的，后经打听，才知道是县剧团贴李莉的大字报，揭发她与外公的男女作风不正，外公就被牵了出来。外公和团里的几名"牛鬼蛇神"被拉去游街后，又在排练场被批斗。外公在台上被人扭住双手往后抬，同时揪住头发把他的头压低，然后在他的膝弯上踢了一脚，把他踢跪在地上，"扑"的一声，膝盖与地的碰撞，膝盖渗出血来。批斗他的人宣读他的罪行后，让他老实交代与破鞋乱搞男女关系的经过。他不吭声，就引来一阵呼口号声，他的头发又被揪起，头又被按下去，头被按下去的那一刹那，他的眼扫一下台下，见外婆在场，他更羞愧交加，他坚决不吭声，他想守住自己最后的尊严。他做梦也没想到自己会有这么一天。他从小就是家里的宝贝，登台演出后，一直受到女人们的宠爱，他一直生活在掌声与赞誉中。他从来就与政治无关、与官场无关，他的生活就是演戏，再加那么一点点的男女私情。他承认自己人性中的软弱、不完美，尤其是在对女人，他是经不起诱惑的，从丽英、外婆到刘莉，他的感情始终是游离的。他没有很好地把握住自己，自己是自私的、享乐的、渴望被女人爱的。他从没有这么认真地在内心深处解剖自己，但从内心深处解剖到公开的认罪，是有很大的距离的。这种道德的谴责应该是由女人来说的，而不是这样的场合，这个口，他是不能开的。体罚与精神屈辱的双重压迫，前所未有，只要外婆在场，他就咬紧牙关。由于他的顽固，被剃了阴阳头，天天被批斗。一连几天，体罚也越来越重，使站在台下的外婆心如刀绞， 那是她的丈夫家宝呀，他一直是她的骄傲，怎么一下子就变成了这样？她无法接受这样的现实。

外公不交代罪行，被单独关在一间小屋里。这晚，外婆偷偷到小屋看他。"你就说了吧，我就当没听见。"

"我对不起你。"外公说了这句话后，表情如释重负。

说了吧，啊！只要不挨打就行。

我实在受不了了，这种日子生不如死啊！

你不能这样想，你要想想我和女儿。算我求你了，说了就可以回家了。

回家又怎么样？这样活着又有什么意思？外公的表情冷漠起来。

家里有我和女儿。我是爱你的，没有你，我活不下去。

我……真的对不起你和女儿。

外婆离开后不久，外公就在小屋里上吊自杀了。

第二天一早，有人来叫外婆去收尸，外婆抱着外公的尸体，大哭大叫：我恨你，我的话就这么没分量，这么留不住你，我恨死你了！从此，外婆就不再称外公的姓名，而是称为"那死鬼"了。

外公的自杀，对外婆是个毁灭性的打击，外婆一夜之间就白了不少头发，目光呆滞，表情麻木，脸上的鱼尾纹、抬头纹明显了起来，苍老只在一夜间。以往的日子里，外公是她的整个世界，她对外公的柔情似水或凶巴巴，全都是为了把外公留在自己的身边，他在她的身边，她就能够包容他的一切，包括他对自己的不忠。她在外公面前显露的贱气与为取悦外公而做的种种努力，证明她爱外公已经进入了骨髓。外公走了，她的精气也被抽走了，剩下的是一副空空的躯壳，但她必须活下去，那就是为了我母亲。"那死鬼就这样毁了我。"常常，坐在空荡荡的双人床上，她自言自语。后来，麻将可以进入家庭的时候，麻将才取代了外公。

三桌麻将一起洗牌，"哗哗哗"的声响排山倒海似的，颇为雄壮。间或还听到外婆的声音。外婆几乎是场场不漏，仿佛她的后半生是为麻将而生的。她在搓麻将的时候，是最兴高采烈、最忘我的时候。你只要一看她的表情就感觉到了：她眯着的双眼，眼尾是向上翘的；抿着的双唇，嘴角也是向上翘着的，腮边还有个椭圆形的又大又深的酒窝。双手伸在麻将牌间搓动，姿势优美，很像是一个洗东西的舞蹈动作。她对麻将牌的熟悉，有如庖丁解牛，她抓牌，不用看，只用手摸，就知道是什么牌了，知道手中的牌时的那种半笑半不笑的神态，就是很胸有成竹了。

外婆迷上麻将，是在恢复演古装戏以后。那时她在海南琼剧界，已有了些名气，这得益于演样板戏。那时候，全国都在演样板戏，样板戏里没有媒婆，就派她演《红灯记》里的李奶奶。她演的李奶奶，一反以往演媒婆时的浮气、嬉闹，把李奶奶演得从容又悲壮，激昂又悲怆，这种悲怆，不是演出来的，而是从骨子里透出来的，是她把生活中发生变故后的体验揉在人物中的体现。她演李奶奶获得的成功，尽管不像男女主角那么耀眼，但也算有了些亮色，也被归入了琼剧表演艺术家，也使她成为入住第一栋套间的那拨人之一。事业有成，又搬进新居，她的感情生活开始受到别人关注，不断有人给她介绍男人，会面时就以打麻将为借口。她很快就迷恋上搓麻将，但与他们的交往最多不超过一个月，她与外公唯一的一次打麻将，历历在目，她至今仍然能体验到当时打麻将时她心中的波澜与外公心中的波澜绞在一起的那种感觉，这感觉是陈年老酒，越久越香。她觉得她对外公的感情是一气呵成的、完整的，自始至终，一如既往，没有人能够破坏她心中这种完美的感觉，他们是始终走不进她的内心的，最简单最直接的是她总拿他们与外公比，左比右比总是比不上外公。外公的形象在她心中岿然不动。那些男人被她逐出视野后，她就搂着母亲的肩膀说，这辈子我只跟你过。母亲这时已上了初中。外公死后，外婆更把她当作心肝宝贝，从不让她受到一丁点的委屈，有时，甚至不惜背上泼妇的骂名。有一次，母亲与住在院子里的一位同学闹矛盾，那同学骂母亲一句瘸子，母亲嗷嗷大哭跑回家诉说。外婆一听，恶狠狠地像只母老虎，冲到那同学家，不问青红皂白，把人家骂得狗血淋头。旁人劝她不要这样，要注意一下自己的名声。"名声算什么？谁欺负我女儿，我就跟他没完。"这时，是外婆最不讲理的时候。外婆就是以一副强悍的姿态筑起一道防护墙，让残疾且失去父爱的母亲感受到在她的庇护下的安全。只有在夜晚，夜深人静之时，外婆才偷偷哭泣。此时的她是脆弱的，是需要男人呵护、依靠的。这时，最好的良药是回忆，回忆她跟外公在一起时的时光，回忆外公身体的气味，回忆外公身体上的每一寸肌肤以及他们间的动作。回忆过后的外婆心情平静，身心幸福，入睡容易。外婆就这样把自己的感情生活吊死在外公这棵树上。

暑假来临了，差不多四十天的时间里，我将在阳台上过。我的内心差不多是欣喜若狂的，我越来越着迷于阅读小说了。这个爱好跟现在时髦的上网、打游戏比，显得不怎么样，可我就是喜欢，尤其是当我看到书中男女主人谈情说爱的时候，我就脸红心跳，就无限向往。我敢肯定，我现在最理想的职业是当图书馆的图书管理员了，有一大把的时间，又管理着这么多书，看起来多过瘾呀！不是有位少年作家叫韩寒吗？没准我也能成为作家，说不定比他还出色。我把一张用尼龙绳结成的网床吊在阳台的两端，写字写累了，我就躺在网床上，晃晃悠悠，这时候，母亲和父亲的故事，就走来了。

母亲其实算得上是个美人，据说她的五官集中了外公和外婆的优点，被归入了漂亮一类。她从小就被外婆细心呵护、保养，肤白肉嫩，这在长年被阳光照射肤色普遍偏黑、毛孔粗大的当地人中，是很出色的，只可惜左脚有了残疾，行走要借助拐杖。十八岁那年，母亲高中毕业了，待业在家，每天除了没头没脑地看小说、翻杂志外，无所事事。

书看多了，是要有些想法的，想法跟现实差距太大的时候，就有了些情绪，脾气就变得刁钻古怪。外婆一看，她总待在家里不是办法，就跟团里的领导好说歹说，终于说动领导，把母亲安排到当年为接收回城知青而办的小卖部当售货员。母亲坐在柜台里面，那张美人头是很扎眼的，不少男人就是冲着母亲的脸去买本不太需要的火柴牙膏什么的，好有机会与母亲搭腔，一说就好几个小时，搞得小卖部只旺人不旺财，搞得领导有意见，同事不满意。母亲只得走出柜台，男人们见她的脚有毛病，一脸的失望，再来时，也还聊几句，时间却不那么长了。十八岁的年龄，是个多梦的、春心萌动的年龄，在她的内心深处，一方面是很希望有男人找她聊天，有男人喜欢她；另一方面，她又是很自卑的，因为她脚的残疾。只是那时的她还年轻，年轻的心是没有承受力、没有沉淀的和易变的，它装不下那么多的烦恼和不快。很快，她就有了好去处：剧团的排练场。母亲到底继承了外公外婆的遗传基因，从小就喜欢琼剧，剧团在海口演出有招待票，她场场都看，演多少场就看多少场，把戏文都背得滚瓜烂熟，女主角的唱腔也模仿得很像那么回事。时常，她白天上班，晚上，剧团有排练，她早早就到排练场的一角，占个好位置，有滋有味地看演员排练，日子过得很充实。看久了，看多了，也看出感情来了，她爱上了那位演男主角的演员振海了。当然，这种爱是偷偷的，在心底的，不可言说的。每次看完排练回到家后，她都兴奋异常，满脑子里都是振海的身影，想摆脱也摆脱不掉，然后是整夜地失眠。第二天起床，眼圈黑黑，呵欠连连。上班时，见振海从小卖部走过，无意间扫了她一眼，她就脸红，眼睛闪亮，心都快蹦出来似的，赶紧将一拔头发，扯一扯衣角，生怕给他留下不好的印象。她坐立不安，似有一团火在体内乱窜，脑里只有一个念头，就是见到振海。下班后，她没有回家，而是到单位食堂，单位里的单身汉一般都在食堂吃饭。她一直等到食堂收摊，也没见振海的身影。她心里空落落的，连往回走的力气都没有了。她体内有两种东西纠缠着：一种是燃烧的爱火，一种是冰冷的落寞情怀。这两种东西的相撞，让她前所未有地感受到了情感煎熬的苦痛。一连几天，她都过得恍恍惚惚。这几天，剧团刚好有演出任务。剧团出发前，她从剧团办公室前的黑板上知道了演员上车的时间，她在他们上车前就搬一张凳子坐在小卖部前，假装在招徕顾客，实是想看振海，没想到却看到了最不该看到的一幕，振海和一名女子打打闹闹地上了车，两人还坐在一起，那女子她也认识，是专演梅香之类的演员。看到他们像恋人一样地在一起，她心里像被虫子咬一样难受。她知道不论自己的脸蛋有多漂亮，皮肉有多白嫩，都是比不过那女子的。她很无助地回到家，呆坐在外公的剧照前，那是张穿着古代小生戏服，化着古装戏小生脸谱的特写镜头，照片里的外公英气逼人。这就是我的父亲吗？母亲的手抚摸着照片。在她的生活中，得到过多的母爱，却从没感受过父爱，或许她得到过父爱，但那时的她不懂，她懂了，却永远也得不到了。这就是她生活中的缺陷，这比她脚的缺陷更令她痛恨。依靠在男人坚实、宽厚的臂膀里，竟成为她的一个梦想。你是我的父亲吗？她又再一次问。你是，为什么要离我而去，让所有有父亲的孩子都可以依靠到的臂膀，于我却是一种奢望？她心里生出一股怨恨，幽幽又绵长。

母亲正处在专为爱情烦恼的年龄。明知道自己配不上振海，明知道振海有女朋友，她还是遏制不住自己对他的想念。有一天，她突然缠住外婆，让外婆去借一套演古装戏旦角穿的戏服，她要化上妆，穿上戏服，去照相。外婆拗不过她，就依了她。借来了戏服，还亲自给她化妆，先白色打底，然后从腮边往上一点点地加红，然后描眉画眼，一张熟悉的脸渐渐显为陌生，变得生动而有意思。照片冲洗出来了，扮相一点也不比剧团里的旦角差，她高兴了好几天，到处找剧团演出的海报，把海报上印有振海穿着戏服的特写镜头剪下来，再把自己的照片跟振海的照片贴在一起。好般配的一对啊！她把它装在一个皮革夹子里，一个人的时候就拿出来看。那阵子剧团不排练，她就对外婆谎称，她吃腻了家里的饭菜，要到食堂去换换口味。在食堂吃饭是能见到振海，但心里更难受了，振海跟女朋友吃饭时也成双入对，形影不离，饭菜票合用，偶尔还有亲热的举动。她在食堂吃饭第六天的时候，竟听到他们说结婚事宜，顿时，她内脏里像有孙悟空在抓心揪肺，从此不去食堂吃饭。振海结婚的那天，外婆喝喜酒去了，她把自己关在卧室里，站在衣柜的镜前，端详镜中自己的身体，已是女人瓜熟蒂落的身体，该有男人来摘采了，可自己愿意被摘采的男人已经去摘采别的女人了，自己不过是个脚有残疾的女人罢了。一时，自卑感如潮水般汹涌而至，命运太不公平了，让她在生活中的欠缺这么多。她趴在床头失声痛哭，这么多天屈憋在心里的单相思，这么多天来囤积而又压抑着的情感重负，都随着泪水流淌出来……一场痛哭后，她的心平静下来，行动上却开始封闭自己，每天除了上下班，她极少外出，也不再去排练场看排练，生活过得沉闷而乏味。当时，外婆正沉溺在麻将桌中，见她整天不是看书就是发呆，就说：你也来玩玩吧。她就站在外婆身后学着打。这一学，就再也停不下来了。她和外婆不仅仅是母女，还是铁杆的麻友。我们家，也成了打麻将的聚集地。

父亲第一次出现在外婆家里的时候，是作为牌友出现的。父亲的名字叫符阿三，在家里排行第三，他的父亲就给他起名为阿三，可见我的爷爷是个目不识丁的老实巴交的农民，跟外婆为我起的有意味的名字相比，是不可同日而言的。阿三是剧团里的临时工，主要是搞舞台装置。阿三本来是考演员的，他有一张五官端正的脸，一副好身架，无奈他一开口唱戏，就不入腔不入调，让听到的人起鸡皮疙瘩，更让人痛苦的是，他对此浑然不知，还喜欢唱得很。阿三考剧团前，一直是手捏锄头，肩挑担子，在田间地头忙碌的地道农民。当时剧团正需要一个能搬运箱子，能拉大幕的人，团长瞧他一脸的憨厚，一身的力气，倒是个合适的人选，就问他愿不愿意干，他就连连说愿意，就干了下来。他第一次出现在团里的时候，外婆盯着他，脑袋嗡了一下，心都快跳出来了：天哪，世上，竟有这样的事？外婆的内心波澜起伏，体内有一股热的流质一类的东西由内向外扩散，身体不由自主地颤抖着，这是许久以来就绝迹了的激情。从此，外婆的生活中，又多了一件事，就是想看到他。他老实、勤快，乐于帮人，团里的人有事，都喜欢叫他。外婆是使唤他最多的人。这天，外婆买菜又买米，从菜市场回来，累得气喘吁吁的，路遇阿三，就叫阿三，快来帮帮我。阿三就拎起米袋子，送到外婆家。"你干脆在我这里吃饭，然后搓几圈。"外婆留他。"不，怎么好意思。"他慌忙退出。外婆堵在门口。"不许走，现在是三脚缺一，我再去邀一只脚来。"这时，母亲从卧室里出来，站在他的面前，他的双脚像被钉在地板上，不能动弹。这样的女子藏在屋里，太可惜了，他想。"你帮我搬一下麻将桌。"母亲说。他注意到她的脚。他不仅搬麻将桌，还把椅子都搬来摆好。有了第一次，就有第二次，有意无意，他总喜欢往外婆家里跑，打麻将是个幌子，看母亲才是真正的目的。打牌时，他坐在母亲对面。其实，他们早就照过面的，就是从来没有走得这么近，咫尺之间，触手可摸。母亲的肤色是苍白的、缺少阳光照射的，皮肤是透明的，这与黑皮肤的他相比是鲜明的、耀眼的，直让他心旌摇曳，出牌频频出错，输了不少，但他心里是畅快的。其实，他是见过美女的，剧团里的女演员，长得都出众，可她们的美是带有傲气的，是高高在上可望而不可即的，因而是与他毫不相干的。母亲的美不同，她的美于他来说是亲切的，让他觉得可心的，也许是可以得到的。他很奇怪自己有这样的感觉，他也弄不清楚这种感觉的依据是什么，可他真的就这么想，真的很关注她的一切，真的一心想接近她。他专在她上班时去小卖部买东西，一会儿买盐，一会儿买糖，买一件东西要磨蹭半天。跟以往的男人不同的是，他知道她行动不便，有顾客买重一点的货物，他帮着搬，这让她感到熨帖，觉得这个男人是可靠的、安全的。慢慢，她跟他熟了起来，有了好感，就常使唤他，跟外婆一样。

实际上，那天母亲出现在阿三面前时，心里就咯噔一下，这男人的脸是好熟悉的，这一点都不奇怪，大家都同住一个院子里，低头不见抬头见，但这种见是匆忙的，无意识的，现在的见是仔细的，有意识的，更重要的是他是能够吸引自己的。经过对振海的那种无人知晓的一厢情愿的爱恋毫无结果后，她对自己的感情付出变得理智而谨慎，对自己未来的感情归宿也现实起来。吸引她的男人是很多的，但她在他们面前是拘泥的、自卑的。阿三却不同，她看到了他目光里的怜爱，他让她放松，让她觉得自己是可以依偎在他的臂膀里撒娇的，她没有父亲的缺憾，在他那里是可以得到弥补的。两人彼此在对方的心目中都有了位置后，在麻将桌上，他们经常眉来眼去，经常为读懂对方的眼光而会心一笑。这时，输赢已经变得不重要，重要的是他们的默契已能融洽到心里。渐渐，母亲用冰冷的表情、冰冷的语气裹住的青春热情裸露出来，并感染了阿三，他们的心已经突破了麻将桌上的范围，他们在打麻将时，一个心猿意马，一个心不在焉，他们不再满足仅限于麻将桌上的交往，但要突破它，是很不容易的，最主要的障碍是外婆。外婆喜欢跟阿三打麻将，是众所周知的，打牌时，牌友里没有阿三，她就会唠唠叨叨，说阿三打牌牌气好，不欠账，把阿三说得十全十美。阿三要是来了，肯定揪住阿三不放，然后把阿三数落一番，说的尽是缺点，仿佛阿三不跟她打牌，缺点就永远改不了似的。阿三是临时工，住在四个人合住的一间平房里，不干活的时候，确实没地方可去，外婆邀牌友时，喊的第一个人就是他，口气不容置疑，他想不去也不行。好在搓麻将时，总有一两位闻衣领的，他们想打，又来迟了一步，上不了场，走又不甘心，就在阿三身后指指点点。阿三灵机一动，拉住身后的一位。"我有事，你替我一会。"那人求之不得，马上就坐在阿三让出的位子上。阿三起身时，朝母亲眨眨眼，母亲心领神会，也如法炮制，让位给身后的人。而此时的外婆，魂都附在麻将牌上了，哪有心思来想他们的离去有什么不妥？阿三终于找到了一个既不得罪外婆，又可以脱身的办法。

脱身出来的阿三假装进了卫生间，出来后，趁没人注意，溜进母亲的卧室，关上门，与先进去的母亲相会。这种偷偷摸摸像电影里的地下工作者一样的会面，让他们紧张又兴奋。二十分钟后，阿三从门缝里看没人往这边看时，从屋里闪了出来，回到麻将桌上。又过十分钟，母亲慵懒地从房间里走出来，站在替代她的人后面看他打。此后，每个星期他们都有这样的接触，而且一次比一次深入，直至被有一天，被外婆发现。那天打麻将，他们故伎重演，中途脱身，外婆跟代替他们的人打时，胡了，代替阿三的人不愿意马上付钱，说是先欠着，外婆不干，就争执起来。"钱，等阿三回来再付。"那人最后说。"阿三，阿三呢？"外婆一下子醒悟过来，再一看，母亲也不在，外婆起身去卫生间，瞥一眼母亲的卧室，门关着。这房门平时是不关的，外婆似乎嗅出了什么。她不吭声，回到麻将桌，不动声色地打了一盘，刚好打完一圈，是自己输，就说，今天就到这吧，我还有事。账结清了，那三人是一平二赢，也就和气散了场。外婆走到母亲的卧室前，推了推门，推不动，里面肯定有人。"笃笃。"外婆敲门。里面是窸窸窣窣的声响，几分钟后，母亲开了门，外婆进去，见阿三坐在里面。"你们？"阿三站起来，语无伦次："我……我先走。"阿三拔腿就走。

这怎么解释？

你都看见了，还用得着解释吗？母亲满不在乎的样子。

你们在一起多久了？

这很重要吗？母亲的语气充满着反叛的意味。

是不重要。你长大了，该自己为自己做主了。外婆呢喃着走出房间，步履蹒跚，一脸的疲惫。她几乎是在一瞬间发现母亲长大的，在她的意识里，母亲还是个小女孩，而自己是她的保护人，她们母女俩一辈子都相依为命。眼前的一切敲醒了她，女儿已经到了该嫁人的年龄了，男大当婚，女大当嫁嘛。

见外婆已经知道他们好，母亲索性公开与阿三的关系，两人出出入入，亲密无间。外婆没说什么，但他们走到哪里，外婆的目光就照射到哪。这让母亲感到不自在。"你监视我们？"

"我监视了吗？"外婆的反问显得很文化。

"你心里清楚。"母亲耸耸肩，"我只是不明白这是为什么？"

"你不明白的事多着呢。"

外婆的话里话外让母亲觉得有些深奥，她甚至觉得她们之间的关系不太像母女。

外婆对母亲和阿三的恋爱没有公开表态。表面上，生活并没有什么变化，麻将还是照样打，人照样是这些人，只是心情已不一样。外婆开局更勤，盯着阿三更紧了，她对麻将的迷恋就像吸毒者对毒品的依恋一样，闲下来，不打麻将，她的身体就像被无数只小虫在噬咬一样难受，心里空空的没有着落；抓住了麻将牌，就等于抓住了生活的目标。母亲打麻将，身心放松，脸上洋溢着幸福。而阿三要伺候两位女人，有点紧张，有点兴奋，又有点得意。毕竟，他得到了两位女人的器重。日子过得飞快而平衡。有一天打麻将时，母亲突然觉得恶心，有股东西从胃里翻腾着要往外溢，她忙往卫生间赶，对着洗手池呕吐一阵子。"怎么啦？怎么啦？"外婆、阿三跟在她后面。"不知道，尽吐一些酸水。"母亲抹抹嘴，回到麻将桌边。"你没事吧？"阿三担心地看她。"没事了。"母亲回答。他们接着打，过一会，母亲又想吐了，又往卫生间跑，来回折腾了三次，外婆看出端倪来了。"还是去医院检查一下吧。"外婆说。第二天，母亲就在外婆的陪同下去了医院。检查结果出来了，是她有了身孕。未婚先孕，在那儿个年代是很不光彩的事。母亲拿着化验单，怯生生地瞄一眼外婆。

　　这孩子，是阿三的吗？外婆问。

　　母亲点点头。

　　你爱阿三，是吗？这是外婆第一次正面谈母亲与阿三的感情。

　　母亲点点头。

　　像我爱你父亲那样？

　　不知道。母亲摇摇头。

　　是的，你不知道，很多人都不知道。外婆长长地舒了一口气，语调有些伤感。接着，她心焦焦地去找阿三，把检查结果告诉他。

我会负责任的，我会娶她的。阿三急忙表白。

娶她？你当然求之不得了。外婆撇一下嘴角，声音冷飕飕的。

阿三的脸有了些色彩。他不敢直视外婆，赶紧低头摆弄自己的手指关节，感觉一秒钟有一万年之久。

外婆没有转移目光，盯着阿三的脸，仿佛在对他的脸进行 CT 扫描。她欲言又止。你终于如愿了，准备结婚吧。走前，外婆扔下这么一句。

就这样，母亲和阿三仓促成婚。当然啰，阿三，也就是我的父亲成了倒插门的女婿。婚后的母亲心满意足，心宽体胖，每天除了上班、睡觉外，都泡在麻将桌旁，家里家外的大小事都由父亲操劳着，父亲这个强劳力就像机器人一样尽心地围着两位女人转，直至我那一天降生在麻将桌边。

父亲对我降生在麻将桌边是很不满意的。当我裹着血黏糊糊地从母亲的子宫里滑落出来时，他对母亲甚至有了一些愤怒：他的儿子怎么就这样降生在麻将桌边，就像人死要寿终正寝一样？他想我生也不正寝。我应该出生在市保健院的产房里，并在雪白的床上由护士正式地接生出来，这才是迎接生命、尊重生命的最佳方式，可我没有，我就滑落在布满瓜子皮、糖果纸和烟蒂的脏兮兮的地上。父亲对母亲的不满意是由来已久、日积月累起来的。结婚后的父亲，基本上就不沾麻将牌了，不是他不想，而是他没时间。母亲怀着他的孩子，就是他心目中的皇后了，母亲的生活起居，她的情绪的好坏，她的口味的浓淡，都需要他来操心，他争取做得最好，让母亲满意，让孩子满意，他想用最好的方式来隆重迎接他的孩子的出世，结果是事与愿违。父亲几乎是在那儿一刻厌恶上麻将的，麻将的腐蚀性太强了，母亲就是一点一点地被麻将腐蚀的，麻将使她的睡眠减少、脸色苍白、性情慵懒、斗志缺乏，完全丢失了女人的妩媚与健康的身心。频繁的搓牌，消耗掉了她不少的精力，就连过夫妻生活，也漫不经心，使父亲很不尽兴。可当市保健院的护士抱着干净、健康、漂亮的我给父亲看的时候，父亲的不满意就消除了一大半，他的身心都被我占据了——他终于有后代了。他对母亲更能包容了。他心头充满着感激，他感激外婆允许母亲嫁给他；他感激母亲十月怀胎，让他做父亲的愿望很快就实现。感激使他显得更谦卑，母亲、外婆支使他就更随心所欲。母亲坐月子时，更离不开麻将了，父亲对麻将厌恶到极点也不敢对母亲说半个不字，排解这种厌恶情绪的最好方法就是和我待在一起，看我一天天地长大。我点点滴滴的变化，都令他惊喜不已，可以说，除了吃母乳外，我的婴幼儿时期，是跟父亲相依相伴走过来的。父亲粗糙有力的大手摩搓着我细嫩肌肤的那种发痒的感觉，我至今记忆犹新，我对父亲的依恋胜过母亲。

母亲和父亲结婚时，别人都说他们有夫妻相，他们仔细瞧瞧，觉得确实如此。母亲由此相信了他们有缘分，相信了他们婚姻的美好。生活像是件实物，日子就像磨轮，它把美好一点一点地磨薄磨轻，最后消失殆尽，不如意就凸现了出来。父亲是临时工，剧团有演出时，才有工资，没有演出，就没工资，这跟在职职工比，收入就少了一大截。收入不如人，干家务时就卖力些，太卖力，就显得有点低声下气，母亲一看，心里就有气，一生气，就更变本加厉地使唤，父亲更是无条件地服从，母亲就更生气了，如此循环往复，最后是以搓麻将来麻痹自己。我降生在麻将桌边，母亲也是怀有内疚的，父亲对麻将的厌恶，她是感觉得到的，但父亲目光的愤怒，抵消了她的内疚，她不能接受父亲的无言指责，她觉得他没有这样的资格。他也曾经为改变家境而努力过付出过，可太难了，父亲这辈子是不会有什么出息了。当现实跟想象差得太远的时候，振海就会从脑里冒出来，对振海的感情又如冬眠了一冬的春草，破土而出，茁壮成长。振海现在是红遍海南岛的名演员了，他从来就不属于她，但这有什么关系，她已结婚生子，已完成了作为女人的使命。她再也不用去理会所谓的婚姻爱情了，这就使她想念振海更赤裸、更肆意。她看他的演出，看他的录像带，只要是他演的，她都收集。他就是她的偶像，就装在她的心里，充实着她的内心生活，与丈夫的同床异梦也的幸福的感觉。她想对什么事都不管不问的时候，就搓麻将。从这点看，她和外婆一样，都是为了逃避，她是为了逃避现实，外婆是为了逃避寂寞。

父亲对麻将的厌恶，外婆也是感觉得到的，尽管他们打麻将时，父亲还为他们搬桌椅。但父亲对麻将牌采取睨视的那种神态，很让外婆失落，她总是千方百计地让父亲亲近麻将，比如说替代她一会啦，比如说谁谁没来之前先搓它两手啦，等等，而父亲总是以照看孩子为由而拒绝。外婆的要求没得呈，不气馁，也不像以往那样沉着脸给父亲看。她脸部肌肉放松态度和蔼，目光里还有了些流质的东西，整个给人一种慈祥的感觉。习惯了外婆的直来直去，对外婆的突然变化，父亲有些不知所措，能够不跟外婆待在一起，就尽量不待。有一天，外婆他们打麻将散场时，已是夜深人静，母亲因为感冒，早早入睡，父亲正在厨房炖东西。外婆打了几圈牌，已累得不想动弹。"阿三，来收一下牌。"外婆小声唤。父亲到客厅把牌垒成一排排，再装进铁盒子。

你就那么害怕跟我一起打麻将吗？外婆的语调里有些哀怨。

孩子还小，抽不出时间。父亲说的时候有些口齿不清。

没有叫你天天打。外婆的身体一点一点地向父亲靠拢。

想打的人多着呢。

我就愿跟你打。外婆坐到父亲身边。

父亲惊诧地抬头，盯着外婆。

我一直都愿意跟你打。外婆再一次强调。

父亲满脸的疑惑。

你知道我当初为什么把你引进我们家的吗？外婆压低声音。

父亲摇摇头。

你长得像一个人。

谁？

像那死鬼。

父亲半张着的嘴定格了。

你现在胖了，越来越像。外婆伸出手，抓住父亲的右手，用手柔搓。我太想念他了，我这辈子都是他的。外婆边说身体边向父亲靠拢，表情悲苦又无奈。父亲一下子反应不过来，外婆的身体快贴上他的身子时，他才慌忙抽出手，闪到一边。这情景，被起来上厕所的母亲看得一清二楚。母亲走到他们旁边。父亲转身进了厨房。

这就是婚前你监视我的原因吗？母亲的声音很急切。

外婆没回答。

你一直爱他，是吗？母亲的手指着厨房的方向。

不，我爱你父亲。外婆的表情很坚定。

可他像我父亲，你就爱他。天哪，这算什么事呀？母亲痛苦地呻吟着，双脚不停地来回走动。我要搬出去住。她激动地喊。

不，还是我搬吧。我孤家寡人，住平房合适。平房是单位分给母亲的住房，里面放着一张铁床和一些杂物，平时没住人。

第二天，外婆搬到平房的时候，母亲坐在外公的剧照前，泪流不止。为什么？为什么事情会是这样？母亲愤怒地质问。剧照上的外公微笑着，母亲把照片倒扣下来。外公生前的照片全是剧照，他竟没有一张不化妆的原装照。一想到自己的丈夫长得竟然跟父亲相像，她猛然对丈夫生出一种陌生感。

考试成绩公布了，我的分数线可以上海南中学，外婆同意让我去海中。去寄宿学校，一直是我梦寐以求的事，没想到它竟在我的高中时代得以实现，这使我不能不对我的外婆生出一种深深的感激。外婆是在她退休的那一年、而我们家里刚好又遇到前所未有的经济危机时，力挽狂澜，使我们家有吃有喝和我有学上。

那一年，因扩建马路，母亲所工作的小卖部被迫拆了，母亲下岗了，每月只领三百元的工资，父亲所在的剧团解散了，失了业，一家人的生活一下子陷入了困顿，已分开过好几年的外婆就在这儿时走进了我们家。这时的外婆头发花白，身体发胖，文过的两道眉虎虎生气地伏在眉骨上，使整个人都显得精神、强悍。她拎着大包小包吃的，全然不顾父母的感受，径直走进厨房。"阿三，把这只鸡杀了。"她唤起父亲来，口气还是那么霸道，"从今天起，我回来吃饭。我是有女儿女婿外孙的人，难道要我一个人孤老死在外头？"她这话，是对着客厅的母亲说的。

"没有人让你搬出去住。"母亲小声嘀咕。

"我还是在平房里住，那里凉快、自由。吃饭，得回来。就这么定了。"一场母女之间的不快，就在外婆直来直去、大大咧咧的豪气中弥合了。此后，外婆主动担负起买米买菜的重任，外婆回家吃饭的目的，一家人心知肚明，她到底是亲人呀。但一想到年轻人要靠老人来养，父母心中有愧。母亲愁肠百结。父亲每天都外出找工作，像他这样人到中年，没有文化又无一技之长，能找到工作是极其困难的，海口的劳务市场，多被外省民工占领，纯粹出卖体力的活，他也争不过别人。一连在劳务市场蹲几天，他一天比一天失望。那天，他出去转了一天，仍一无所获，他拖着疲惫的身子踏进家门时，见客厅里，外婆与邻居正打麻将，经过卧室，发现里面也开一局，母亲也在里面，整个房间都被喧哗声充满。这母女俩真是江山易改，本性难移。他心烦，径直躲进厨房，坐在矮凳上，闷声闷气地喝水。散场时，外婆喊：阿三，来收拾收拾。父亲在收麻将牌时，发现装麻将牌的铁盒里放着十块钱。"这是谁落下的？"父亲问。"这是收水钱。"外婆难掩心中的喜悦说。"我这里也有十块。"母亲从房间里出来。"你别去找什么工作了，明天和我一起去买一副麻将牌、一张麻将桌，一下子开它三桌。"外婆又以她的智慧，为家里谋得一条生财之道。同时开三桌，一天要有两拨人的话，每天进账五六十元没问题。算了这笔账后，饱受失业之苦的父亲对麻将再厌恶，也抵不住这笔收入的诱惑。父亲骨子里就有为别人服务的那种潜质，为别人端茶倒水的活儿干得熟门熟道，但他与别人交往时，内心是羞怯的，不善于言说的，他几乎不知道如何去跟陌生人打交道，更不用说请别人到家里打麻将，而且是收费的。他的内心是极其排斥这种行为的，可生存的逼迫比内心的感受更有威力。开始，全都是靠外婆出面，她游说别人来打麻将时的表情与动作，极像她在舞台上演的媒婆。如果对方是男的，她会嘴动眼动眉动，使原本不是很想打的，都被她说动了心，跟着她就走；如果对方是女的，她会亲热地拍肩搂背，热情似火，半推半就，不知不觉就被推进了家门。有一次外婆出了远门，父亲不好意思去邀人，门庭就冷落了不少，收入急速下降。外婆回来一看，着急了，对父亲说，你这样不行，别人不来，你得上门去找，打这种输赢十几二十块钱的麻将，是一种娱乐，他可打可不打；你上门去叫了，他就冲着你去叫的诚意，就来了。阿光，我刚才跟他说好了，你现在就到七楼去叫他。父亲面露难色。这有什么难为情的，大不了，你就当你在舞台上演一个角色。父亲还杵在哪不动。外婆动了气。"你跟我来。"她硬是拉着父亲跟她一起去叫。父亲不情不愿但又不敢不跟，他没有选择的余地，这是他每天必须做的工作，是全家人的饭碗，现在就是把他脸上的一层皮剥下来，他也要去。第一步迈出去了，往下的路就顺了。有收入了，日子好过多了，却又引来了邻居的愤恨。原因之一，是太吵了。如住对门的老王家，从早到晚，没完没了地听几桌麻将的洗牌声，就像听到建筑工地搅拌机的声音，扰得老王夫妇神经高度紧张，耳朵嗡嗡直响，心像被爪子抓住似的，干什么都沉不下心；原因之二，是他们怀疑这种收入的合法性，这与开赌场有何不同？程度不同罢了。愤恨归愤恨，老王夫妇是不愿惹事、胆小如鼠的人，不堪忍受的时候，就拿棉球来堵耳朵或放声唱几句琼剧或打开门，对我们怒目相向；最严重的时候，是目光的火熊熊燃烧着，这时只要有人轻轻一碰，就会引火烧身。好在我们家的门总是关闭着的，只有人出入的时候，才开那么一半。父亲也总是谦卑的，他见到老王夫妇总是点头哈腰、好言好语、低人一等的样子，把老王夫妇眼里的火一点一点地拧小。这时，老王夫妇就设身处地地想：这一家人的日子过得也很不容易的。怜悯他们就等于自己比他们优越，跟比你弱的人较真，不人道。这样想，气也就消了。正面的战争始终没有爆发。

8月30日，是个极其重要的日子，它是我的生日。也许是我出生的地点特殊的缘故，在我们家，我的生日比春节还重要。这天，外婆不顾昨晚打麻将睡得晚，一大早就来叫醒父亲，说她头有点晕，不去买菜了，让父亲去买并吩咐他多买点我爱吃的基围虾。母亲昨天已经为我预定生日蛋糕，现在正张罗煮鸡蛋。我躺在床上，听他们为我忙碌的声音，感觉怪怪的。我的生日竟是他们共同的心头之痛，但它必须隐蔽在欢庆之后，不能暴露，彼此心照不宣，多么的滑稽啊！我必须跟他们为自己的生日一起欢乐，毕竟他们是长辈，毕竟他们企图在营造气氛、粉饰快乐。当我吹灭蜡烛，吃着他们挟在我碗里的我喜欢吃的食物时，我的心里沉甸甸的，感觉到快乐离我十万八千里，因为我知道这快乐的不真实，挂在他们脸上的笑容是那么的假惺惺，他们都在演戏，尽管如此，我心底是爱他们的，他们是我最亲的人，他们是为了让我快乐才这样来演绎快乐的。这顿既有蛋糕又有鸡鸭鱼肉的中西结合的生日宴，给我的感觉是吃得极其的漫长，外婆破了例，开了一瓶红葡萄酒，还允许我喝。一家因喝了这酒而脸如抹了胭脂，气色都显出了生活的富足。只有我的心底是冰冷而坚硬的，我能洞悉他们的心底，心怀各种心事的心底。我的生日意味着我又长了一岁，我是少年很知愁滋味了。我巴不得这顿饭快点结束，不要让我再看见他们充当快乐的样子。就在这儿时，电话铃响了。

8月30日，确实是个极其重要的日子，那个电话声响，改变了一切。

那是一个牌友的电话，说他要带一个朋友来打麻将。外婆一听，高兴地说，你们看，现在都不用去叫，就主动上门了。我一听，又要开局了，赶紧说我吃饱了，就溜到阳台。我喜欢待在阳台，在阳台，可以看到客厅的房间里发生的事情。外婆带着轻微的酒气，满脸红光地坐在麻将桌前，与她心爱的麻将打交道。外婆这个时候应该是幸福的，一家人为外孙过生日，吃了团圆饭。自从她搬出去住以后，就没吃过这样的团圆饭了。她搬出去住时，都对外人说，我太吵闹，影响她休息。反正她天生是个演员，什么事情一被她描述，再假的也成真了。在平房里，自然也是有聚众打麻将的，也有那么几位男性牌友对她有意思，她也就跟人家吃饭、聊天，对方再进一步，她就假装不解风情，坚决为外公守身如玉。回家吃饭后，她也没多看父亲一眼，其实看不看有什么关系，感觉到他的存在，藏在心里，就已经足够了。外婆算是把一切都看得通透了。现在，她接着战斗，她的光阴没有白费，她的日子过得殷实又充实，神仙，大概也不过如此吧。她的情绪亢奋，出牌时，手头很重，把牌拍得震响，让那位第一次来打牌的牌友觉得这老太太的牌打得有激情。

饭后，见外婆他们打牌，趁着一点点酒兴，父母走进了卧室，关起了门。我知道，他们肯定又在干男女之间的那些事。

那一天，注定是要以喜剧开头悲剧结尾的，所谓的物极必反、乐极生悲，描述的大概就是这么一种情形。外婆这天的牌运太好了，连连胡，两圈下来，已赢不少，外婆的情绪更是高涨，扬言第三圈肯定会扩大战果。话音未落，对方出牌。碰。她一激动，动作大了些，把桌角的一只牌扫落下地，她弯下身去捡，牌没有捡起，身子就扑通一声倒在地上。怎么啦？众人惊叫，起身一看，只见外婆倒在地上，脸色灰白，口吐白沫。快，快，打120！牌友喊。听见喊声，父母一边扣衣扣，一边从卧室里冲出来。我从阳台冲到电话机前，拨了120。外婆还没送到医院，就已经不治身亡。我怎么也不敢相信外婆就这么走了，这么兴奋，这么匆忙，这么干脆利落。我脑里不止一次地重复着外婆倒下去时的慢镜头，然后是脸色灰白，口吐白沫，它让我刻骨铭心。这哪是我的外婆呀？她气色红润，身体微胖，走路、站姿都不乏艺术家的风度；她精神十足，思维敏捷，手脚麻利，与老态龙钟还隔着千里万里。可她就这么一倒，就阴阳两隔了。我第一次这么近地接触到死亡，第一次感觉到死亡离每个人都那么近，它只是在一口气之间、一个动作之间，就能定分晓。

我已经没有心情写下去了，没有外婆的日子不是想象而是已经成了事实。是麻将救了我们又毁了我们，我恨透了麻将。不管今后我是否还接着以前的轨道前行，我都不会再待在阳台里，因为在这里，看到的将是外婆不散的阴魂。